歴史は眠らない

穂高健一

未知谷
Publisher Michitani

目次

九十二年の空白 5

幕末のプロパガンダ 109

俺にも、こんな青春があったのだ 173

歴史は眠らない 229

歴史は眠らない

九十二年の空白

小型の高速艇が、瀬戸内の島々の海峡を疾走《しっそう》する。定期便の客室をみれば、島民らがわずかに五、六人であった。

東京からきた音大四年生の白根愛紗美《あさみ》が、船尾の木製ベンチに腰を下ろしていた。彼女は白いレース付きブラウスに、薄手のカーディガンをはおる。淡いピンクのフレアスカートの裾が潮風にゆれる。後ろでまとめた髪の数本が、顔のまわりで躍りつづけていた。足元はスニーカーである。

五月初めのさわやかな季節に、彼女の身形《みなり》はよく似合っている。

艇が立ち寄る島には、いずれも段々畑にミカンの花が咲く。

「甘い香りが、島全体をつつんでいるみたい」

そうつぶやいた愛紗美は、水色の肩かけバックから、「中学・音楽」の教科書をとりだし、一年から三年までの指導曲目をパラパラっとめくった。楽譜と歌詞をみた彼女は、両手の十指で本を鍵盤《けんばん》に見たてて弾いてみる。歌詞を口ずさむ。ピアノの弾き方は、生徒が歌いやすく、くり返し編曲してみた。

彼女はこんな遠く瀬戸内の島まで、中学校の教育実習でやってきたけれど、その実、中学教師を目指してはいなかった。

卒業後の進路は、英語圏の英・米いずれかの音楽大学か音楽学院に留学する、と子どものころからきめていた。

この高速艇の汽笛が鳴り、大崎上島の「明石《あかし》」栈橋にたちよる。船員帽をかぶる老船員が栈橋におり、みずから艫綱《ともづな》を引っかけた。

乗りこむ乗船客はわずかひとり。よれよれ帽子をかぶった風采《ふうさい》の上がらない三十前後の男性だった。帽子からはみ出す頭髪が伸び、着るものも見栄えがわるい。

老船員が笛を鳴らし、エンジン音がいきなり高まった。

不潔っぽい男性が無神経にも、おなじベンチで、愛紗美と横ならびに腰をおろした。

(ほかにも、席がいっぱい空いているでしょ)

彼女が不快な目をむけても、男性はまったく動じていない。彼は細長い顔で眉が濃く、目がおおきく、無神経にも愛紗美の膝うえの楽譜をのぞきこんだ。愛紗美はその目を遮《さえぎ》るように、わざと背中をむけた。

高速艇が次の港である大崎下島の「大長《おおちょう》」へとむかう。やがて速度を落とし、左に右に用心ぶかく、幅の狭い海峡に入っていく。ほかの船舶とすれちがう。かたや右舷《げん》に、かたや左舷にも、小島や奇岩をみる。磯の香りがとどく。船尾のスクリューが巻きおこす白い泡の盛りあがりが、微速で消えていく。

愛紗美が頭上をみあげると、「とびしま街道」のアーチ形の橋が三つの島に一連で架かる。その橋をくぐった。

「お客さん、大長の桟橋をあがったら、海岸沿いにいけば、御手洗《みたらい》まで歩いて十五分くらいですよ」

老船員が南の方角をさす。本州の竹原港から乗船した女ひとり旅の、歴史の御手洗を訪ねる観光客とおもっているらしい。

「御手洗は風待《かざま》ち、汐《しお》待ちの良港で、江戸時代は一日に百隻以上も廻船《かいせん》が出入りしておったらしい」

「汐待って、なんですか」

「どう説明するかな。ここらの島は三つも四つも密集しておるから、大潮の満潮のときは、潮流が一〇ノット以上になるんだ。帆かけの廻船はとても航海できないから、潮がゆるむまで港で待機するんだ」

「ごめんなさい。ノットでいわれても、よくわからないのです」

「時速にすれば、十八・五キロメートルだ。かんたんにいえば、水泳選手よりも速い。手漕《てこ》ぎ船や、幕末の蒸気船はとてもじゃないが、逆流で前にすすめない。いまは、その大潮だよ」

と聞いて、愛紗美の視線がしぜんに海面にながれた。潮の流れが速く、岬の岩礁がまるで走っているようにみえる。

「風待ちとは、島々が重なりあって折りたたみ屏風《びょうぶ》の陰にいるように、吹く風が弱い。それに瀬戸内は朝凪《あさなぎ》、夕凪《ゆうなぎ》で、無風になるんだ。そうなると、帆船はこれまたすすめない」

（盗み聞きして、失礼ね）

横ならびの男が身をのりだし、耳を傾けている。彼女はそれも気に障った。

高速艇が汽笛を鳴らし、大長港の桟橋に接岸した。愛紗美は船員が降ろしてくれた水色のキャリーカートを引きながら、鉄製ブリッジから上陸した。そこには農家の婦人が軽トラックの荷台から、夏ミカンの段ボール箱を下ろし、待合室にはこぶ姿があった。『ご自由にお食べください』という素朴な張り紙がある。夏みかんの酸味が苦手な愛紗美は、不快な男を先に立ち去らせるために、ひとつ頂きます、と足をとめた。

「ひとつと言わず、なんぼでも食べてつかあさい。背中のバックと、キャリーカートに詰め込んでいきんさい。どこに行きんさるの」

男の姿は遠ざかり、もはや声がとどかない距離になっている。

「豊町《ゆたかまち》中学です。教職の実習できました」

「すると来年は、中学の先生になるのね」

「いいえ。教員にはなりません。進路はちがいます」

愛紗美はふだんからイエス、ノーがはっきりしていた。

「卒業したら、なんになるの。花嫁さんなの」

農婦がからかいの口調で聞いた。

「ちがいます。英米、どちらかの大学です」

「優秀なんやね」

「おうかがいします。この御手洗島に幕末、オランダ商館のシーボルトがきたそうですね。ご存じですか」

「あの学校で習ったシーボルトね。この島にきたとは聞かんね」

この御手洗は、菅原《すがわらの》道真《みちざね》が大宰府《だざいふ》に流されるとき、港にたちより、手を洗ったから、御手洗と名づけられた地名よ、とおしえてくれた。そして、いまは御手洗島でなくて、大崎下島よ、とつけ加えた。

「この御手洗は、幕末に坂本龍馬、吉田松陰、桂小五郎、大久保利通らがいっぱい来ておるんよ」

農婦はやや自慢げな口調であった。

「ペリー提督が浦賀に来航した、その前ですか、後ですか」

「そりゃあ、後よね。徳川幕府を倒した連中だからね」

（ペリー来航より前でなければ、わたしには関係がないわ）

農婦にお礼をいった愛紗美は、海岸通りに足をすすめた。夏みかんの皮を剥《む》いて口にふくむと、強烈な酸味で、おもわず顔をゆがめてしまった。

右手の山側をみれば、段々畑が急斜面を這いあがる。家々があつまる集落があった。すすむ海岸道路にならぶ民家の庭は、赤や白のつつじを咲かせている。左手の海中をのぞき込めば、砂地と岩礁がまだら模様で、海藻が潮の流れでゆれている。小魚が群れてたのしげに泳ぐ。東京住まいの愛紗美には、見るものそれぞれが新鮮であった。

視線をもどすと、風采の上がらない男の後ろ姿があった。おなじ方角だ。愛紗美はすぐさま足をとめて、バラの咲く庭先を見入る素振りをした。

そのさき海の信仰らしい鳥居があった。荷揚げ場らしく、道路からの石段が海中まで下がる雁木《がんぎ》がある。ここから御手洗の街に入る。江戸時代の大小の商家、茶屋、船宿が連なり、むかしの面影をのこす。

白い建物の駐在所は、「パトロール中」の立て札をだし、無人だった。愛紗美は、一か月ほど逗留《とうりゅう》する民宿・内海《うちうみ》の場所を聞きたかったのに、と失望した。手にする住所が四桁の地番だけだと、民宿をさがしようもない。運よく制服警官が白い自転車でもどってきた。場所を訊いた。

「民宿・内海のお茂さん（女将《おかみ》）は、きょう呉《くれ》にいったから、夕方まで留守だよ」

「こまったわ。どうしよう。荷物を預けておきたかったのに」

「ひと昔まえなら、玄関先に置いていても、だれももっていかなかった。島が本州と橋でつながったから、呉方面から車で盗人がやってくる。どの家も玄関に鍵をかけるようになった。荷物だけなら、駐在所に置いていきなさい」

「助かるわ。駐在所なら、ぜったい盗まれませんよね」

「まあ、刑務所に入りたい物好きなら、別だけれどね」

交番と隣接して「御手洗観光」のおおきな看板があった。彼女は、ひととおり知識をえてから豊町中学校にむかおう、と眺めた。

御手洗は大坂と九州の中間点にあり、「汐待風待ち」の良港で、江戸時代はたいへん栄えた港だったという。対岸が岡村島（愛媛県）で、御手洗（広島県）と目測で五、六百メートルくらいだ。老船員から聞いたとおり、干満の差がはげしく、いまの時間帯は潮の早さが目視できる。

町はずれの丘陵を登ると、二階建ての中学校の校舎が見えてきた。コンクリート造りで、見晴らしのよい場所にあった。午後の授業開始らしいチャイムが裏山にこだまする。石造りの校門を入ると、運動場から男女の生徒たちが校舎に吸い込まれていく。かなりの数で、こちらに目をむける生徒がいた。

校舎正面の花壇は手入れがよく、あざやかなボタン、アマリリス、華麗なナデシコなどが色彩り豊かに花を咲かせていた。玄関の小窓で、男子事務員に来意をつたえると、校長室へと案内される。校舎の廊下には透明の陳列ケースがあり、野球とか合唱コンクールとかの表彰状やトロフィーがならんでいる。スポーツ関係が多かった。通された校長室は無人で、おおきな事務机と応接セットがあった。

「どうぞ、こちらにお坐りになってお待ちください」

（緊張するわ。将来は教員にならない、と校長に見抜かれないかしら）

「お待たせしました」という声で、愛紗美がさっと立ちあがった。

「校長の赤石宗太郎です。この中学校にきて三年目です。どうぞ、お坐りください」

校長の赤石は、肩幅が広く、ちょっと押しがつよそうな顔で、風格がある。教育には自信があるという顔つきでもある。

「生まれは東京ですか？」

「いいえ。サンフランシスコです。四歳半まで、そこで育ちました」

「すると、両親のどちらかが米国人ですか。凛々しいととのった顔立ちで、品がある」

「よく間違えられますが、両親とも日本人です。母が音楽大学の大学院の博士課程のときに、通信企業に勤務する父に恋し、結婚と同時に米国にわたり、そこで私が生まれました」

「お母さんも、音楽家ですか」

「はい。でもいまは専業主婦です。父はＩＴエンジニアですが、生まれつき音痴ですから、音楽家の母にほれたようです。母は結婚せずにいたら、いまは母校の教授になっていたとおもいます」

という愛紗美を校長の目が観察していた。

「お父さんにとって、近づきがたい高嶺の花だった。それを口説き落としたのかな」

「そう理解しています」

「あしたからは学生でなく先生です。その自覚でおねがいします。教師の立場で、それなりの身形で登校してください」

校長の眼をみると、口にせずとも、服装やピアス、指輪を吟味している。

(この服装が問題なのかしら。音大の学園内だと、ふつうなのに)

彼女はそんな風に自問していた。

「ところで、四歳半で日本に帰られた。ずーっと東京ですか」

「はい、そうです。父はシスコから車で約四十分のシリコンバレーの会社に通勤していました。東京でIT関連事業を起業し、一家で日本に引き揚げてきたのです。業績は好調で、父は地球を飛びまわっています」

「四歳過ぎまでアメリカだと、英語の方はどうなんですか。もう忘れましたか」

「いいえ。シスコでは近所の子と遊び、保育園にも通い、英語の世界にいましたから、耳が覚えてくれているようです。母国語のように聞き取れます」

「それはうらやましい。英語の先生でもよかったのに」と笑ってから、「教育実習の担当教諭は小野《おの》寺《でら》先生です、中学二年生の担当です。授業がおわりしだい、ここに来ます」

「こちらの中学の特徴はなんですか」

愛紗美は積極的な性格から、みずから話題をつくった。

「よくない点も、知ってもらっておいた方がよい。たとえば、副校長の小野寺先生が担当するクラスでも、夜遊び、非行、隠れてタバコを吸う、飲酒もする。なかには家のなかで暴れる。どの学校でもありうる、反抗期の生徒たちだ、と理解してください」

「手に負えない生徒ですか」

「思春期ですからね。家庭環境にもよりますが、過保護、または放任ですね。生徒は親の愛情が感じられないようです。子どもの接し方に問題がある親もいますから」

これから指導教師となる小野寺隆《たかし》が校長室に入ってきた。細身で背が高く、顎《あご》が尖った面長の顔立ちで、おそらく四十歳半ばくらいだろう。

「担当は国語です。学校の施設を案内しながら、教員の一日をお話ししましょうか」

校長から小野寺先生に引きつがれた。

「さっそく、案内しましょう」

一階の校長室をでると、職員室、玄関、その先が教室へとつづく。

「勤務は八時間十分から十八時四十分です。ですが、朝七時半には出勤します。ご存じかとおもいますが、中学校の教員はブラックといわれています。定時にはまず帰れません」

小野寺先生はつつみ隠さずの態度で、十時間三十分は拘束されます、と語ってくれる。性格もさっぱりしているようだ。

「朝八時十分には、教職員の打ち合わせがおこなわれます。五分間くらいです。生徒への伝達事項と、その日の流れなどです。この時間には、ほとんどの生徒が登校しています。朝は読書の時間を設《もう》けています。なかには読書せず、荷物が散らかっていたり、連絡なく教室にいない生徒がいたり、その対応に追われます」

案内された体育館は思いのほか広く、天井が高い。夜間照明もある。バスケットボールの器具も備わっていた。講堂と兼用のようだ。

「中学校は部活《ぶかつ》があります。朝練《あされん》（朝の練習）や放課後の活動です」

「朝練の時間はいつごろですか」

彼女はメモを取りながら訊いた。

「おおむね八時十分の授業まえです。音楽の合唱部はふだん朝練はありません。ほとんど放課後です。朝練は合唱コンクールに出場する直前ぐらいですかね。合唱部員は一年から三年まで希望者を募《つの》り、あとは先生の声がけです。近年、あつまっても十人そこそこですかね」

「十人前後の混声合唱ですね。コンクールに出場できる人数ですね」

「ことしはギリギリ六人です」

次は教師の一日を話します、と話題がかわった。教師は朝七時半に学校に入る。欠席や、朝練を休む連絡が入ってきますから、それを取り次いだり、電話対応したり。それに机上を整理する。

「学校は紙を多くつかうところです。音楽ならば、楽譜とか、試験の答案用紙とか、音楽史とか、なにかしらプリントがあります」

海のみえる二階の音楽教室に入った。ピアノと五線の黒板がある。ここで生徒をおしえるとおもうと、彼女は身がひきしまる想いだった。

「教師は、生徒よりも先に教室に行っている、それが建前です。授業と授業の間は十分間の休み時間がありますが、休憩とは名ばかりです。トイレにいけば終り。たちまち、午前中が過ぎていきます。

給食中も、担任は教室を離れられない」

そう語りながら一階に下り、厨房室《ちゅうぼう》へ案内してくれる。ステンレスの器材が光る清潔な環境だった。食器類は戸棚にていねいに整理されていた。

「給食指導があります。ふらふらしている生徒もいるので、全員を着席させて落ち着いて食べさせる。中学生でも、ポロポロ床にこぼす生徒がいますから、それを注意する。食べ方の悪い生徒には、肘をついて食べないように、マナーもおしえます」

当校のお昼は栄養面が抜群です、教職員はきょうの昼はなににするか、と悩むことはない。しかし、たまには中華屋でラーメンを食べたくても叶《かな》わぬねがいです、とつけ加えた。

「給食のあとは休憩時間ですが、これも名ばかり。生徒が問題をおこせば、対応せざるを得ない。委員会や部活で、生徒をあつめることもある。私たちは歯磨きすらもできない」

小野寺は歯ブラシで磨くふりをしてみせた。

「ひとつ質問していいですか」

「教育のことなら、なんなりと質問してください。私の経験と体験からお話しします。質問は良いことです。知識を豊富にしますから」

小野寺の顔はまさに質問を待っていた表情だった。

「御手洗の港に、シーボルトがきたことがありますか。江戸時代に」

愛紗美はとっさにじぶんでも予想外の質問をしていた。その実、教員になるつもりもないし、忙しい教育現場の話題からすこし外れたかったのだ。

「えっ、あの有名なシーボルトですか。私は国語の教師で、日本史も西洋史も、まして東洋史もくわしくない。わからないな。音楽家にシーボルトはいましたっけ。オランダ医師しかしらないけれど」

小野寺は戸惑った顔だった。

「そのオランダ医師です」

「そのシーボルトならドイツ人ですよね。白根先生はその子孫という顔立ちでもないし。顔や先祖の詮索《せんさく》はやめておきましょう。個人情報がうるさいときですから。シーボルトが御手洗にきたと問われて、私が知らないだけで、町の郷土史家に訊けば、わかるかもしれません。ドイツ音楽が専攻ですか」

「いいえ。わからなければ、別にいいんです」

「歴史に興味をお持ちなら、十日後から、社会科の教育実習で、広島の大学院生が豊町中学にきます。もう三十代かな、一級建築士で大手ゼネコンに勤務されていたそうです。前まえから近現代史に興味があったらしく、会社を退職し、大学院の史学科に入られたそうです。その院生に聞けば、わかるかもしれませんよ」

小野寺は話し込み厨房からでようともしない。

「結構です。そんなに歴史を深く知りたいわけでもありませんから」

「そうですか。先々週、その院生があいさつに当校にこられましてね。私が校内を案内しました。幕末からの歴史がくわしくて、ちょっと質問したら、もう私が口をはさむ余地がなくて、ひたすら聞き役でした。いまの幕末史は、明治維新の薩長政権が捏造《ねつぞう》した歴史の延長線上にあると批判されていました。薩長嫌いですね。この御手洗は幕末の史跡《しせき》の宝庫です。街を挙げて薩長ファンで、倒幕に拍手喝采《かっさい》の風土があるところです。ところが彼はつよい批判をもっているのです」

明治三傑はなにかにつけて威圧《いあつ》的、横柄だし、政策に横槍を入れる、強権《きょうけん》的だ。幕府にたいする優越感ばかりで、知力が浅い。民には上から目線で、恐喝《きょうかつ》に似た賄賂《わいろ》を取る。尊大《そんだい》ぶっている。

「彼は切り口が違うというのかな。そんな風に通説にとらわれない。ものの見方がちがう、頭がいいんでしょうね」

（もう、長話しはやめてくれないかしら）

彼女は故意に目を厨房の窓の外へながした。いっこうに話が止まらない。ひとの気持ちがよめない先生だな、と呆れてしまう。

「院生は文部省の教科書検定すら疑問視している。社会科の教壇で、維新を成功させた薩長を悪くいいすぎるのもどうかとおもいます。当校の実習期間は一か月ですから、親から教育内容にたいして苦情は来ないとおもいますがね」

「校内を回りませんか」

彼女はしびれを切らした。

小野寺先生がやっと移動した。校舎からグランドへ出た。

「午後の授業が終わると、清掃です。生徒たちは授業がおわった開放感から、清掃を面倒くさがる。ルール通りに対応できない子もいる。その指導もします」

放課後は部活の指導をする。

「白根先生には、県大会にむけた合唱コンクール出場の世話をしていただければ、ありがたい。それはともかくとして、部活のない日は一時間、多い時で二時間の空き時間はあります」

この空き時間すらも、欠席した生徒の親にたいして翌日の連絡や、部活でトラブルがあった生徒の親への連絡がある。これを終えて、やっと自分の仕事に取り組めます。生徒の日記をみたり、自主学習ノートを点検したり、結局はじぶんの仕事は全然できない。

（そうでしょう。小野寺先生にはむだが多いのよ）

「法律では四十五分間の休憩が設定されていますが、ないに等しい」

そのことばには実感がこもっていた。

「十八時以降は下校指導で正門に立ちます。ときには通学路まで行って、生徒のようすを見守ります。文科省は、教員のやる仕事ではないとしています。保護者や地域に完全委託《いたく》されていないので、先生方がおこなうのです」

職員室にもどると、保護者や地域からなにかと電話がかかってきて、その対応に追われる。

「この時間は疲れて脳みそもまわってないので、先生方どうしで雑談する」

（いつも、雑談で時間がつぶれているのでしょう）

彼女はこころの中で反発した。その表情が顔に出ているかもしれない。

「どんどん時間が経ってしまう。一眠りしてから、仕事に取りかかる」

（寝ないで帰ればいいでしょう）

「退勤時間は九時、十時は当たりまえです、私の場合は。今はやりの言葉『社畜《しゃちく》』になっている。じぶんの意志や良心を放棄している。サービス残業もいとわない奴隷です」

（奴隷ね）

「ずいぶん端折《はしお》りましたが、今後わからない点は遠慮なく聞いてください」

（これで端折っているのかしら）

そうおもいながらも、愛紗美は笑みでごまかした。

校長先生にあいさつしてから、海辺の交番に立ち寄り、預けた荷物をもらってから「民宿・内海」に入った。

＊

民宿のお茂さんは小柄な六十前後で、丸顔の親しみやすい顔立ちであった。藍色の割烹着をきている。愛紗美が玄関で靴を脱ぐと、一階食堂の長テーブルへ招かれた。手際よく冷たいお茶をだしてくれたお茂さんから、愛紗美は一通りの説明をうけた。

「この建物は江戸末期の船宿を改装したの。建物が古くても、歴史を感じて逗留してね。夕食は何時頃が良いかしら」「お任せします」「それなら、七時に用意しておきますね。そのまえに風呂に入ってもらって。お湯は蛇口をひねれば、いつでも使えますから。食べ物でとくに嫌いなものはありますか」「多少、食べず嫌いのものはあります。魚は好きです」「それなら、よかったわ。瀬戸内ですから魚は美味しいですよ。刺身はだいじょうぶね」

（豊町中学校の紹介先だけに、お茂さんはちょっと優遇してご馳走をだしてくれそう）

「お酒は飲まれますか。銘柄にこだわらなければ、一階の食堂にビールと日本酒は用意してあります」

「アルコールはいただきません」

「今どきの若い方にしては珍しいわね。部屋は二階の廊下の突き当りの、左手の海側です。朝日がきれいよ。雨が降れば、これも遠近の景色がかすんで情緒があるのよ」

「期待しています」

「荷物は、玄関にそのまま置いておけば、父ちゃん（夫）が部屋にあげてくれるから。なにかあったら、遠慮しないで声をかけてね」

「一か月間よろしく、おねがいします」

食堂横の階段をあがりはじめると、踏み段がややきしむ。二階廊下も古い床板がかすかに鳴りひびく。これが民宿の味におもえた。

さっそく八畳間の窓を開ければ、磯の香りがただよう。東京から一日にして疲れた心身をやすらげてくれた。すぐ目の前が別の島で、緑一杯で目が休まる。双方の島の幅は狭く、一級河川のような幅で四百メートルくらいであった。この御手洗瀬戸の海峡には小舟がいきかう。海面をみれば、潮の流れがわかる。

愛紗美が出窓の安全をたしかめてから、上半身を乗りだすと、風采の上がらないあの男性が、住吉神社の方角からこちらにやってくる。かれは歴史散策のような気合のない歩き方だ。こちらに気づいていない。「嫌な感じ」と窓を閉めた。

愛紗美は一日の疲れを風呂で落とし、民宿の浴衣を着てから、いちど部屋にもどり、階下の大食堂で夕食を摂った。豪華な海鮮料理で、贅沢すぎる感じだった。

海の見える二階の部屋にもどると、海岸通りに例の男の姿がないのを確かめてから、窓辺に腰をかけた。

彼女は、この教職履修にからむ自身をかえりみた。……音大付属からもちあがりで四年制大学に入学した。一年生のガイダンスのときだった。まわりの女子学生が教職を履修するから、じぶんも、と軽いのりで受講をきめた。中学校・高等学校教諭一種免許状（音楽）である。

「教育実習までたどり着けるのは、だいたい一割ていどです」

履修届を提出するさい、そういう説明をうけた。

（挫折する九割のなかに、わたしがいる。それも真っ先に）

愛紗美は教員免許と無縁の生き方だろう、と頭から考えていた。

教職の授業ために、音楽のレッスン時間が削られるのはかなわないともおもう。一年間にすれば、かなりの時間がむだになる。声楽科でも、副科の弦楽器が要求される。その練習も必要だ。ピアノは子どものころから母に習っていたから、ピアノ科の成績優秀な学生にも負けない自信がある。

教職課程の履修届をだした数日のち、父が海外出張から帰国してきた。すぐさま書斎で理系のむずかしい専門書を読んでいる。ときおり文学や歴史ものを読んで頭を休めるらしい。炊事・洗濯・掃除の家事となると、いっさいを母にお任せである。献身的な主婦。これが似合う母親でもあった。

（こんな母だから、若い時の音大教授の道はむりだったのだわ）

愛紗美はそうおもう。音大時代の同期生がオペラの舞台にたつと、母は着飾って外出することもある。

一家団欒《だんらん》はめずらしい家庭だが、時たま夕食で三人の顔があう。

「愛紗美は、将来きっと大学教授か、名だたる声楽家になれる、と父さんはみている。それは母方の遺伝子のお蔭だとおもう。声楽一筋だと、人間に幅がなくなる。愛紗美はじぶんで、これぞとおもう目標を別途にひとつ決めて、それにも努力することがたいせつだ」

とっさに思いついたのが、教職の履修だった。

「中学の教員免許でもいいの」

イチゴケーキを食べていた。

「それはよい。教師と生徒がふれあう。人間学として最高だ。やるからには貫徹《かんてつ》しなさい。挫折《ざせつ》は、父さんは認めないぞ」

「でも、時間割をみると、声楽のレッスン時間がかなり食われてしまいそう。貫徹といわれても、無理かもね」

「いいかい。母親の遺伝子をうけついだ天分が、愛紗美には付加されている。それが仮に三割だとすれば、音楽レッスンを三割割いて、そのぶん教職の勉強にまわせばよい」

(いかにも理数系の父親らしい助言だわ、いつも理詰めなんだから)

「そうしなさい」

母はすぐに父に味方する。

(音楽の才能など、数学で簡単に測れないわよ)

それを口にすれば、巧みなディベート(弁術)で勝る父に論破されてしまう。ここは黙って頷《うなず》いておいた。

貫徹を約束した愛紗美だが、とても教職課程がつづくとはおもっていなかった。……教育原理、教育心理、特別支援教育概論、教育課程概論、音楽科教育法、道徳教育指導論などの必修科目の出席は欠かせない。

毎月、同級生で受講する人数が減っていくのが目にみえてわかる。父親に拘束《こうそく》された愛紗美は、やめられる自由な環境の学友がうらやましくもあった。

やめる決意を父に話せば、ディベートで言い負かされ、結局はつづけることとなる。むだな労力をつかい、父娘の間に亀裂をつくりたくもなかった。

かろうじて大学三年の秋まで、愛紗美は教職課程をつづけてきた。教育実習を受けいれてくれる中学校をえらぶ必要があった。母校以外が望ましいという。

（ここらが教職のやめ時、見切りどきだわ）

父の顔が浮かぶので、愛紗美はいちおう声楽科教授の藤原郁恵にたのんでみた。

「藤原先生、ベルリンとウィーンの音楽コンサートに同行させていただいたとき、ご先祖さまは瀬戸内の島で、長崎出島のオランダ商館の蘭方医のシーボルトに病気を診てもらったとか、お話しされていましたよね」

「御手洗島のことね。くわしいことはわからないけど、明治に入ると、一家で御手洗島を追われるように出た、と聞かされているわ」

小太りの藤原教授は、明らかにこの話題を避けたがっているとおもえた。

「教育実習として、その島の中学校を紹介していただけませんか」

「瀬戸内の島の中学などいかずに、ミラノに短期遊学してオペラの耳を肥やしてきなさい。どうせ、将来は中学の先生でなく、大学教授か、世界の一流舞台に立つ人なんだから」

音大は教授の引きひとつで、将来が決まってくる。講師、准教授くらいまでなら、藤原教授の影響力はあるだろう、と愛紗美はふんでいた。

「これは父のすすめです。中学の教壇に立つことは、人生で最初にして最後のチャンスですから、おねがいします」

愛紗美はそういいながらも、島の中学に断られることを期待した。東京の音大付属中学校ならば、この藤原教授のレッスンもうけられる。

「伝手《つて》もないし。わたしが直接、中学校に交渉してうけいれが成立しても、島を追われた先祖の恥部を暴《あば》かないでね。あなたはそういう性格だから」

「私の性格がそうみえますか。はじめて言われました」

「自覚できていないのね。探求心がつよい性格よ、あなたは。アメリカ生まれで三つ子の魂百まで。四つ半までだったわね。日本人離れの考えがあるし。逆の立場になれば、嫌われるのよ」

「教科書にでてくる有名な医師のシーボルトが診るほどですから、たいそうな病気なんでしょうね」

「いま言ったばかりでしょ。質《たち》の悪い病気かもしれないし。それを暴き立てるって、良くないことよ」

藤原教授があからさまに不快な顔をした。

（これでよし。きっと豊町中学には依頼しないわ。東京の付属中学が確定だわ）

「愛紗美さんのお母さんは、音大の二年先輩だし、むげに断れないわね」

（断ってくれてもいいんです。その方が父に教職を断念する理由になるのです）

ところが、声楽科の藤原教授は渋々ながらも、豊町中学にかけ合ったようだ。学校側が東京の音大生に興味をもってくれて、すぐさま決まってしまった。

（戦術が下手だった。わたし島流しされるみたい）

民宿の窓から近くにみえる堤防の常夜灯に明かりが入った。観光用の灯火かもしれない。住吉神社で、だれか本殿の鈴を鳴らしていた。

朝日が幻想的に昇ると島々の海面をきらびやかに染める。

愛紗美は質素な雰囲気に身支度を整えると、品数の多い朝食を摂《と》り、愛想のよいお茂さんに玄関先で見送られ、豊町中学校にむかった。

海岸通りで、すれ違う島民がことごとく、好奇の眼で遠慮なくみている。なかにはふりかえっている。

（これでも、服装が派手なのかしら）

豊町中学の初日は、かなり緊張した登校であった。まずは校長先生、副校長先生、そして職員室ですべての先生方にごあいさつである。

お辞儀も、演奏会の舞台に上がったように、彼女はていねいに頭を下げた。東京の素敵な音大生ね、という女子教員の声も聞こえる。厨房の方々や老警備員にも顔合わせのあいさつをかわした。

「きょうはこれで終わります」

こんな短時間で帰されるの、と愛紗美には拍子抜けであった。教育実習だから、仕事としてあてにされていない。こんなものかもしれない。それでも社会人に一歩近づいたような感慨があった。

二日目は実習というよりも見学だった。指導教師の小野寺先生の側について、午前中は教室の後ろで国語の授業をみた。教壇にたった教師の声の大きさ、黒板のつかい方、生徒を指名する呼吸などつぶさに観察した。

午後は二年生の音楽授業の見学である。教員室横の階段を上がり二階の廊下をいく。音楽教室に近づくと、怒鳴りあう声が聞こえた。男子生徒と女教師だ。荒れた中学校の雰囲気を感じた。

小野寺先生がドアを開けると、女教師の菊池ひとみがちらっとみてから、ピアノを弾きはじめた。生徒らが「帰れソレントへ」を歌いだす。ピアノに向かう音楽教師の菊池は三十歳半ばで、お腹が大きく、かなり目立つ体躯である。「翼をください」「サンタルチア」と三曲ほど、さして指導もなく、鍵盤を奏でで、ただ歌わせて、苛立った雰囲気で授業を終えた。

「あんたらのクラスは最低ね」

女教師はそうはき捨ててから、怒りの空気をのこして教室からでていった。生徒たちも教室移動できえた。教室はたちまち空になった。

「私が過去からみてきた音楽の先生のなかには、ヒステリックな方が多い。暴力教室にならなければ、それで良かれ、とみています」

小野寺先生が、のこされた不快な空気感を説明した。

「理由はなんですか」

「一般論ですが、音楽の先生はデリケートな性格の方が多い。幼いころから音楽を学び、ピアニスト、歌劇のプロになるために必死になっていた。でも結果として、希望がかなわず教員になった、という失意なのかな。熱意が薄いようです。逆に、教育学部の音楽科卒の先生は、おおむね教育熱心ですけれどね」

（そのまま、わたしへの批判になるわ）

教員室にもどると、小野寺隆は国語教科があるといい、すぐに立ち去った。

「菊池先生、授業でなにがあったのですか」

愛紗美が好奇心であゆみよった。

「実習すれば、わかりますよ。あんな質《たち》の悪い生徒らだから、胎教《たいきょう》にわるいわ」

これ以上は聞きにくい怒りの雰囲気を感じた。

「私はもう授業をもちませんからね。後任がくるまで、あなたが全学年の音楽の世話をしてあげるといいわ」

菊池の堪忍袋《かんにんぶくろ》の緒《お》が切れた怒りも、きょうこの場かぎりで、明日は忘れている、と愛紗美はおもっていた。

ところが翌日、菊池ひとみは体調不良を理由に登校せず、愛紗美が三日目にして正式教師なみに授業をもつはめになった。本来はひとりで音楽時間をうけもつのは一週間後からの予定であった。

緊張する最初は中学二年生の音楽授業からだった。愛紗美は生徒のまえで自己紹介をしてから、ピアノ伴奏で生徒らを歌いはじめさせた。よく透きとおる、澄んだ声でうたう女子生徒もいる。音量のある美しい声もある。声変わりした男子生徒が多い。おとなしかったのは、はじめの十分ていどだった。

後方の席で、むじゃきな顔の女子が化粧をはじめた。前方では男子がスマホを夢中でやっている。ピアノを弾く愛紗美の視界に、わずらわしく飛び込んでくる。悩ましく、気になってしかたなかった。

(どうにかしなければ)

いまの彼女は大勢の生徒とわたりあえなかった。

「東京の音大は学費がばか高くて、ピアニストのなりそこないが学校の先生になるんだって。おやじがそう言っていたぜ」

その生徒はまわりを巻き込んで雑談をはじめる。

「この実習の先生、ピアノ上手いじゃん」

「マジ感動した」

「本ものの先公の菊池よりも、上手かも」

「私はピアノ科じゃなくて、声学科です……」

愛紗美がはじめて対応した。

「音楽の授業は退屈なんだよな。皆そうだよな」

男子生徒がガムを噛みながら、ヤジってきた。

生徒のこころない言葉を、容赦なく浴びせられた。五十分の授業が終わった。ホッとするよりも、泣きたい気持ちだった。

次は三年生の授業が控えている。十分の休憩で、こころの不純物を洗い流した。

「学校の音楽は必要ないよ。将来なんの役にも立たない。頭は別のところで使いたいよな。でも、内申書の点が絡むから、仕方ないんだ」

二年生と比べると、やや落ち着いている。

一年生となると、ピアノを弾いていると、音痴の生徒が抑揚のない声で、それも大声で歌う。楽譜通りでなく、故意にまちがって歌う生徒もいる。反抗期なのだろう。

「歌はいいんだ。もう自由時間にしようぜ。漫画やゲームの方が、音楽よりも面白いや」

男子生徒が堂どうと音楽教室から出ていく。

机に両手をつき突き伏して寝ている生徒もいる。

突如として「間抜け」と怒鳴り、生徒どうしのけんかがはじまる。

「ふたりとも、教室から出ていきなさい。グランドの真ん中で、そっちで喧嘩をしなさい」

愛紗美が大声で叱ると、静かになった。ピアノ伴奏をすると、おとなしく歌いだした。

（生徒を育てる。生半可《なまはんか》な努力では、ひとは育たない）

愛紗美は現実の世界の厳しさを知った。ベテラン教師になるには、大変な思いをするのだろう。


ちょうど一週間たった土曜日の午後、校長室に呼ばれた。スーツ姿の男性が応接椅子に坐っている。

愛紗美は、あっ、とおどろいた。連絡船でみたあの茫洋《ぼうよう》とした男性だった。

いま校長と正面で向かいあう。かれは紺系スーツ姿で、柄模様のネクタイを締め、頭髪もきちんと整えている。眉が濃く、目がおおきな点などは前日とおなじ。坐っていても背が高いとわかる。容貌もすっきりしている。役者の早変わりか、とおもうほどだ。

あらためてみると、年齢は三十をすこし越えたくらいだろう。

校長から「どうぞ」といわれた愛紗美は、男性と横並びに腰をおろした。

「紹介します。来週の五月二十日から教育実習で、本校の社会科に来られる浅間輝《ひかる》さんです。あとは自己紹介で」

赤石校長が浅間にふった。

「先週、御手洗まで、船のなかでおみかけしましたよね。浅間輝です。院生の博士課程です。自己紹介ですが、学部の建築学科を卒業し、三年ほど大手ゼネコンに勤めていました。なぜ、退職したか。大恥を先に話しておきます」

十一階建ての中層ビルの構造計算に誤りがあり、耐震性が足りず、積算価格の単価違いがあり、超安値で落札してしまった。会社に大損害を与えました。課長、部長、取締役から、もし設計通りに建築工事に入れば、少なくとも、十数人の死傷者を出しただろう、と怒られました。かれはやや早口ながらよくひびく声だ。

「死者がでたらと、ぞっとしました。設計技師のような緻密《ちみつ》で繊細《せんさい》なしごとはじぶんに合っていない、と知らされました。辞表を出して、塾の講師で生活費を稼いでいました」

（小野寺先生から聞いた、会社の退職理由がちがうわ。口達者な小野寺先生は、ひとの話しをしっかり正確に聞かず、それでいて、べらべらしゃべるタイプなのね）

「ショックがこころから抜けず、悶々としているよりも、大学院の畑違いで学ぼう、出直そう、と考えたのです。設計のように正確に計算し緻密に線を引くようなものではなく、むしろ物事が曖昧《あいまい》で、答えが出せない哲学などを考えました。永遠に答えがだせない。これも性格に合っていない。歴史ならば、資料をさがし掘り下げて、推測や推量で答えが導きだせる。ここらが没頭・専念する性格の僕にいちばん合っていそうだ、と史学科を選びました」

（小野寺先生は、ここらの説明もちがうじゃないの。哲学科の話など出なかった）

「学部時代に教職の単位を取っていました。建築学科の実習が忙しくて、教壇に立てなかったのです。大学院に入り、修士課程は日本史の近現代史ときめたばかりで、教職まで頭がまわらず、家庭内でもトラブルがあり、それも落ち着いて博士課程にすすみました。社会科の教職を継ぎ足し、こうして教育実習の運びになりました。先日お会いしたときは郷土史の事前勉強です。教室で取り入れるために」

浅間は先の茫洋《ぼうよう》とした船上の姿から、実に信じられないほどキビキビと語る。

愛紗美は、東京の三人家庭と音大の学校環境をふくめて簡略に紹介しておいた。

「先生はサンフランシスコ生まれですよ。四歳過ぎに東京に一家で引き揚げられたそうです」

校長がそれを補足してくれた。

「そうですか。話しの運び方が上手ですね。美人はお高くとまっているものだと思っていました。白根先生はちがう。気さくな感じですね」

といわれると、愛紗美はことばに窮して、「近現代史って、どこからどこまでですか」と質問で対応した。

「僕の場合は、幕末から太平洋戦争の終結までです。理由というか、動機は、広島のひとは原爆の被爆者だと声高に語ります。ところが、なぜ原爆が投下されるに至ったのかと、それを聞いても釈然《しゃくぜん》としない。ではなぜ、太平洋戦争が起きたのか、それもよく理解されていない」

「それは言えるかな」と校長が口をはさんだ。

「修士課程に入ったころ、僕だって、太平洋戦争のまえの日中戦争はなぜ起きたのか、と自分に質問しても解っていなかった。そのまえの日清・日露戦争はなぜ起きたのか。なぜ、徳川幕府が瓦解《がかい》したのか。ほんとうに倒幕だったのか、という疑問に行きつきました」

「理系の頭脳かな。ロジックの組み方が明白だ」

校長がそう評した。

「ですから、僕の研究はペリー来航から太平洋戦争の終結までです」

「よくわかりました。広島の方だから、原爆にこだわっているのですか」

愛紗美は質問を入れてみた。

「僕の出身は静岡で、先祖は幕臣ですから、元もと江戸です。東京の大学の建築学科を卒業し、大手ゼネコンに入社し、広島支店に勤務でした。退職後も、広島県内に根っこを下ろしています」

「おふたりの話しはそこまでにして。白根先生も明日、御手洗の歴史見学に同行されたら、いかがですか。日曜日ですし。〈街並み保存会〉の野々山会長が案内してくれます」

「ご一緒させてください」

愛紗美はシーボルトが気になっていた。これは良い機会かもしれない。もし船上でみた浅間の身だしなみならば、この場で即座に断っただろうとおもう。

「御手洗は、重伝《じゅうでん》（重要伝統的建造物群保存地区）の町です。社会科の先生には、郷土史として授業に組み込んでもらいます。そのための見学です」


当日、民宿・内海のまえに、野々山会長が迎えにきてくれた。会長は六十半ばで、体躯は頑丈そうだ。

海岸通から路地に入った先にある、若胡子屋《わかえびすや》へと五分間ほど足をはこぶらしい。野々山会長はこの町への愛着心に満ちている方だった。

――広島藩から享保九（一七二四）年、四軒の公娼《こうしょう》施設に営業許可がでた。御手洗は遊郭《ゆうかく》の町となった。そこから、瀬戸内の廻船《かいせん》を御手洗に呼び込むことができた。それが港の繁栄につながった。汐《しお》待《ま》ち風待《かざま》ちの良港と、遊郭が相まって、瀬戸内最大級のにぎわう港になった。

「ここです」と、建物を指す。若胡子屋は白い入母屋《いりもや》造りで本瓦葺《ほんかわらぶ》き、二階建て大壁《おおかべ》造りであった。

この玄関先では、ラフな服装の浅間輝がすでに待っていた。軽く笑顔で手を挙げている。

（まるで、別人みたい。高速艇とおなじような服装なのに、どうして違うのかしら）

愛紗美にはそれが不思議だった。朝のあいさつを交わした。

「広島藩の遊郭が四軒ありましてね、遊女は客を選ぶ自由はなく、夜ごと異なった客を相手に『一《いち》夜妻《やつま》』と呼ばれたそうです。一夜でも、主《あるじ》なんですよ」

野々山の話し方は、表情が豊かで、語りなれた口調であった。肩をならべて聞く浅間はメモを取り、珍しい展示物があれば、質問している。愛紗美にも気づかいして声がけをしてくれる。

（如才ないし、どこか博士課程はちがう）

彼女は野々山会長よりも、浅間輝を意識する自分を発見した。

「江戸中期から、港の船乗りや商人が常連客で、参勤交代の途中で、御手洗に停泊し、大名や武士たちの上陸もめずらしくなかったのです。文人・墨客《ぼっきゃく》の遊びも少なくなかった。遊女の陸芸者《おかげいしゃ》は茶・生花・三弦・琴・唄などで、客をもてなす芸ごとができたのです。遊女は足掛け十二年、満十年が身売りの期限になっていました。肉体を提供することです」

愛紗美が二十代の女性だから、と野々山は気をつかうでもなく、歴史の事実としてていねいに話す。

若胡子屋は天井が、九州の有名な屋久杉《やくすぎ》だった。

「白根先生は、屋久島に登山か、観光で行かれたことはありますか」

浅間がふいに質問をむけてきた。

彼女は心臓がぴくっと動いたような緊張を感じた。

「いいえ。友達で行かれた方から、亜熱帯雨林のように雨がよく降る、と聞いたことがあります。わたしはお土産に絵はがきを頂いたくらいです」

「そうですか。巨樹の原生林は神秘的です。いちど行かれるとよい。白根先生は上品すぎて、登山というタイプにおもえませんが、宮之浦岳一九三六メートルから、一八〇〇メートル以上の山岳が十座もありますよ」

「登山は、いちども経験がありません」

「僕とは趣味がちがいますね。残念だ。静岡育ちですから、富士山、南アルプス、よく登っていました」

（急に突き放された感じ。静岡に恋人でもいるのかしら）

愛紗美は、恋の選外におかれたような気持になった。

「御手洗で、最大の遊郭がこの若胡子屋です。最盛期には九十九人の遊女がいたそうです。御手洗の遊女は、一夜妻ですから、寝間の相手だけでなく、洗濯もするし、船に乗り込めば、掃除もする、煮炊きもする。一晩で一人の「主《あるじ》」しかとらなかった。だから、妻の証で、歯を黒く鉄漿《おはぐろ》に染めていたといいます」

野々山はこまかく語る。

文化十一（一八一四）年にも文政元（一八一八）年にも、オランダ人が若胡子屋で遊んだ記録が残っているという。

「それはシーボルトですか」

愛紗美はおもわず質問した。

「シーボルトの、なにかお調べですか」

野々山の視線が愛紗美の顔にむけられた。

「別に。オランダといえば、シーボルトしか知らないので……、中学生のレベルです」

藤原教授との約束があるので、それ以上は黙っておいた。

「街並み保存会の副会長の、赤松さんに訊けば、シーボルトが御手洗にきたかどうか、それはわかるかもしれない。御手洗の歴史について研究熱心だから。これから案内しますよ」

赤松正は三十八歳で、町おこしの移住者だという。島民によく溶け込んでいる。江戸時代の船問屋だった建築物を買い取り、古風な造りを生かしながら、海が見える現代風の和風ホテルに建替えている、と野々山がおしえてくれた。

(泊っている民宿・内海も、その一つみたい)

「海岸通りには江戸時代、十七藩の船宿があったのです。正確な数字ではありませんが……。御手洗の古い船問屋や、解体した納屋や押入れなどから、赤松正さんは史料を発掘し、それを保存し、町の文化財にしている」

案内された海岸通りでは、半解体された家屋が柱と梁と間仕切りだけになっていた。奥で電動鋸《のこぎり》の音がうなる。野々山会長が土間のなかに入り、作業服姿の赤松正を呼びだしてきた。

野々山が浅間と白根を紹介したうえで、赤松に来意を語った。

「そうですか。シーボルトなら御手洗に来ていますよ。資料なら、自宅にいけばありますから、いま持ってきます」

もどってきた赤松がファイルから、該当する古文書の資料を開いて、これがシーボルト日記です、御手洗にきたと記録するものです、と指さした。

――六月二十四日、いまだなお逆風なり。島より島へと漁船に曳かれていく。晩に、御手洗より三里離れて錨を下す。中夜、満潮に乗じて曳かれて進み、海峡を通りて、御手洗に停泊する。

――六月二十五日、御手洗の町より数名の病人来たり、余の診断を求む、そのなかに十七歳の少女あり。母の言によれば、時として淫乱症《いんらんしょう》の発作起きるという。余は母に対し、食養生《しょくようじょう》と心理的な処置との他に、娘を早く結婚させることを提議としたるに、少女は喜ばしく微笑みてこれを肯《うなず》いたり。精神病の病状に国民的習慣の現れる様は注目に価する。この少女は発作の時、この地にある夫ある婦人一般の標徴《しるし》とする如く、歯を黒く染めると聞く。


作業服姿の赤松正が、この日記について次のように解説した。

「シーボルトの御手洗にきたのは、江戸参府《さんぷ》の一六二回目にあたります。一八二六年六月、江戸から帰りに立ち寄っています。時期は今よりちょっと早いですね。シーボルトの診察が船内か、上陸か、定かにはわかりません」

それには浅間輝が強い関心を示したうえで、

「シーボルトは外科医かと思っていたら、精神医学にも精通していたとわかる。これは貴重な内容ですね。患者はいまでいえば、恋煩《こいわずら》いで、精神的に落ち込んで、鬱《うつ》状態だったようですね」

と、その意見を求めるように愛紗美の顔をみた。

(恋煩いなんて、いやな質問ね。わたしに振らないでよ)

彼女は無言で首を傾げた。

浅間が独自の見解を示しはじめた。

「十七歳の娘さんは、シーボルトから結婚を勧められたら喜んでおる。これはまちがいなく、恋煩いだろうね。母親は、娘に淫乱症の発作起きると言っている。推理すれば、ここは面白いところだな。御手洗港には公娼もいれば、きっと非公認の小遣い稼ぎの女もいたと思います」

浅間の目はその時代を見返すように光っていた。

「浅間先生、そのようですよ。貧しい農家が夜な夜な山越えしてきて、娘をこっそり御手洗港で働かせていた。御手洗のお寺で、そんな話を聞いた記憶がありますから」

野々山会長が話題のながれに加わった。

（音大の藤原教授の先祖が、この淫乱症の発作起きる十七歳の娘さんなのね。だから、先祖の恥部を暴かないでね、とわたしにくぎを刺したのだわ。歴史って面白い発見があるものなのね）

探求心と好奇心がつよい愛紗美は、歴史が好きになりそうな予感をおぼえた。

「公娼の遊郭の籍に入らず、陰の売女、江戸の物語に登場する、あの夜鷹ですね」

赤松正がそう言いながら手にする資料に見入った。

（藤原教授には、夜鷹の血がながれている。音大でとても教授に話せないわ。こんな秘密が発見できるなんて……）

そんなふうに彼女は自分とむきあっていた。

「赤松さん。当時の御手洗は華やかで盛況だった、周辺の集落といえば貧困だったのでしょう。貧農の娘が家族を養うために、淫売婦（夜鷹）になることがあってもおかしくない。つながってきますね。この資料と」

という浅間はやや興奮ぎみの口調だった。

「浅間先生。私（赤松）の個人的な意見ですが、若胡子屋は最盛期には九十九人の遊女がいたらしい。他には藤屋、境屋、応技と合計して四軒では、御手洗港に入船が多いときは遊女がまかないきれない。一夜妻で、他の乗組員とはかけ持ちができない制約がある。となると、非合法な夜鷹も需要があったとおもわれます」

「いい視点ですね。ここを深追いしてみると、この十七歳の娘が常づね親の暗黙の了解で、歯を鉄漿《おはぐろ》にして一夜妻として身を売っていた。貧農の母親は公娼を仕切る村役人の取り締まりの目を逃れるために、シーボルトを利用して、『娘は淫乱で精神がおかしい。夜鷹になりたがる』と病人扱いする。つまり、母親はお墨付きをもらいに御手洗にきた。ところが、シーボルトから、『思春期の娘だ、男に飢えている、この娘を早く結婚させなさい』と提案された」

「十七は数え年。いまの十五なら心に秘めた男がいてもおかしくない」

野々山会長がそのように女の心理を読み解いた。

「貧農の親から売春の圧力からのがれる、だから娘は喜んだのでしょう。そうも考えてあげたい」

浅間輝が推理の決着をつけた。

（ミステリー作家みたい。本物のシーボルトの貴重な日記とはいえ、ここまでストーリーが運べるのだから。すごいひとね）

「どうも、赤松さん、しごと中にお時間を割かせました」

浅間がていねいなお礼を言った。ここで「街並み保存会」の野々山会長とも別れた。

愛紗美と浅間のふたりは、肩をならべて御手洗港でひときわ目立つ白化粧の高燈籠の方角にむかった。むかしは夜ともなれば火を入れ、船乗りたちが安全に港にもどってくる道標の灯台であった。

「高燈籠」の側の小橋を渡ると、石畳の参道で突き当りが住吉神社の本殿であった。境内は閑散として、幼児を遊ばせる親子がいるくらいであった。

「今朝から、遊女の話しばかり聞かされて、不愉快でしたか」

「いいえ。推理はとても面白かったです。歴史学はすごいな、とおもいました」

藤原教授の話しは持ちださなかった。なぜ、教育実習に豊町中学を選ばれたの、と質問されると、答えが厄介になるので……

「この神社に、遊女の方はお参りに来ていたのですかね。幸せになりたい、と」

愛紗美が拝殿前の石段を上り、こころを静めて鈴を鳴らした。

「僕は神社仏閣で手を合わさない主義なんだ」

「なぜですか」

「南アの山稜で滑落したとき、ああ、死ぬんだな、と覚悟を決めた。助かったのは奇跡だとおもった。神社に拝んでも死ぬときは死ぬ。拝まなくとも、運がよければ救われる。そうおもうと、願いごとや神頼みはやめた。自分を信じて自力で臨む、というモットーが生まれた」

「私は神様を信じます」

アメリカの保育園で、何かと神様といい、お祈りした。

「話しは変わりますが、先日、連絡船で出会ったとき、生徒に郷土史を教えるために、この住吉神社を調べに来たんです」

「何事も、熱心なんですね。性格ですか」

「そうかもしれない。勉強不足だと思われたくない。ここで教育実習の予行演習がてらに、あなたが生徒役、僕が教育実習の先生で、話しましょうか」

「はい。起立、礼、着席」

お辞儀をした彼女が膝を曲げて、半身で、椅子に腰を下ろす真似をした。そして笑った。

「愉快なひとだな。さあ、授業をはじめます。この本殿は、大坂の住吉神社を二分の一の大きさに模っています。懸魚《げぎょ》、破風《はふ》、金具までそっくり真似ています」

「先生、質問です。大坂と御手洗と一つずつ、サイズはどのように確かめたのですか。教えてください」

「いい質問だ。現代のように映像を送って確認はできない。どうしたら、いいだろうね」

トンビが滑空するので、彼はそれを目で追いながら間を取っていた。

「考えても、わかりません。建築士の先生は頭が良すぎます」

「生徒はそこまで言わないな。大坂で造らせて、一度解体し、船に乗せて御手洗まで運んできて、組み立てた」

「なんだ。答えがわかれば、単純ですね」

「歴史は結論が解れば、単純です。研究者はその単純な結論にたどり着くのが大変なんです。事実を捏造《ねつぞう》し、後世につたえる。そういう悪質な事例もある。歴史的事実といえども、故意に改竄《かいざん》されているから、疑ってかかる。これが歴史学の基本かな」

「歴史をごまかして、儲ける。そういえば、偽の古文書とか、陶器とか、贋作の絵とか、世の中に横行していますよね。そういうことでしょう」

「それもあるが、明治政府が歴史をごまかし、捏造し、義務学校教育の場で日本中の生徒に教えて信じ込ませた」

「そんなことができるのかしら」

「できたのです。薩長閥の政府が巧妙にやった歴史の捏造が、とてつもなく恐ろしい結果を招いた」

「たとえば、どこかの国と戦争になったとか……」

彼女は当てずっぽうに言った。

「正解です。明治、大正、昭和にかけて、いつも戦争する戦争国家になった。やがて広島・長崎に原爆が落ちた」

「飛躍しすぎて、わからないわ」

彼女は不可解な表情をした。

「政府がどんな捏造をおこなったのか。僕が十日後に豊町中学で教壇に立つまで考えてください。カンニングも許しますよ」

「いやだ。そんなに長く」

彼女は鼻にぬける甘い声になった。

「僕は、政府の欺瞞《ぎまん》を紐解《ひもと》くまで、大学院に入ってから三年かかりました。白根先生はそこまで年数をかけることはない。次の顔合わせまで、あと八日間かな」

「八日間でも長過ぎます。教職見習いの私には日々、授業のまえに準備することがたくさんあるのです。ヒントをください」

「明治政府のプロパガンダです」

「えっ、プロパガンダって、わかりません。お願い、教えてください」

愛紗美が両手を合わせた。

「生徒に回答を教えるのは、答案が出てきてからです。それがルールです。私的に教えられません」

「私的だなんて。冷たい先生ね。優しくないのね」

「とっておきの優しさを見せるかな。太平洋戦争の終結から九十二年前の出来事です」

「年表をみれば、すぐわかるのに。もったいぶる性格ですね」

ふたりの距離がすこし縮まってきた感じ、と彼女はとらえはじめた。

拝殿前からは境内の玉垣、石灯籠、狛犬、手水鉢など、文化財を観てまわった。これらの寄進者は、右衛門とか、江戸時代の豪商らしい。

神社の境内を裏手から抜けると、堤防の袂《たもと》から全長六十五間（約百二十メートル）の防波堤があった。かれが説明してくれた。文政十一～十二（一八二九）年に、藝州広島藩の浅野家が築造した。築かれた大堤防は「千砂子波止《ちはごはと》」と呼ばれた。

「白根先生が民宿から見ている海が、御手洗瀬戸です。早い流れですから、堤防で潮流を遮ることで、内側に良い港ができたのです。従来よりもより多くの廻船、北前船が入港して、港はいっそう栄えたのです」

「わたしの民宿ご存じなんですか」

「民宿・内海でしょ。二階の窓から、僕の顔を見たとたんに、窓の戸をピシャッと閉めた。それが二人の馴れ染め《なそ》です」

「馴れ染めなんて、誤解されます。やめてください」

「歴史をやっていると、そんな用語がでてくる。出会いに変更します」

当時は最高の土木技術で、中国地方では最大の大波止で「中国無双《むそう》」と言われたらしい。堤防の先端にも高燈籠があった。

石組みが幾何学的な美観の堤防には、複数の家族連れの釣り人たちがいる。釣った魚を焼く、香ばしい匂いが鼻を突いた。

「この石造りのベンチに、腰かけませんか」

ふたりは横並びで腰を下ろした。

瀬戸の情景がとても良く、彼女はちょっとロマンチックな気分になれた。

「白根先生は、東京に恋人がいるんでしょ。一か月近く離れるし、辛い想いで、御手洗に来たのでしょう。毎日が、淋しくありませんか」

「いいえ。恋人はいません。音大の男子学生とは交際しない、音楽家どうしで結婚はしないと決めているんです。いまは、めざすミラノの国際コンクールで賞に輝くまで、わき目をふらずレッスン一筋です。これはほんとうです。浅間先生は奥さんがいるんでしょ」

というと彼の返答には間があった。腰かける花崗岩のベンチがヒンヤリしていたが、体温と陽ざしを吸収し、冷気はもう感じなくなっていた。

「離婚しました。逃げられた、といった方が正確かな。校長先生の前では、離婚まで話しませんでしたが、僕は会社の大失敗を機に辞職したのです。妻が反対しましたが、僕のつよい意志で大学院の修士課程に入学しました。塾の講師は生活費が毎月赤字です。他に収入の道はなにもない。夫婦喧嘩はたえまなく、たがいに気持ちがすれ違い、俗にいう家庭内離婚です。将来の話がでて、僕は博士課程をすすむ、というと、家庭を犠牲にしてまで、『あなたは自分のやりたいことをやるのね』という。

『僕の道だ。使命感があるのだ。僕には、将来の日本人に戦争をさせない、大勢の命を無差別に奪う戦争はやらさせない、という気持ちが強い。戦争はなぜ起きたのか、その原点を知ることが戦争抑止になる。それを日本中に知ってもらう、という使命がある。妻の君がなんと言おうとも、日本が将来にわたって戦争しないためにも必要なんだ』と、妥協できないという決意を聞かせました。『将来の日本のためだなんて、妻や息子のためになんて、あなたは一度も言ったことないじゃないの。家庭を持つ資格がない人よ』といつて妻は切れて、数日後、離婚届を僕に突きつけた」

　彼の視線が、近くの釣りを楽しむ家族連れに流れた。堤防のうえで、三十センチほどのおおきな黒鯛《チヌ》が痛いたしく飛び跳ねる。父親だろう寸法を測るメジャーを魚体に並べ、妻子を取り込みスマホ撮りしていた。そして、獲物を魚籠に入れた。

「あの魚の命はあれで終わりだな。命はいつか尽きる。かわいそうで、僕は釣りはやらない。話しをもどすと、当時三歳の息子をだきしめた妻はゼッタイ親権も渡さない、と弁護士の書類をみせました」

「どうしました」

「親権を裁判所の調停で争っても、長期にわたり時間のロスだ、とおもってその場で承諾しました。『薄情な父親ね。息子がいなくても平気なのね。子どもにも愛情の欠片《かけら》もない人よ。この児には一生、会わないでよ』と昂然《こうぜん》とした態度だった。争わなかった。会社の職場結婚でしたから、設計ミスの重いこころも含め、会社人生がすっかりクリアされた感じでした」

「息子さんに会えない、淋しくありませんか」

「複雑だな。いまのぼくの生き方は、歴史を捏造した明治政府のプロパガンダとたたかう。過去の家庭は考えないようにしている」

と語る浅間の横顔から、家族を失った一抹の寂しさが感じられた。

「きょう昼食《ひる》、海岸通りの海鮮料理屋で食べませんか」

「噂が立ちやすいでしょ、狭い町だし。やめておいた方が賢明だわ」

近くの子どもが魚を釣りあげた。両親が歓声をあげていた。


愛紗美が音楽の授業を受け持ってから、緊張の日々だった。余裕が見いだせず、まるで分刻みで追われる。そんなさしせまった生活にすらおもえた。

指導教師の小野寺先生が、当初説明してくれた中学教師の一日が決して大げさなものでなかった。甘く見過ぎたと反省した。それでも一週間も経てば、彼女は生徒の名まえを覚え、多少の平常心がうまれてきた。

放課後の職員室でやる業務が、ことのほか多く、日没後の帰路の足どりは重く、民宿・内海にたどり着けば、二階の部屋でちょっと横になったつもりが、真夜中の空腹で目覚める。電灯の下のテーブルには、お盆に乗った食事と、急須、電気ポットが置かれている。

お茂さんがこの部屋に入ってきたことすら気づいていなかった。深夜、ふだん着に着がえ、食事を摂り、音楽科のペーパー試験の問題をつくりはじめる。

時計が夜半を回る。

あすの朝の登校は早いし、あえて寝床に入った。もう陽が昇っている。着替えを手にもって階下の脱衣所に入り、浴槽シャワーで全身を洗い、乾いたバスタオルで急ぎぬぐう。自室の鏡のまえで化粧し、服を選ぶ余裕もなく上下を着、大食堂では急ぐあまり行儀の悪い食べ方になってしまう。

「お茂さん、美味しい朝食なのに、食べ残して。ごめんなさい」

手提げカバンをもつと、彼女は早足で傾斜のある道を登っていく。ふりむけば瀬戸の美景があるはずだがふり向かず、校内に花壇の彩の紫陽花すら楽しむ余裕もなく、職員専用の下駄箱から、自分の赤いスリッパを取りだす。

五分間の職員会議に間に合った。ほっと吐息をもらす。

「音楽教師の菊池先生から産後が悪いという連絡が入りました。白根先生、引き継ぎ、よろしくお願いします」

赤石校長の簡素な報告、副校長の連絡事項のみで、五分間はさっと終わった。

多くの先生は、資料やカバンをもって教室に向かう。白根愛紗美は教員室の自分の席にそのままついた。最初の授業は二時間目からである。カバンのなかに手を入れ、民宿でやりかけた問題づくりの資料を取りだし、机上においた。菊池先生が出勤できなければ、教職実習の自分が一足飛びに、正式音楽教員になってしまう。複雑な焦りをおぼえた。全校生徒の内申書にまで影響を及ぼす、そんな責任ある授業など自信がない。そんな重圧と責務が胸をつぶす。「無理よ」とつぶやいた。

校長室から顔をだした赤石校長に、手招きで呼ばれた。来たか、と嫌な予感が広がった。

「さっきの職員会議では時間がなくて、白根先生にはしっかり話せませんでしたが、菊池ひとみ先生は長期休職で、そのまま産後休暇に入れば、もう当校には来ないでしょう。予め教育委員会の方でも動いてくれていましてね、代用教員が決まり、名前まで当校に連絡があったのです。ところが昨晩、教育委員会から私のケータイに連絡が入り、その方が急に辞退されたとのことです。島の赴任には抵抗のある人もいるし、辞退者を無理に呼べないし。それこそ、職業選択の自由ですからね」

広島県の音楽採用試験の補欠者合格者は、もう他校に勤務されているので……。校長の目がより真剣になった。

「そこで白根さん。音楽の代用教員をお願いできないだろうか。あなたは大学生だし、東京の音大とのからみもある。それは承知のうえで、夏休みいっぱい当校の音楽代用教員として勤務していただきたいのです」

「困ります。実習期間は六月十日までの約束です。さらに二か月半も延長ですか。わたし九月のミラノで開催される国際コンクールに挑戦します。中高校生からめざしてきた賞の一つです。わたしの本音からすれば、この教育実習の一か月間すらも、歌曲のレッスンからみれば、痛手の空白なんです」

愛紗美の脳裏には、弁舌に優れた父親の顔が横切った。父はとっさにロジックを組み立てるのが速い。切り返しもうまい。父のディベート（弁舌《べんぜつ》）に打ち負かされた結果、じぶんは瀬戸内に島流しされたという気持ちであった。

「そこは無理を承知ですが、八月いっぱい、やっていただきたい」

赤石校長には、ことばの巧みさを感じないけれど、全身で体当たりしてくる気迫が感じられた。

「ミラノは九月です。その前月まで御手洗にいたのでは、ピアノ伴奏の練習ができません。週に一度の、担当教授の指導も仰げません、とてもむりです」

ここはもちまえのディベート力で切り抜けよう、と愛紗美はきめた。

「どうでしょう。担当教授のレッスンは朝一便の高速艇で竹原にわたり、三原の広島空港から飛行機で、東京に日帰りする」

それなら可能なはず、と時間表を口頭で示す。

「日帰りは可能です。大学の教授レッスンは一時間ですし、問題は毎日の練習です。わたしが夜明け前に起きて、堤防で腹筋体操をし、発声練習をすることはできます。そこまではできたとしても、レベルの高い歌曲はピアノ伴奏がないと、まともな練習にはなりません」

赤石校長は無言となった。両腕を組んで思慮している。赤石の目は校長として、そこを何とか、と強く光る。

「この例えを聞いていただけますか。航空母艦のジェット・パイロットは一週間も練習せず飛んでいないと、狭い甲板に着陸ができなくなる、といいます。音楽もおなじです。毎日が本番のつもりで練習しないと、世界のライバルには勝てません。ご理解いただけないですか」

彼女はこの事例に自信をもった。

「白根先生。中学生の成長は、一か月が大人の一年分に相当します。情緒教育の音楽は、人間の成長にとってとても重要な科目です。穴をあけることは避けたい。地元のピアノ教師をさがし、白根先生と組むとか。なにか方法はありませんか」

熱心な校長はあらたな提案を持ちだす。

「毎日、広島や呉から島にきてもらう。それも朝方と放課後に。物理的に不可能かとおもいます」

「全学年の生徒の立場から、ぜひお願いします」

「折り合いが必要ですよね。七月末の終業式までなら、なんとか考えてみます」

愛紗美は校長のディベート（弁術）よりも熱意に負けた。

「白根先生、教員は夏休みがとても大切なんです。八月でも、教師は生徒の生活指導とか、部活とか、けっこう忙しい。白根先生にお願いしたいのは、合唱部の顧問です。わが校は数年前、いちど県大会で準優勝しています。ことしこそ県大会で優勝させたい、全国放送のテレビにも出演させてやりたい、と歴代の先生方の念願です。声楽科の優秀な白根先生はオペラで世界を目指されている。そういう先生の指導で、ふだんは放課後の部活で、夏休中は猛烈な特訓をしてもらえば、優勝も夢ではなく、目標になり、そして実現する、と信じています」

（どこまでも、逃げ場がないところに追い込むのね）

愛紗美はもはや黙っていた。

「国際コンクールを目指す天才的な指導者に恵まれる機会は、豊町中学には二度とない幸運です」

「一週間、考えさせてください」

愛紗美には、父に打ち負かされた口惜しさと同じようなモヤモヤ感が残った。

「よい返事を待っています」

翌々日の早朝、愛紗美が目覚めると、階下の調理場から、お茂さんが包丁で野菜をコッコッコッと刻む音がひびいていた。窓のカーテンを開けると、乳白色の朝霧がすべての景色を吸収している。

手際よく着がえると、彼女は用意しておいたデイバッグを背負った。両手にキャリーバックを抱え、忍び足で階段を降りた。

「ほかの荷物はあとから宅急便で送ってもらえば、それでいいわ」

彼女は玄関の戸をそっとあけた。そして乳白色のなかに溶け込んだ。道々に、残した物が脳裏にあがる。……女子生徒からもらった手作りの貝殻細工、天然の光る石、男子生徒が手作した釣り竿などは、一まとめ段ボール箱詰で部屋に置いてきた。

うすい朝霧がミカン畑の緑葉の色を奪っていた。幼いころから父親の弁術に鍛えられてきたけれど、赤石校長の生徒愛への熱意に打ち負かされてしまった。目上の方に、八月のコンクール顧問まで応じられません、と論旨を組み立てて話せば、たてつくと嫌われる。

「去るのみだわ」

やがて二十分ほどで大長桟橋についた。切符売場の方が、定期船は霧で遅れているけど、欠航はないと経験で語ってくれた。乗船券は発売されていた。

橋を渡り桟橋に出た。美佐江はバックを小脇においた。

「まずい。どうしよう。飛雄《とびお》君からもらった絵『御手洗の岸壁』は壁に架かったままだわ」

ある日、悪ガキの不良じみた男子から、夜も更けてきたのに下校時に急に呼び止められた。襲われるのか、と身構えた。白根先生、これあげる、と照れながら茶封筒が手渡された。かれは走って去った。民宿で封を開けると、一枚の色鉛筆で描かれた「御手洗の岸壁」で、三隻の小舟が舳先をならべる絵であった。なんども書き描きなおした跡がある。翌日、こんどは愛紗美が廊下で呼び止め、壁に飾ると素敵な部屋になったわ、というと少年が照れていた。

かれの態度が変わり、そうぞうしい音楽の授業中に、お前たちよ、まじめに歌え、とまわりを威圧してくれる。制服すらも乱れた着方でなくなった。

「音楽授業ではなにかと粋がって、荒れていた飛雄君だけど、気持ちはとてもやさしいんだわ」

あの絵を部屋に残したまま、お別れもいわずに、逃げだすなんて、少年のこころを傷つける。

「逆に、わたしがそんなことされたら、悲しいし、生涯にくむわ。そうだ、あの飛雄少年を合唱団に入れたら、統率の好い役目をしてくれる、きっと。……国際音楽コンクールで現役大学生の優勝は、私の華やかな勲章にすぎない。ことし落選したつもりで、来年に賭けてもいいのだわ。父は反対しない。受賞を期待する母は怒るわ、きっと。父の弁術に任せよう。両親が夫婦喧嘩しても、わたしにまで、とばっちりは来ないわ」

愛紗美はキャリーバックを引きながら、桟橋から陸へと鉄製ブリッジをあがってきた。

「霧が深いのでやめます。飛行機の予約時間に間に合わないので……。この乗船券は払い戻しできますか」

「いいですよ」

（お茂さんに気づかれず、部屋へもどらなければ）

すれ違う島人とあいさつを交わす。海岸通りの白い霧のスクリーンのなかに指揮をする自分の姿が映し出されていた。豊町中学校の合唱団が県大会で優勝を狙える曲名の選定をはじめた。

＊

浅間輝《ひかる》の豊町中学校の教育実習の登校がはじまった。白の半袖で小ざっぱりと清々しい。女子中学生たちが騒ぎはじめた、と愛紗美の耳にも入ってくる。

ふだん教員室で、愛紗美と浅間は顔を合わせるも、まわりの教職員とおなじようなあいさつていどであった。それ以上は進まなかった。

指導教師の小野寺先生が教職員のまえで、浅間輝先生の授業は落ち着いて堂どうと郷土史を語っていましたという。「交易港の御手洗と船宿」、「住吉神社と豪商」と実に内容が濃く、優れた大学院生だと、高く評価していた。

「白根先生。浅間先生の歴史はすごい。おなじ教育実習生という立場で、いちど教室の後ろで、じつくりみられるとよい。他の方の実習をみるのも勉強ですから。二年生の歴史の授業がいい。見学日を決めましょう」

（楽しみだわ）

彼女の気持ちが高ぶった。

小野寺先生が授業一覧表を見て、六月第一週で、午後と決めてくれた。おそらく浅間輝にすれば、一か月間の教育実習の折り返し点だろう。

猛烈な台風の進路予想が気になった。進路予想図では奄美大島付近にある大型台風が九州に上陸し、その暴風圏が瀬戸内の方向へと伸びていた。

御手洗の海岸の波しぶきが、日ごとに高くなり、木々を揺らす風の音もおおきくなった。島々を結ぶ連絡船がやがて欠航となった。窓から見上げると、重い千切れ雲が疾走する。豪雨がときおり屋根をたたく。さっと上がる。大荒れの天気で、やがて中学校が休校になった。

小野寺先生からの電話連絡で、授業時間の組みなおしをしますから、浅間輝先生の授業参観はくり越しで、別途に日時を決めます、という。はい、と承知しました。猛烈な台風ですから、生徒や教職員も外出禁止ですからね、とつけ加えられた。

民宿の窓辺で、荒れる海を見つめる愛紗美は、残念ね、せっかく期待していたのに、と失望感に襲われてしまった。

（あっ、という間に六月二十日がきて、浅間先生とはお別れになるかもしれない）

教員室では席も離れているし、表立ってふたりの会話がない。廊下では好奇心の強い生徒らの目があるし、立ち止まって話し込むこともない。大学四年の女学生だから、男性からのデートの誘いも悪くない、と多少の期待もあった。彼からは一度もない。

海岸通りまで、波しぶきが上がる。高潮の警戒で、乗用車の通行も禁止らしい。こんな休校日に、浅間先生と会える手段はないかしら。思案しても、妙案は浮かばなかった。

室内の朱塗りの座卓にむかった愛紗美は、座布団に腰を据えた。そして音楽の教材を広げた。

お茂さんが、三日月形に切ったスイカを差し入れてくれた。

「先生。海岸に出たらいけませんよ。スマホで動画を撮る人がたまにいますから。海にさらわれたら、だれも助けに行けませんからね」

「そんなことしません。広島といえば、原爆ですけど。御手洗でも被曝者《ひばくしゃ》はいますか」

愛紗美が話題をつくった。

「むかしはケロイド顔のひとも見かけたけど、最近はどうかしら。先生は、被曝の話しを聞きたいの。だれかいないかしら」

お茂が両膝を折り、両手でお盆をかかえ込んだ。民宿・内海には他に客がいないようだ。

「違います。テレビで映像を見ただけでも、無残過ぎて。広島と御手洗の距離を知りたかっただけです」

「そういうことなの。八月六日になれば、それなりにテレビを観て気にはするけれどね。ふだん話題にはならないわね。御手洗は、倒幕でうごいた薩摩藩と広島藩の重要な拠点だったから、歴史に興味あるお客さんが、それなりに泊まりにこられるのよ。食堂でお客さんどうしが話されるのを聞くとね、『御手洗には歴史があるが、広島市には歴史がない』といわれるのよ。『広島の歴史音痴は日本一だ』という悪態をついたひともいたわ」

「本当ですか」

「そうよ。だいいち広島の藩主が浅野家だった、と広島市民の半数も知らないのよ。毛利家だともっている。戦国大名の毛利元就から原爆まで、広島には歴史がない、とだれかが地元のラジオでしゃべっていたわよ」

「そこまでラジオにながれるのですか。おどろきです」

「先生が広島の街で、大政奉還って何です、と質問してみたら、おもしろいとおもうよ。まず答えられない。広島藩が十五代将軍慶喜に大政奉還の建白書を出した、これなんか誰も知らない。阿部正《まさ》弘《ひろ》が福山藩主だと、これも知らないわ。ペリー提督が来航した時の老中首座だった、と知っているのは、幕末の歴史に興味があって御手洗に訪ねてくるひとくらいね。それ以外の広島人は知らないとおもうよ」

「原爆より前のことには、無関心なんですね」

「大人も含めてそうよ。いまどき広島の子らは、アメリカが原爆を落としたと知らんし」

「うそでしょ。広島の子でしょ」

「学校で、エノラ・ゲイを教えるけれどね」

「それって、何ですか、わたし知りません」

「B29爆撃機の原爆投下用に改造された機種よね。うちらが小・中学のころ、アメリカが原子爆弾を広島・長崎に落としたと教わったとおもうけれどね。いまはエノラ・ゲイが原爆を落とした。それしか教わらないみたいよ」

「それって、歴史の事実隠しじゃないですか。ひょっとしたら、八月六日の式典で小学六年生くらいの生徒が、宣言を読んでいますよね。あの子らもアメリカが原爆を投下したと知らないのかしら」

「さあね。仮に答えられなくても、あの子らの責任じゃないしね」

「アメリカのＢ29爆撃機だとおしえないなんて。エノラ・ゲイと歪曲《わいきょく》して教える。そういう学校教育はよくないわ」

これでは史学科の院生の浅間輝が怒るのもわかるような気がする。

「ところで、白根先生は、おなじ教育実習で一緒になった浅間先生が好きなんでしょ」

「嫌いではありません。先生も、歴史も」

「良家のお嬢様でしょ。将来はどう考えているの。例えば、結婚とか」

「島に来て教育実習をこなすだけで、いまは精一杯です。東京に帰れば、精魂かけて声楽に打ち込みます。わたしの結婚はもっと先です」

「そのうち、愛か音楽かと迷うのでしょうね」

「母は音楽より結婚を選びました。子どもは親の生き方とか、親の職業は継ぎたくないとかいいますよね。わたし母親のような生き方はしません。惑わされず、音楽に生きる、と信念をもっています」

「男と女、こればかりは傍目《はため》にわからないしね。台風が過ぎると、漁師が沖に出ますから、好い魚が手に入りますよ。そしたら煮魚と刺身、お吸い物とか……、作りますからね。お仕事の邪魔をしたわね」

やがて階段のきしむ音が下へ沈んでいく。

＊

白い半袖シャツの浅間が職員室横の階段から、スリッパを鳴らし、二階の廊下へ、社会科の教室へとむかった。教室の扉を開けた。五分前で二年生の姿はなかった。かれは教壇の脇に手提げ袋をおいた。

窓の外は梅雨の中休みで晴れているが、空気は蒸す。海よりの窓を開けると、潮風が入り、薄いカーテンがひらひら揺れはじめた。

かれはチョークで黒板に、「日米和親条約」と書いた。

「歴史的事実でも、教育委員会のカリキュラムに沿っていないと、異説扱いになるのだろうな」

浅間にはそんな微妙な緊張があった。

「気にすることはない。教育の自由だ」

かれが黒板から視線をもどすと、教室の最後部に白根愛紗美が立っていた。浅間は胸のなかで、熱い血が脈打つのを感じた。彼女は微笑み、よろしく、と両手をそろえて頭を下げた。

「白根先生だけなの。小野寺先生は来られないのね」

はい。わずか一言であった。

浅間は手提げ袋からA四用紙の配布資料をとりだす。と同時に生徒が騒がしく入ってきた。

「教壇においた資料を、一枚ずつ持っていって」

浅間は一気に大勢の生徒にとりかこまれた。男子、女子の若々しい匂いが漂う。教室は十三、四歳の空気に変わった。

配布資料は五十分授業で収まる工夫をしていた。

表面には軍服姿のペリー提督の顔写真、アメリカ東海岸から浦賀までの航路図、それに日本列島地図である。浦賀、久里浜、下田、箱館、江戸、長崎を明記しておいた。それに、おぼえにくいだろう応接掛の林復斎《ふくさい》（大学頭《だいがくのかみ》）ら五名の名前と役職をくわえていた。

裏面には、ペリー提督の来日の目的である捕鯨船、通商、学術という三項目を箇条書きでならべている。生徒が講義内容を書きこめる空間のみである。

席に着いた生徒たちは、配布資料をのぞくもの、教科書や筆記具をとりだすもの、さまざまであった。

「わたしも、一枚ください」

白根先生が歩み寄ってきたので、浅間はあえてさりげなく手渡しした。もどった白根先生がペンをとりだしていた。

「みんな、こんにちは。先の二回は郷土史ですが、きょうも教科書を使いません。カバンにしまって。ペリー提督の浦賀来航は、日本史の出来事のビック3に入るでしょう。黒板に書いた条約が結ばれて、半鎖国状態だった日本が開国し、近代化と西洋化にすすむ第一歩となりました」

浅間は生徒の一人ひとり二十五人の顔をみた。

「先生がこれから話すことは、きみたちのご両親が習った内容とはかなりちがうはずです。事実は一つしかないのに、歴史は変わる。ふしぎだよね」

約百六十年前に、ペリー提督が浦賀にきた。そして久里浜でアメリカ大統領の国書を幕府に渡した。

実はそれより、九年前におなじアメリカ東インド艦隊のビットルが浦賀にきた。日本側は米国の国書をうけとらず食料、水、薪をあげて帰ってもらった。

「こんどは受理した。なぜか、わかる人いるかな」

前列から後列まで、生徒から手が上がらない。白根先生もちょっと首を傾げてわからない表情をした。

「これは中国でアヘン戦争が起きて、イギリスに負けて、大変、不利な開港を押しつけられた」

千年以上もむかしから、日本とすれば、漢字、儒教、文化など諸もろを教わってきた先生の国だった。それが近代的な軍事兵器のイギリスに負けた。徳川幕府はつよいショックだった。

オランダ国王から親切に、衝撃をうけた幕府に、アヘン戦争がおきた理由は中国が開国・開港を拒否したからです、日本が中国の二の舞にならないように、世界と仲良くする開国をしなさい、そうすれば列強との戦争は回避できます、と「開国勧告《かいこくかんこく》」の親書がとどいた。

それが天保十五（一八四四）年です。ここから十年間、幕府はどこの国とまっ先に条約を結べば安全なのか、それをすごく研究し検討していた。戦争をしないで、平和条約を公平に結ぶことができる国はどこか、と。真っ先に植民地主義をとっていない大国と国際条約を結べば、他の国の条約も内容がほぼ同じになる。

イギリスとフランスは琉球に開国をもとめてきた。ロシアは蝦夷《えぞ》（北海道）にやってきた。外交の窓口は長崎だったといい、幕府は応じなかった。

「飯島君、眠そうだな。最初はどこの国と開国した」

――アメリカです。

「これで眠気がさめたか。アメリカはペリーが浦賀に来航するわずか七〇年まえまで、イギリスやフランスの植民地だった。独立戦争に勝って合衆国となった。そんな新興国だ。さて、いよいよペリー来航の話になるが、黒板に書いた和親とはどういう意味かな。女子にも答えてもらおう。佐藤さん」

──和は、和をもって尊し、とおもいます。親は、親しく仲良くする。

「正解だ。つまり、日米平和条約という意味だ」

かれは黒板を指し、ちらっと白根先生の顔をみた。しっかり聞いているようだ。

「石川君。なんで黒船というんだろう。みんなに教えてあげて」

──それは、えっと、ペリーが乗ってきた船が真っ黒だったたから。

「それは正解といえるのかな。半分だな」

室町時代から、南蛮船《なんばんせん》は真っ黒だった。木造船は海水で腐るし、カキがつくから、防ぐために真っ黒なコールタールを塗っていた。だから、徳川家光《いえみつ》が鎖国するまで、南蛮渡来の船はみな黒船とよばれていた。

ビットルが来航した時は、江戸湾警備の川越藩などの藩船や、駆りだされた漁船が数百隻もとりかこんで、約十日間は観光客があつまり大騒ぎだった。

「ペリーの黒船がきて日本中が大騒ぎした、という。これはウソだ。ペリー来航のとき庶民は騒いでいない。数年前にコロナ騒ぎがあったよね。パンデミックということばをおぼえているかな。天然痘が大流行の年で、パンデミックで街に人は出ていなかった。将軍家慶《いえよし》も病死だ。ただ、病名は不明だがな。大奥のお女中は何人も死んでいる。ペリーの黒船は四隻のうち二隻は帆船で、めずらしくもなんともない。二隻は蒸気船で後ろにすすめる。地元民がおどろいたのはそれだけだ。江戸日本橋から浦賀沖まで、直線でもはるかに遠い四十キロもある。黒船の煙は肉眼では見えない。御手洗と広島・宇品はおなじ四十キロの距離だ。見えるかい」

——見えるわけがないよ。山に登ってみても、米粒かな。

「コロナで外出禁止のときに、君たちは御手洗から伝馬船で広島・宇品港まで見物に行くかい」

——そんなことしないよ。一度見ているんだよね。ビットル来航で。

「ペリーの初来航はわずか九日間で消えてしまった。ビットル来航の大騒ぎと、歴史はすり替えられているんだよ」

——なぜ、太平洋から来ないの。

「当時は蒸気船で、石炭を焚《た》いて船を走らせていた。太平洋に石炭基地がない。だから、アフリカ、アジアの港で石炭を補充しながらやってきた。ペリー提督は学術調査が主目的だから、アフリカ・アジアの港に半月、一か月と立ち寄りながら、動植物の採取とか、農耕とか、家屋とか、いろいろ記録をとっていた。吉澤君、質問がありそうだな」

——白人は珍しかった、とおもいます。だから、大騒ぎになったとおもいます。

「そうかな。幕府は、長崎出島のオランダ商館の商館長《カピタン》に、毎年、海外情報をもって江戸に来ることを義務づけていた。松平定信のときから、四年に一度になった。三年は長崎奉行所での聞き取りになったけど。それでも江戸には合計百六十六回やってきた。江戸庶民も宿泊所に行けば、窓から顔を出す。白人とは言わず、紅毛人《こうもうじん》だよ。だから、さして珍しくなかった。みんなは豊町中学の生徒だから、『カピタン江戸参府』はよく覚えておいたほうがいいな。なぜかな。白根先生に答えてもらうか」

——有名な医師のシーボルトが御手洗に来て、病人を診察しています。その記録が残っています。むかし下関から大坂までを御手洗航路とよんでいました。大坂にも御手洗にもおなじ住吉神社がありますから、それを裏付けています。カピタン江戸参府の百六十六回のうち、たぶん百回は御手洗に入港したと推測できます。

「音楽の先生をやめて、社会の先生になってもらうか」

大笑いになった。拳で机をたたいて笑うものもいる。

「どこまで話したのかな。忘れてしまった」

またしても、大笑いになった。

「そうだ。ペリーは久里浜でアメリカ大統領の国書をわたした。幕府はビットル提督のときは断ったが、オランダ国王の開国勧告から、こんかいは受理を決めていた。一年後に来ると約束したペリー提督が、なぜか半年後にきた。理由はわかるかな。平井さん」

——食料が底をついたし、いつまでも待っていられないから。

「それもあったかもしれない。欧州で一八五三年にクリミア戦争が勃発したんだよ」

ロシア帝国が南下（侵攻）してきて、イギリス・フランス・トルコと激突した。ヨーロッパ中を巻き込む大戦争になった。現代、プーチン大統領がウクライナに侵攻した、そっくりおなじ構図の戦争がおきている。当時のクリミア戦争はナイチンゲールで有名だ。その戦争がアジアにまで波及してきた。ペリー提督が一八五三年六月に四隻の艦隊で浦賀にきたが、その一か月後には、ロシア帝国のプチャーチン提督がこれも蒸気軍艦で長崎港にやってきた。

「それを知ったペリーはおどろいた。ロシアに先を越される、と焦ったんだ。条約は一番と二番目は大違いだからね。実際に、日露和親条約も締結されている」

二回目の来航で、日米交渉が横浜で開催された。幕府は、オランダからの情報で、ペリーはアメリカ海軍長官から『武力で江戸に入り、条約を結んではならない』と厳命されていると知っていた。軍人は命令に忠実だ。ペリーは地球三分の二も回ってきて、首都江戸に入っていない。

幕府は半年前にもらった国書でアメリカの要望はわかっていた。武器は使わないし、脅しもないし、植民地主義ではないし、と相手の手の内はわかっていた。余裕たっぷりで待ち構えていた。日本人は利口だとおもうよ。

「日本側の代表の林復斎（大学頭）は、現代の東大総長とおなじ、と思ってもらえばよい。交渉記録はアメリカ側にあった。つい最近まで林復斎の史料があると知らされていなかった」

――アメリカには初めから史料があったんですか。

「そうだよ。史料は隠さない国だ。どこかの国のように真っ黒に塗って公開だという茶番劇はやらない。それを許す国民もどうかとおもうけれどね。アメリカの国務省にはペリーや海軍士官の調査報告書がしっかり保管されている。帰国後のペリーは文筆の才に乏しいので、ぼう大な資料を出発から帰還まで『遠征記』として書いてくれる作家をさがしはじめた。一連の資料が国務省に眠ったままだと、ペリーは手柄にならないからね。名作の著者には多忙を理由に断られた。そこで、伝記物を書いた経験があったニューヨークの牧師F・L・ホークスに依頼した。牧師はペリーや海軍士官の日記、報告書、地図や海図などを参考にして『ペリー提督日本遠征記』を書いて出版した」

生徒たちの顔を見た。

「牧師F・L・ホークスは『前書き』で、読者の興味をそそり、飽《あ》きさせることなく、読み物にすると述べている。つまり、学術論文でなく、英雄冒険伝の小説として仕上げている。ここで注意すべきは、牧師は黒船に乗っていないし、鎖国の日本をまったく知らない。記録類を使ったにしても、物語性を高めれば、ペリー提督は英雄で、アジアの日本人を手玉に取り、勇ましく打ち負かす、という武勇伝《ぶゆうでん》になっている。『ペリー提督日本遠征記』がアメリカ国内で発行された。牧師の書き方は、ペリー提督が日本を打ち負かす英雄仕立てになっている」

昼過ぎの眠気が生徒を襲いはじめていた。集中力が途切れて、頬づえをついて、小さくあくびをしている。だらりと体を傾けている生徒もいた。

「ペリー提督の日本遠征の最大の目的は、西洋の科学を理解してもらい、日本を世界の仲間入りさせることだった。嘉永七年二月十五日、ペリー提督は軍艦で運んできた贈答品を二十四隻の小舟で、横浜の広場に荷揚げした。これまで天皇も、将軍も、お奉行も、日本人はだれ一人としてアメリカ、ヨーロッパに行ったことがない。これが文明社会を知らない日本の姿だったのです」

前列、中列、後列の生徒たちが、身をのりだし、こそこそ親に連れられて海外旅行した生徒らが信じられないと話しているようだ。

「一言でいえば、ペリー提督は日本に初めて西洋文明と科学を運んできた偉大な人物なのです。真っ暗闇に光をくれた恩人です」

横浜の広場で蒸気機関車を円形の線路で走らせた。幕府の役人が好奇心で屋根にまたがって楽しんだ。電信機も一マイル（1・6キロメートル）の電線を張り、英語・日本語・オランダ語が一瞬につながるので日本人をおどろかせた。

ほかには望遠鏡、柱時計、ライフル銃、香水、お酒などがある。篤姫《あつひめ》がミシンを最初に使った女性だといわれている。

「幕府の官吏《かんり》らは、オランダ語の書物で蒸気機関車の構造図を知っていた。だが、初めて実物を見たおどろきは想像以上だった。機関車が石炭を焚き黒い煙をだし、車輪をガタゴトガタゴトと動かし、ひとが走るよりも速くシューシューシューと周囲をまわっている。このおどろきは想像できるだろう。幕府は日本は遅れすぎていると、鎖国主義をやめて開国・近代化へと決意したのです」

生徒たちはほぼ納得顔だった、

「ペリーは植物学に造詣《ぞうけい》が深く、鎖国状態の日本が雑種交配《ざっしゅこうはい》がなく、新種の発見がおおいに期待できる。交渉のない日は横浜の野山を散歩している。庄屋に立ち寄ったところ、娘は美くして上品で明るかった。妻は黒く染めた（鉄漿《おはぐろ》）で気持ち悪い。夫はキスするのか、とふしぎがっている」

思春期の少年・少女だから、キスという表現でいっきに盛りあがった。うとうとする生徒が目を開かせている。しばし雑談させた。

――先生。江戸時代の日本人はキスしていたんですか。

「先生も知りたい。だれか見てきたものはいないか」

どっと笑いがおきた。机越しに男女が肩をたたき愉快がっていた。

かれはちらっと腕時計を見た。あと三分だ。

「実は、日本側の応接掛も、林大学頭が日米の交渉を記録した「墨夷応接録《ぼくいおうせつろく》」がある。明治政府から、歴代の内閣も、これを世に出させなかった。政府にとって不都合だったから、ひたすら隠す」

終業のチャイムが鳴った。

生徒が教室の移動でざわめいた。

*

白根愛紗美が、豊町中学の男女混声合唱団の顧問（外部指導者）として、教育委員会から認可された。いまのところ部員は六人だと聞かされていた。

めざす合唱コンクール大会の募集要項によると、中学生の部は最低参加人数が六人であった。

「大会の当時に欠員が一人でも出たら、出場できない」

それを考えると、ミラノの国際コンクールを犠牲にし、八月まで顧問を引き受けたのは迂闊《うかつ》だった。赤石校長に断る策はないかしら。妙案はなかった。

最初の顔合わせは、金曜日の放課後で音楽教室だった。集まってきた合唱部員はわずか三人である。ほかの三人はすでに菊池先生に退部を届けて認められている、という。

「えっ。そうなの」「もうずっと前よね」

（三人だけでは県大会に出場ができない……）

「きょうは三人でレッスンして、次は飛雄《とびお》君も入ってもらいましょうか。先生から話してみます」

「だったら、わたし部活をやめます」「わたしも」「ひとりなんて、いやです。合唱にならないし」

三人は背中をみせて立ち去っていく。呼び止めて話し合う余地もなかった。怒るよりも、呆れてしまった。むずかしい年頃だけに、三人を呼び戻すのはむずかしいし、ムダな労力になるとおもった。

愛紗美はグランドピアノの椅子に腰かけた。顧問になった早々に全員を失くした今、気持ちの置き場がなかった。県予選への意欲とやる気の魂を奪われてしまい、一体なにからはじめたらよいのか、まったくわからなかった。

――校長先生。部員がゼロになりました。当初通り、六月十日をもって豊町中学の教育実習を終了させていただきます。

最高の口実かしら。それも情けない話。放心というか、思慮が停止した心境だった。このまま独りでいても虚しいし、と教室を出た。彼女は一階への階段を下りはじめた。踊り場で、すれ違う浅間輝に呼び止められた。

「この間の、僕の授業の感想を聞かせてほしいんだ。忌憚《きたん》のない意見を」

「ここで？」

「いや。どこか別の場所で。どうだろう、あしたは土曜休みだから、ぼくが御手洗の史跡を案内しながら、白根先生の感想とか意見とかをきかせてもらう、ということで」

「いいんですか。わたしの評価は厳しいですよ。遠慮しない性格ですから」

彼女は、胸にある部員ゼロの鬱屈《うっくつ》を吐きだす気持ちだった。

「厳しい方がありがたい。僕にとって勉強になるし、今後の参考にしたいから」

「年下の大学四年生が、歴史も知らないで、なにを生意気な、とおもうはずですよ。聞かない方がいいです」

「そんなことはおもわないよ。教育実習の同期だと、いつもそうおもっている」

（こんな日に、素直にうけるのも癪《しゃく》だわ）

「七卿館で、朝の十時に落ち合うことで」

「午前中は困ります。いろいろ用が立て込んでいますから、午後一時なら都合をつけられます」

時間ずらしも、単なるうさ晴らしであった。彼女は踊り場から階段を降りはじめたとき、ちらっとふり向いて、上っていく彼の姿をみた。

（なによ。バツイチの三十男が、デートのひとつも声がけしないくせに。自分の頼みのときだけじゃない）

彼女のモヤモヤ感は尽きなかった。

この日の夜半からの雨が、翌朝まで残っていた。

民宿・内海で、彼女は朝食後から、三年担任からあずかった進路指導用の一連の資料をみていた。

音楽関係の意見をかきこむ欄がある。音楽高校に進学希望者もいるので、いい加減なことはかけないし、時間はかかる。浅間先生との約束は午後でよかったとおもった。

カジュアルな服装に着がえた彼女は、玄関で白いスニーカーを履いて、かごバックを肩にかけた。

「七卿館」は民宿からさほど遠くなかった。変哲《へんてつ》もない古い木造二階建てで、史跡といわれなければ、足はとめないとおもう。入母屋造り、本瓦葺きである。薩摩藩の影響がつよかった御手洗だから、庭には大きな蘇鉄《そてつ》があった。

「お待たせ。だいぶ待った?」

ラフな格好の浅間輝が笑みを浮かべてやってきた。

「七卿館って、わからなくて迷いました」

彼女は故意にそう表現した。

「えっ、知らなかったの。七卿が都落ちで御手洗に泊った、有名な家を」

「知りません。海岸通りの東端あたりまでいけば、浅間先生がいる、とおもっていましたから。どのおうちとは知りませんでした。勘つけて待っていました」

彼女は皮肉と嫌味をこめていた。

「それはわるかった。ここがそうなんだけれど、文久三（一八六三）年の政変で、尊王攘夷派の公卿たちが、京都から長州に落ちるとき、瀬戸内海の船でくだっていくのだが、そのときに泊まった屋敷だよ。七月二十二日は備後の鞆《とも》の中村屋から、翌二十三日はこの御手洗の多田家に泊った。そして翌二十四日には上《かみ》の関《せき》にむかったんだよ」

「文久三年の政変、といわれても、わたしには解りません。浅間先生は自分が解っているが、生徒はわかっていない、という認識と配慮に欠けています。先日の授業がまさにそうです」

「そういうことか。白根先生の目から見て何点ぐらいかな」

「三十八点です」

「そんなに低いの。頭から水を浴びせられた気持ちだ」

浅間のムカッとした表情から、自身はかなり高い点数を期待していたようだ。

「点数の内訳を聞きたいけど」

「50分間の授業は、ことごとく消化不良です。配付資料の項目に捕鯨船と書かれていましたが、なにも話されていません。三分の一はゼロです。日本側の『墨夷応接録』の内容はわからずに終わりました。点数が挙げられるのは、横浜のペリー提督の近代科学の贈り物が、日本人の開国へのこころを動かしたという点です」

「内容を欲張りすぎた。それは反省だな。日米会談の冒頭から順序だてて、捕鯨の漁船員の安全操業の問題から入るべきだった」

「はっきり言わせてもらえば、豊町中学の生徒から幕末史をくつがえすのは無理です。生徒は理解できないまま大人になる。あとは先生がご自身で判断してください」

「きょうは機嫌が悪いんだな」

「言い過ぎましたか。ごめんなさい。浅間先生が忖度《そんたく》をもとめていたら、はじめからそう言ってくだされば、本音は言いません。幼少のころアメリカで育ったにしても、日本人ですから、忖度はわかります」

「いや。忖度は必要ない」

かれは自分に失望し気落ちした表情だった。

(合唱部の部員はゼロで、危機なのよ。あなたに甘いことばを差しあげるなんて、余裕はないのよ)

「指摘された墨夷応接録から説明すると、横浜で日米交渉がはじまると、冒頭、ペリー提督から厳重な抗議が寄せられた。アメリカの捕鯨船が日本列島の沿岸で遭難しても、日本人は助けようとしない。非人道的だ。許せない。米漁船員らがかろうじて上陸して救助をもとめても、罪人あつかいで捕《ほ》縛《ばく》し、牢屋《ろうや》に入れている。日本は野蛮だ、人道に反している、とペリーは激怒して抗議した」

(最初は、かるいユーモアを入れるといいのに。建築技術師のまま)

「林大学頭はこう反論した。むかしは『異国船打払令《いこくせんうちはらいれい》』もあったことは事実。それは約十年前の天保のころ、老中首座・水野忠邦《みずのただくに》が、『親水給与令《しんすいきゅうよれい》』に変えて、オランダを通じて世界に連絡した。ペリー提督がいまごろ古い話を持ちだすのはおかしいと反論した」

(親水給与令ってなあに。先生が解っていても、生徒は理解できない)

「遭難した外国船にかぎり、飲料水や燃料を無料で提供する法律は日本にできています、と林大学頭は明瞭にいい切った。海軍の軍人なのに、それを知らなかったのは手落ちだといい、逆に批判したらしい。ペリー提督はそういう法律があるならば、捕鯨船の安全操業の議題で、なにも申すことはない。ただ、沖合の遭難船を見て見ぬふりの、日本人は道徳的人道的ではない、と攻撃した」

これにたいして林大学頭は、わが国は海外への渡航が禁止で、大波の外洋航海が可能な船は建造できない。日本列島のどこの港も、手漕ぎ舟か、千石船か、それでは難破船を助けたくとも、近づくこともできない。ただ見ているしかないと日本の状況を説明した。

大型船が座礁《ざしょう》し、捕鯨船員がボートで上陸すれば、わが国はキリスト教徒だろうと関係なく、水や食料を給与し、最善の手当てをしている。長崎に送り、西洋の貿易国のオランダに依頼し、ジャワまで送っている、と説明した。

「それだけで、ペリー提督は納得したのですか」

彼女は質問を入れた。

「その前にすこし歩きましょうか。一気に話しても、聞く方が息が詰まるでしょうから。史跡案内も入れます」

（一方通行だと、わかっているのね……）

かれの案内で、歴史を感じる街並み保存地区へと足を運んだ。途中に、おちょろ舟（一夜妻の遊女を本船にはこぶ小舟）の模型をつくる器用な船大工がいた。しばしみてから、町中に入ると日本で一番古い時計屋があった。

旧金子邸に入った。薩長芸軍事同盟で、この港から三藩進発《さんぱんしんぱつ》（出発）がおこなわれた。広島藩と長州藩がそれに応じて結んだ御手洗条約がかわされたところである。

「林大学頭はこうも反論した」

幕府は長崎のオランダ貿易会社を通じてジャワに送り、そこから帰国させておる。オランダ船は一年に一度しかこない。それを待つ間、遭難拘留者《よくりゅう》たちを長崎のお寺に居住させている。なかには荒くれ者がいて集団で逃げだし、民家に押し入り窃盗をはたらく者もいる。窃盗は重罪である。不心得者は収監《しゅうかん》し拘禁《こうきん》した。これら悪質な捕鯨船の船員らが母国に帰国すると、自分たちの悪事を棚に上げ、日本のことを悪く言いふらしたにちがいない、と。

「そうでしょうね。捕鯨船の漁船員は、ならず者集団と聞いたか、名作『白鯨』で読んだかです」

「林大学頭はこういいました。日本は儒教精神で平和裏に暮らしている。世界で一番犯罪のない国である。漁民でも百姓でも、遭難した人、困った人をみたら、黙っておれず、助けてあげるという風土だ。この人道の精神は世界のなかでもどこにも負けない、と」

ペリーはそれを認めたのだ。

「御手洗の歴史では、伊能忠敬《ただたか》測量絵図館を観られておいた方がよい。立ち寄ろう。文化三（一八〇六）年二月三十日から翌月二日にかけて、伊能忠敬が柴屋種次宅に宿泊し、大崎下島の海岸線の測量を行っているんだ。その測量している絵図が残っている。これは日本で二つしかない。それも聞くところによると、伊能忠敬自身が絵図のなかに描かれているのは、この御手洗だけのようだ。とても貴重なものだ。観ておこう」

忠敬が宿泊した旧柴屋の、蔵が改造されて資料館になっていた。「二十八宿去北極度」「浦島測量図」「夜中測量図」「広島藩内測量記録」などが陳列されていた。

「この方が、伊能忠敬ね」

「ちがう、こっちだ」

ほかにも陣笠、古文書、煙草定価表、そして「御手洗測量之絵図」があった。

一通り館内を見終わると、すぐ近くの「潮街ち館のカフェ」で一休みしよう、と浅間輝が誘った。

店内の木製テーブルで、ふたりは向かい合ってコーヒーをたのんだ。それが運ばれてきたとき、愛紗美の視線が店外へながれた。

家屋が軒をならべる狭い往来に、一匹の白黒の猫が日陰で寝そべっていた。背の高い中学生が通りがかり、スニーカーで蹴飛ばす。追い払われた猫が簾《すだれ》に朝顔を咲かせる家屋へ逃げていく。よくよくみると、中二の飛雄《とびお》である。

「浅間先生、ちょっと中座していいかしら。十分くらい」

愛紗美はその返事を待つまえに、潮街ち館のカフェから表にでた。そして後姿の飛雄を呼び止めた。少年はおどろいた顔だ。

「頼みたいことがあるの」「ぼくに」「そうよ」

裏通りから人通りのない波止場にでた。小型漁船が四隻ほど岸でならんで艫綱《ともづな》をとっていた。

「頼みってなあに。むずかしいこと」

飛雄がニキビ顔に怪訝《けげん》な目で聞いた。

「この話は、先生がたのめるのは飛雄君だけだとおもうの。混声合唱団の生徒はゼロになったの。だから、一年から三年生まで募集してもらいたいの」

「俺があつめるの」

かれは腑《ふ》に落ちない顔だった。

「そうよ。こういう子が望ましいの、たとえば学校嫌いで登校拒否している子とか、そのほかに学校に来ても保健室にしか行かない子とか、そんな生徒がいるでしょ」

「何人かおる」

「そういう生徒を、そうね、月、水、金曜日の午後四時から一時間半、音楽教室にあつめてほしいの。一週間に三回の練習日で、県大会の合唱コンクールにむけて練習をするの」

「歌は、みんな嫌いじゃないよ。英語や理科は大嫌いでも。おれが強引にいえば、来そうなのは二、三人はいるかな」

「良いことだから、多少は強引でもいいわ。でも、暴力は駄目よ」

「わかった」

「そうね。髪の毛を染めている女子も、声をかけてみて。あと、学校の外で隠れてタバコと酒を飲んだりする子も。飛雄君が知る範囲内で、学校の規則に反抗する生徒なら、だれでもいいわ」

「それなら、結構おる」

飛雄は何人か心当たりがありそうな表情だった。

「警察に補導された子もいいわよ」

「鑑別所《かんべつしょ》にいった子もいいの。刃物でお寺の住職をケガさせた奴だけれど。おれと仲がいいんだ」

「いいわよ。音楽は情緒教育だから。あとはどんな子がいるかしらね」

「家に帰らないで、友達の家に泊り歩いている奴なら、何人かおる」

「両親と馬が合わない子ね。そういう生徒もいいわね」

「先生は大丈夫なの」

「なんで。質問の意味がわからないわ」

彼女はあえて首を傾げた。

「校長や生活指導の先生らが、不良グループになんの集会をやらせるんだ、ときっと白根先生を怒るとおもうよ」

「音楽教室で歌をうたうだけだから、当校の生徒ばかりだし、問題はないはずよ。先生は気にしない。校長先生に怒られて合唱部が解散させられたら、そこから考えればいいのよ。みんなで仲間よく歌いましょ」

彼女はふいに父の顔が浮かんだ。……苦境を拓《ひら》くには、月並みなこと、神頼みで待つよりも、突飛《とっぴ》な逆転の発想で、道を拓くことだよ。それが父の口癖であり、ディベートの巧さだ。

合唱部員ゼロから、こんな手段を講《こう》じてみたわよ、と父におしえたい心境であった。さすが、父の子だというかしら。

「白根先生が校長先生に怒られても、おれ先生に味方するからね。おれ親と勉強は嫌いだけど、歌は好きなんだ」

「わかっているわよ。だから、飛雄君にお願いするのよ。学年は問わず全校生徒よ。二日後の月曜日の午後四時。登校拒否の子ら引っ張ってきて」

「わかった。あいつら昼まで腹が痛いとか、頭が痛いとか、家に閉じこもっているけどよ、夕方になると堤防で魚釣っているんだ。夕方なら、音楽教室に連れて来られるよ」

「期待しているわ。声楽は腹筋運動もするから、体育姿が良いわ」

「車いすの子も良いの」

「もちろん、いいわよ」愛紗美は白いブラウスの首筋のボタンを一つ外し、金鎖の動物ペンダントをとりだした。「絵のお返しよ」と飛雄の首にかけた。

「こんな高い物、もらっていいのか」

「飛雄君の絵の方が、何年か先にはこれ以上に高くなっているかもよ。先生、そうおもっているの。毎朝、神棚みたいに見上げているわ」

「ほんとう」と目を光らせた。「うれしいな。一生からだにつけておくから」

「それはだめよ。結婚したら隠さなければ、奥さんに怪しまれるから」

「それでも良いんだ。一年から三年までだよな。野球部も、バスケも、タバコ喫《す》ってるから、脅して引っ張ってきてやる」

飛雄はペンダントを両手で大切そうに抑えて立ち去った。

（逆転の発想だけど、どんなことになるのかしら。校長先生が問題ありすぎるといえば、教育実習は六月十日で打ちきりよ）

愛紗美は自分でもまったくもって、この先の予測がつかなかった。

彼女は喫茶室にもどってきた。

「男子生徒と話しがあったみたいだけれど、もういいの」

「はい。終わりました。浅間先生の日米交渉の話しにもどってください」

「つづきだけれど。十九世紀は科学が最も発達したときです。蒸気船の発達で地球が小さくなった。僻地《へきち》まで蒸気船でいける。アマゾン探検、アフリカの奥地に行く。十九世紀は新発見競争が過熱した時代だった」

愛紗美は冷めかけたコーヒーを口に運んだ。

「日本列島は七千余の島がある。海流は複雑だし、気候も、森林も、降水量も、特殊だ。ほぼ鎖国状態で、動植物が雑種交配されていない品目が多い。それだけに、学術の世界から日本は未発見の品種の宝庫だった。シーボルトに代表されるように、ヨーロッパの唯一の貿易国のオランダが、日本学の動植物学、博物学、民俗学を学術独占していた。ペリー提督の来航の主目的は、旧習の壁を破り、世界の学者に寄与できる、学術開国をさせることが最大の目的だった」

愛紗美は、熱心に語る浅間の顔を見つめたり、コーヒーに目をむけたり、ほどほどに空気を保っていた。

「ペリー提督は軍人だが、植物に造詣《ぞうけい》が深かった。メキシコ戦争の英雄・ペリーは、軍人なのに戦争するな、と海軍長官に釘をさされていた。かれは植物学で親しいハーバード大学の植物学者エイサ・グレイ教授を訪ねた」

かれはコーヒーを口にしてから、

――世界の植物学者にとって、日本以上に興味深いところはない。世界の科学進歩のために、日本を学術開国させたらいかがか。それが、新興国のアメリカが世界に寄与することになる。

植物学博士の助言から、ペリーは日本関連の書物を読破した。

植物学にとどまらず、博物学、民俗学、動植物学、火山学、天文学、七十数科目にわたり、乗船した海軍士官、軍医、宣教師らに一人ずつ研究科目を与えた。一八五四年に日米和親条約が結ばれた。

「海軍力がない日本が学術開国してくれた。今後、西洋のイギリス、フランス、それにロシアなどが無防備な日本を攻めたら、アメリカ大統領が守る。私は病の身になった。二度とは日本には来られないだろう。後任には、この約束を伝えておくから」

立ち去るペリーのことばに、幕府の応接掛は半信半疑だった。アメリカ将官は義理がたくタウゼント・ハリスに申し渡されていた。井上清直・岩瀬忠震らとの交渉の席で、ハリスが堂々と記載を申し出た。

「それが日米修好通商条約の第二条に記された。現在でも、どの教科書にも、これが載せられていない」

第2条
・日本とヨーロッパの国の間に問題が生じたときは、アメリカ大統領がこれを仲裁する。
・日本船に対し航海中のアメリカの軍艦はこれに便宜を図る。またアメリカ領事が居住する貿易港に日本船が入港する場合は、その国の規定に応じてこれに便宜を図る。

「この第二条は米国のみだよ。英、仏、露、蘭といずこも条文に盛り込まなかった。当然といえば当然だ。列強が日本に侵略戦争をしかければ、最強の米国が日本に加担する、という安全保障条約だから。この条文にはあえて念入りに、米大統領、米海軍、米領事、具体的にそれぞれ列記している。みんなで日本を守るぞ、と謳《うた》っているのです」

「すごいことね。ペリー提督が日本を列強から守ると、条約に書き込ませたのね。学校で教えてもらったことと真逆ね」

「そうなんだ。この第二条を明治時代から義務教育で教えていたら、太平洋戦争は起きなかった」

かれが評価をもとめる視線をむけてきた。

「まだ、四十八点ね。聞いていて、話し方が固いわ。ユーモアがないし」

愛紗美の点数はどこまでも辛かった。

＊

日差しが和らいで夕方の涼しい風が、音楽教室の窓から入り込んできた。月曜日の午後四時前に、ジャージ姿の愛紗美がやってきた。現れた飛雄にバインダーの出席簿とペンをもたせた。他の生徒はなかなか現れない。

十五分前になると、茶髪の超ミニスカートの制服を着た中二の女子が、恐るおそる入ってきた。体操着にきがえるのを嫌がった。車いすの女子が入室した。

男子はだれも現れない。四時ぎりぎりになると、不安げな表情の男子が一人、もうひとり加わった。飛雄を入れて男子は三人となった。

突如として、野球部のユニホーム、バスケット部の生徒ら男子が一気に集まった。愛紗美が目でカウントすると、スポーツ部は計十六人だ。

「こんにちは。これから一時間半は、音楽の時間です。今週三回はデモンストレーションですから、任意で自由です。嫌になれば、途中で帰るのも勝手です。

合唱部に入ってもいいな、とおもう生徒は来週の月曜日午後四時に、この音楽教室に来てください。そこから本格的な部活をおこないます」

ざわめく運動部員たちは、音楽の空気にさして溶け込んでいないと感じた。

「歌は腹筋をつかいます。まず声を出すよりも先に腹筋運動です。この教室の机と椅子はみんなで隅に移動し、真ん中に広場をつくってください」

うごくのは運動部員と飛雄だけである。鬱々《うつうつ》した表情の男女ふたりずつ四人は隅に逃げて傍観している。

「さあ。腹筋運動をはじめましょう。みなさん床に坐り、二人一組で、片方の人は両手で両足首を押さえ、片方の人は上半身を持ち上げてください」

愛紗美は仰向けになり、飛雄が足首を抑えた。先に打合せしていたとおり、飛雄が大きく「一、二、三、四……」と声をかける。両手を後頭部においた愛紗美は上半身を起こすさい横目で、この腹筋運動に食わらない生徒ら四人を見た。気が弱そうに見える。誘い込むのは止めた。

「ふたり一組、入れ替わって」

彼女は飛雄の足首をおさえて「一、二、三、四……」と声をあげた。起き上がってくる飛雄の六角形のニキビ顔が大写しになる。眉を剃《そ》り、鼻は大きく、両目は大きい。両耳は平べったい。思春期だから、飛雄の目が大学四年生の愛紗美の胸の隆起を意識している。さとられないように、さりげない態度をとった。

「腹筋体操は終わりです。立ち上がって。どの位置からでもいいわよ。発声練習よ。アー、エー、イー、オー、ウー」

車いすの女子が、輪を動かさないで発声練習に加わった。

「みな、背筋を伸ばして姿勢を正しく。両手をおなかに充てて、発声練習をします。おなかに力が入っているかどうか、確かめながら声を出してください」

愛紗美は生徒を見てまわり、もっと背筋を伸ばして、と男子生徒の両肩を軽くつかんで伸ばす。ミニ制服の女子は、おなかに両手をあてている。雰囲気にわずかながら溶け込みはじめたらしい。

「楽譜を配布しますよ」。それは中学二年で習う「翼をください」「夏の思い出」「荒城の月」「サンタルチア」である。

「歌う前に注意事項です。男子は、のどの咽仏《のどぼとけ》をやさしく触ってみて。この中に「声帯《せいたい》」という声をだす器官があります。変声期《へんせいき》のひとは、ここを大事にしないと、急に声が出なくなります。無理して高い声、逆に低い声をださないように。わかりましたね」

愛紗美がピアノの前に坐った。「翼をください」の伴奏をいれて、はい、歌って。生徒らといっしょに歌う。男子には声変わりしている生徒がいる。

「感情をこめて、荒城の月を歌いましょう。最初の音をよく聞いて」

彼女の伴奏が柔らかく流れだす。生徒たちは騒ぐ子もいないし、一時間半はたちまちやってきた。

「このうち何人残ってくれるのかしら」

ピアノを閉じた彼女は、誰もいなくなった教室で、自分に問いかけていた。

水曜日の午後四時は、運動部員はだれひとり姿を現さない。女子は月曜とおなじ二人、男子も飛雄を入れて三人であった。

「ゼロから五人。これでもすごいことだわ。でも、県出場は六人以上だからね」

愛紗美はそう前向きに気持ちをおいた。腹筋は省略し、手をお腹にあてて発声練習をおこなう。

「アー、エー、イー、オー、ウー」と三度ばかり発生させて、五線の黒板のまえに、先生の横顔が見えるように、と一列に並ばせた。

ここ数年前の課題曲のひとつを取り上げて、楽譜を配布した。

「先生が先にいちど歌ってみますね。きょうはこの曲だけよ」

鍵盤に指を添えて、優しいメロディーを歌った。

「五人で楽譜を見ながら歌って」

それぞれの声にばらつきがあるが、愛紗美は微笑み、優しく指導していた。

「これから一人ずつ、歌い方を指導します。田中由衣さん、車いすをもっとピアノの側に寄せて」

愛紗美はピアノを弾き、リズムを取り、横目で田中由衣の口の開け方などを見ていた。

「素敵な良い声ね。もう一度歌いましょう。初見《しょけん》の楽譜だから、まちがっても音を外しても気にせずに、腹筋をつかって大きく歌いましょう。……ここの節は特に声の響きを大切にしてね。怖れないで自信をもって歌えば、ソリストになれる素養があるわよ。先生が保証してあげる」

少女は嬉しそうな笑みを浮かべた。

（この女子には勇気と自信を与えれば、伸びる）

「次は」飛雄がそばに来る気配を感じたので、目で制した。

ミニ制服の女子がみずから歩み寄ってきた。

「渡辺美原さんね。あなたはピアノか、バイオリンか、なにか習っていたでしょう。両手の指が宙で、自然に弾《ひ》いていたわよ。あなたの弾けるものはなにかしら。『夏の思い出』なら大丈夫。先生が歌うからをあなたがピアノで伴奏して。どんなにアレンジして弾いても好いのよ。先生は音が耳に入れば、それで充分なの」

少女がピアノの前の椅子に坐った。少女の指が鍵盤のうえで動き、柔らかな前奏がながれる。「夏が来れば思いだす……」と歌いだすと、国際コンクールの上位を狙う愛紗美は、声量がちがう。音楽教室の窓ガラスが微細に震えつづける。三番まで歌った。

(渡辺さんは合唱団のピアノに使えるわ。大助かり。私は指揮に専念できる)

ピアノを愛紗美に変わって、男子の三人にも個々にチェックし、指導した。

「最後はみんなで、むかしの課題曲を歌って終わりにしましょう」

立ち上がった愛紗美は、ピアノの鍵盤で最初の音だけを取ると、両手と全身で指揮する。一番、二番、三番と歌う。

「いい感じになったわ。きょうはここまでにしましょう。次は金曜日ね」

四人はあいさつもせず教室から出て行った。

彼女は飛雄から、これらの事情を聴いた。

「運動部は失敗だった。俺の顔を立てて、一回は来てくれ、といったら、本当に一回きりだった」

「それだけ飛雄君は、顔が広いということよ」

「まあな。他の四人は登校拒否児の扱いなんだ」

「学校の情報もくわしいのね。ピアノを弾いた渡辺美原は?」

「あの子か。小六のときの転校生なんだ。両親が離婚して、どっちかが御手洗出身で、祖母ちゃんの家に預けられているんだ。中学の入学式しか来てないとおもうよ。まさか、来るとは思わなかったな。俺が渡辺の家に行ったら、美原がいて、一週間に三回、夕方音楽の時間に来れば、卒業できるよ、といい加減なことを言ったら、信じたんだろうな」

「そんな手を使ったの。車いすの田中由衣さんは?」

「俺の親戚なんだ。登校拒否で、家でカラオケばかり歌っている。学校に来て、東大の先生に習え、と行ったら、本当、と来たんだ」

「東京大学じゃないわよ。父はそうだけれど」

「あとから、東大はお父さんだった、と言っておくよ」

「それはどうでもいいけど。ほかのふたりの男子生徒は？」

「保健師の先生に勧められたのかな。三年生だし。よくわからない」

翌朝、職員会議のあと、愛紗美は校長室で、赤石校長から叱責された。運動部の顧問から、秋の大会をまえに退部届がでている。理由は合唱部に移りたいという。飛雄が、世界一の先生の指導だから、広島一、中国一、全国一になれば、ＮＫＨテレビに出られる、と吹聴《ふいちょう》したらしい。サッカー部までも大勢の部員がそれに魅力を感じて、退部届の提出となったらしい。

「申し訳ありません」と謝っておいた。

＊

大崎上島で海上の花火大会がある。学校を引けてから浴衣に着がえた愛紗美は、大長から高速艇に乗った。空が暮れはじめていた。

六月二十日に浅間輝が教育実習を終えたとき、時々は会いたい、御手洗ではまわりの目があるから、隣の大崎上島はイベントの多い離島だから、そこで会おうと言われていた。デートの誘いだとわかったが、余裕があればね、と彼女は曖昧に応えていた。

七月初旬の花火大会は最初のものだった。

（最初にみた、風采の悪い姿を思いだすわ。きょうはまともな格好で来るのかしら）

下船した明石港まで、浅間が小型車で迎えに来てくれていた。小ざっぱりとしていた。彼女は助手席に乗り込んだ。

「先生は浴衣姿がよく似合うな。それに手にする団扇《うちわ》の柄もいいな」

「花火大会ですからね」

「合唱団はどうなった。うまく進んでいるの」

「いいえ、もめています。運動部員が集団で退部届を出したから。学校側は部活の変更を認めないことになったの。それでも、問題ない生徒や元合唱団にいた生徒も加わってくれて、いまは八人になったの」

「それはよかった」

「この間に、一度来たきりの生徒には、私が家庭訪問して、両親と本人と膝を交えて話しあったの。歌は好きだけれど、学校に登校すること自体が嫌いなのね。勇気よ、先生が校門で迎えてあげるから、一緒に音楽教室にいきましょう、というとうなずいてくれた生徒もいたの」

「そういう努力も必要なんだな」

「混声合唱部に八人いるけど、一人はピアノの伴奏、歌は七人で何とか県大会出場の形はとれるから、指導する私にも余裕と気合が入ってきたわ。時どきは笑いもおこるし、この生徒たちを県大会で優勝させる、と私は燃えているの」

右の車窓は夕映えの海で、島々が少しずつ暮色に染まりはじめていた。大型観光船がしずかに航行している。

「僕がおもうに、登校拒否の生徒には、家庭に問題があるのか、学校なのか。両方に疎外感をもっているのかな。思春期で、最もむずかしいときだよね」

「そこらは考えずに、大学四年生のわたしができる範囲内で、一人ひとり丁寧に接してあげる、それしかないわ。もちろん、音程を外せば、指摘するし、上手くいけば、褒めてあげる。家庭環境とか、学内での問題とか、余計なことは考えない。県大会の優勝へ、一筋にむかっているの」

「そのほうが一体感と団結が育つ、とおもう」

「先生呼びはやめて、輝さんにするね。ペリー来航は一通り理解できたし、歴史に興味も持てた。広島・長崎の原爆がなぜ落とされたか、という点まで結びつかないわ。ペリー来航から原爆投下までは九十二年間でしょう。この空白が理解できないわ」

「問題はその空白だよ。特に明治政府になってから、十年に一度は戦争している」

台湾出兵、日清戦争、日露戦争、第一次世界大戦、シベリア出兵、日中戦争（上海事変、満州事変）、太平洋戦争と七回におよぶ。明治維新から七十七年だから、まさに十年に一度は外国で戦争をする国家になった。

「徳川政権が瓦解《がかい》した。そのあと政権の座に就いた薩長閥の政治家が傲慢《ごうまん》で、威張《いば》って自分たちを大きく、権威《けんい》をたかめるため、前政権を見下す策として、ペリー提督の来航の歴史捏造をおこなった。明治政府は軍事優先で、軍国主義路線を取っていく。国民皆兵《かいへい》（徴兵《ちょうへい》制度）と並行して、『軍国少年をつくる』ことだった」

「怖い話ね」

「明治四年から小学生の義務教育がはじまった。小学生の段階から、『ペリー提督の砲艦外交で恫喝《どうかつ》されて開国させられた』と純真な少年・少女を洗脳《せんのう》した。アメリカは憎にくしい敵となった。そう教えられた少年たちが、『軍国少年』の頭脳になった」

海岸線が日没色になった。沖浦、野賀、天満と海岸線を走る。

「かつて社会科の教科書には「鬼の顔のペリー提督」を載せていた。狂歌《きょうか》が加わる。『太平の眠気《ねむけ》をさます上喜撰《じょうきせん》たった四杯《しはい》で夜も眠られず』これは明治十年につくられた狂歌だ。ペリー来航から二十五年後の作為的なものだ。この狂歌はいまの教科書にも載っている」

「豊町中学の教科書にも、鬼の顔はなかったけれど、狂歌は載っていたわよ。輝さんが授業中に生徒の教科書をのぞいたとき」

「明治政府が、『アメリカは砲艦外交で恐ろしい国家だ』と洗脳したプロパガンダが軍国少年づくりに利用された。その教科書が現代でも用いられている。だから、『アメリカは怖い、強国だ、物言えぬ相手だ』と現代でも思い込んでいる。今日《こんにち》の外交でも、公平・平等の原則に立って日米交渉ができないのだよ」

夕映え色の雲が多段の層になっていた。

「歴史と音楽教育で軍国少年がつくられた」

「えっ。音楽も」

大崎上島町木江《きのえ》支所の近くの駐車場に停めた。会場までむかう道筋の家々には提灯が並び、軒下の風鈴が鳴る。夏の情緒をかもしだす。造船所に近い広場には大勢の観客がいた。蚊取り線香の匂いに近いところへ、と浅間が導いた。

夜のとばりが下りると、花火が上がる。

「素晴らしい女性と、デート気分だ。最高の気分だ」

花火の開く音で聞こえないふりをした。
「音楽教育は、強烈に少年・少女を洗脳できる。兵学校の「同期の桜」など戦場の自死を美化するものだが、これはべつにしても、児童教育の唱歌《しょうか》は単純な歌詞にして、子供らに軍人に憧《あこが》れる人生を目標にするよう洗脳させた」
島の花火は、打ち上げが連続しないので、二人の話しが折り込めた。
「たとえば」と彼女が聞いた。
「海」
海は広いな　大きいな　月がのぼるし　日がしずむ
海は大波　青い波　ゆれてどこまで　続くやら
海にお船を　浮かばせて　行ってみたいな　よそのくに
「お船は軍艦、『行ってみたい』は他国の侵略地だよ。現在のように遊びで『よそのくに』に海外旅行などあり得ない。中国大陸、南太平洋の戦地だよ」
「われは海の子」
一番　我は海の子、白波の　騒ぐ磯辺の　松原に
煙たなびく　苫屋こそ　我が懐かしき　住家なれ
七番　いで大船に　乗出して　我は拾わん　海の富
いで軍艦に　乗組みて　我は護らん　海の国
「戦後、七番はGHQの指導で削除されたのだよ。いまも愛唱歌になっている『里の秋』（戦前は星月夜）は、戦前には四番があった。生徒らには声を張り上げて歌わせていた。僕が歌ってみようか」

おおきく　おおきく　なったら
兵隊さんだよ　うれしいな
ねえ母さんよ　僕だって
かならずお国を　まもります

「この歌の三番は、いまは変わって、『ああ　父さんよ　ご無事でと』だよね。戦前は『ああ　父さんの　ご武運を』になっていた」

「そうだったの。ここまで、音楽が軍事思想の教育に加担《かたん》していたとは、知りませんでした。恐ろしさを自分にも感じます」

「軍隊には軍楽隊がある。そう考えれば、軍事と歌は切り離せない。軍事思想教育として音楽がもっとも刷り込みやすいのだよ。愛唱歌はおぼえやすい。音楽は政府プロパガンダの先鋒《せんぽう》に位置している、といっても過言ではない」

「それにしても、浅間さんは音痴ね」

「そうなんだ。絶対音感がなくてね」

（父は音痴だった。音大の大学院生の母は、音楽の道を捨てて父と結婚した。親子二代がその構図にならないようにするわ。私は音楽を棄てない。私は国際コンクールの受賞をめざす）

彼女はじぶんの恋心に警戒し身構えた。

＊

民宿・内海に富士山の絵ハガキが届いた。

静岡出身の浅間からの暑中見舞いであった。添え書きで、八月十一日の祝日「山の日」に、大崎上島・神峰山大会への誘いがあった。

「ひと目があるから、御手洗は避けている」

そう気遣いしてくれていた。合唱部の朝練が終われば、午後一時のイベントには充分間に合う。

夏場の軽登山の服装で、彼女は大長桟橋からの定期連絡船に乗り、明石桟橋で下船すると、浅間が迎えに来ていた。いつものパターンである。

乗用車が神峰山の肩を越えて平坦地に降りると、高い煙突の火力発電所がみえてきた。その近くに中野会場があった。

イベントは和楽器演奏とか、俳句の授賞式とか、地元には三つの高校があり、フォーラムがおこなわれていた。

夕方四時はまだ陽が高いが、浅間の運転で、神峰山のつづら折りの登山道を登る。展望台・駐車場から、帽子をかぶり彼女は軽リュックを背負った。登山道は丸太の階段づくりで、茂みの蝉が鳴く。一歩ずつ足を運び、山頂へむかう。

「赤い帽子を被るお地蔵さんが、至る所にあるのね。一体ずつ良い顔をしているわ」

「地蔵の顔には、港町の遊女たちの悲哀《ひあい》の影がある」

「シーボルトの日記を思いだすね。遊女といえば、浅間さんの作詞は驚いたわ」

「採用してくれてよかった。白根先生の作曲のメロディーもとてもよくて、いい曲になっている」

中学生合唱コンクールは、課題曲と自由曲の組み合わせである。課題曲は当然ながら主催者が決める。自由曲はなにを選んでもいい。それだけに選曲が評価のおおきなポイントになる。

愛紗美は、とかくありがちな過去の入賞校の選曲をまねたり、新曲の争奪戦に参加したり、流行りの曲とかそんな安易なことはしたくない。豊町中学でしか出せない味の歌にしたかったのだ。

帆船の汐待風待ちで御手洗が栄えていた、という雰囲気の歌詞をつくってほしいと浅間に頼んだ。できた曲名が『シーボルトがきた御手洗』である。名医が診たのは十七歳の夜鷹だが、作詞では爽やかな男女の恋に変わっていた。

「生徒たちも恋心を感じて練習しているわ」

神峰山の頂上に着くと、ふたりは展望台から美観を楽しんだ。

「百十五の島が数えられるらしい。その数は日本一だときいた」

「景色は見あきないわ」

「この神峰山の標高が四五三メートルだ。太平洋戦争の激戦地の硫黄島の摺鉢山《すりばちやま》は一七〇メートルだ。半分以下の低さか。いま僕たちは八月の夏山に登って暑がっている。硫黄島の日本軍は、高温の火山島で、幾重にも洞窟を掘った。水も食料も尽きた。想像を絶する」

「米軍が星条旗を立てた山でしょう。報道写真で見たわ」

「それは昭和二十年の二月二十三日だったかな、太平洋戦争で日本領が最初に占領された。悲惨な戦いの記録がある。アメリカ兵が摺鉢山に星条旗を立てた。その報道写真が全米を歓喜させた。翌日は日の丸が立っていた。夜の間に星条旗が立て直された。まだ、日本兵がいる、とアメリカ側にわかった」

日本の海軍司令官は最後の突撃を決めた。玉砕《ぎょくさい》する九日前の、三月十七日。市丸利之助は地下二十メートルの洞窟《どうくつ》に、動けるものを全員あつめた。副官（間瀬中佐）が、一歩前に出て、『ルーズベルト

ニ与フル書』を読み上げた
洞窟内におおきく響いたことだろう。

――日本海軍少将　市丸利之助よりルーズベルトに、この手紙を送ります。われ今、ここに戦いが終わるにあたり、一言、貴下（大統領）に申し上げたい。

ペリー提督の下田入港を機に、広く世界と国交を結んでから約百年、この間の日本は、歩みに困難を極め、みずから望まなくして、日清、日露、第一次欧州大戦、満州事変、支那事変を経て、不幸にも、貴国（アメリカ）と戦争を交えることに至りました。

これをもって日本を好戦的国民だ、あるいは黄禍《こうか》だといって貶《おとし》め、あるいは軍閥《ぐんばつ》の専断《せんだん》だとする。考えが足りないことは甚だしい。

――貴下（ルーズベルト）真珠湾攻撃の不意打ちを、対日戦争の唯一の宣伝材料とするも、日本がその自滅を免《まぬが》れるため、その挙に出るほかがないように窮地まで追い詰めた諸種の情勢は、貴下が最も熟知しているところだとおもう。

――卿（ルーズベルトとチャーチル）の行いをみると、白人とくにアングロ・サクソンをもって世界の利益を独占しようと、有色人種をその野望の実現に奴隷化しようとするに他ならない。

このために卑劣《ひれつ》な策をもって有色人種を欺《あざむ》き、いわゆる悪意の善政をもって彼ら（有色人種）の本心を失わせ無力化しようとしている。

あと三分の二くらいある、と浅間は前置きしてから、こういった。

「市丸利之助は江田島の海軍兵学校を卒業している将校だ。かれが冒頭にペリー提督から文を運んでいる。それは純真な少年だったころ義務教育で『ペリー提督の砲艦外交で恫喝《どうかつ》されて開国されられた』と洗脳されているからに他ならない。洞窟の中でルーズベルト大統領宛の手紙を書いた。英文と和文と二通で、内容はおなじだ」

「すごいわね。英文で大統領宛に出すなんて。ルーズベルト大統領は読まれたのかしら」

「日本文と英文は別々の遺体から発見された。それが全米に全文で報道され、おおきな反響を呼んだ。時間的に逆算すれば、ルーズベルトの死の方がわずかに早かった。読まれていなかったとおもう」

ふたりは神峰山で、そんな話しを交わしながら場所を移していた。「山の日」のイベントがらみで、登山者たちとすれ違う。

「敗戦後、戦争責任を問う東京裁判がおこなわれた。ここにも、似た話がある」

満州国を擁立した張本人の石原莞爾《かんじ》は、病気と反東條英機の立場だったことから、戦犯を免《まぬが》れた。

それでも重要な証人として、アメリカの判事が石原の自宅を訪ねて訊問した。

「石原さん。太平洋戦争のA級戦犯はだれだと考えていますか」

――A級戦犯は原爆を落としたトルーマンだ。真の戦犯だ。

あ然としたアメリカ判事がこう質問した。

「日清・日露戦争までさかのぼれば、このたびの戦争を引き起こした最大の責任者はだれですか」

――それなら、東京裁判にペリー提督を呼んで来い。日本は約三百年間にわたり鎖国政策の下で、他国に対していっさい干渉もしない国だった。自給自足で、国民は平和に暮らしていた。黒船を率いたペリー提督に脅迫されて開国させられた。西欧の侵略帝国主義の列強から身を守るために、日本はみずからも帝国主義になった。太平洋戦争に突入した、すべての元凶《げんきょう》はペリーにある。

アメリカ判事はおどろいたという。

「石原莞爾って、どんな役目を担ったひとですか」

「かれは関東軍の参謀で、満州事変を起こした首謀者だ。日中戦争のころ日本の最高の知能といわれた」

関東軍は占領下においていた奉天《ほうてん》・吉林《きつりん》・黒竜江《こくりゅうこう》省に満州国を樹立した。清朝《しんちょう》最後の皇帝だった愛《あい》新覚羅溥儀《しんかくらふぎ》を満州国皇帝に就任させた。それは傀儡《かいらい》国家だった。これが世界中から、強いバッシングを受けた。

「簡単にいえば、北海道に某国が銃をもって乗り込んできて、国境の線引きをして、政権を樹立したとすれば、日本人だけでなく世界中が、そんな横暴な軍事行動につよく批判するだろう。そう考えれば、わかりやすい」

「北海道が取られたら、わたしでも許せないわ」

「そうだろう、中国は怒る。日本は国際的な礼儀もないし、日本軍が満州に居坐《いすわ》りつづけるし、鉄道は延長する、石炭鉱山の開発も進める、日本内地から開拓団の農民が次づき入ってくる。日本は退却する気がない」

いまでも国連決議で、核開発国などにたいして経済封鎖がおこなわれる。まったく応じる気配がない。当時の日本はそれとよく似ている、とつけ加えた。

「石原莞爾の『世界最終戦争論』が、太平洋戦争の発端となる思想だった」

――いずれ日本はアメリカと航空機戦を戦うことになる。それに耐えうる国力をつける必要がある。五か年計画で経済力をつけてきたソ連が、満州を奪う前に、日本がまず植民地にし、持久戦になっても、アメリカと戦える国力を保持するべきだ。

「日本最高といわれた石原莞爾の優れた頭脳すら、小学生時代の『鬼の顔ペリー提督』に支配されていたのだろう」

「きっとそうよ」

「これは硫黄島の市丸利之助、満州の石原莞爾らの世代だけではない。現代の小中学校の歴史教育においても、「ペリー提督の砲艦外交」がなんら疑いもなく、脈々と生きている。ウソの歴史が戦争をつくる。だから、僕は現代の歴史教育を糺《ただ》す」

浅間輝の目が意欲で光っていた。

（離婚してでも、そこに全力をそそいでいるのね）

愛紗美は胸のうちでつぶやいた。

＊

八月下旬の夏休みの終盤で、セミの鳴き声も騒々しくなった。夜には秋の虫すら聞こえる。日の出から間のない涼しいうちに、混声合唱部の二時間の「朝練」がはじまる。

合唱団の部員は漸次増えてきて、いまや十八人となった。ふしぎに男女同数である。この間には、スポーツ部員の転部の全面禁止が問題になり、音楽を学びたいのに禁止するのは学びの自由の妨害にならないか、と教職員から問題提起がなされた。議論がなされた。

「わたしは大学四年生の顧問ですから、お任せします」

愛紗美は校長に一任しておいた。

合唱の練習は厳しくなった。一年生から三年生まで、生徒の成長がとても速い。週五回の練習で、生徒それぞれが自分の役割を意識している。登校拒否児だといわれた生徒らも、仲間と声の調和ができる。白い目で見られる空気はない。

「今年はもしかしたら、優勝を狙えるぞ」

そんな前評判が聞こえはじめた。生徒は仲間どうし堤防で、夕方には自主練習をしているようだ。不登校と呼ばれた生徒らの明るい笑顔から、学校における評価が変わってきた。夏休みに週五日、学校へ通い癖がついたことから、九月から授業にも出るという。朝練二時間のあと、本人が希望すれば、英語、数学、国語など補習しよう、という教師がごく自然にでてきた。

スポーツ部員らは、隠れタバコと飲酒は合唱部の出場停止になるから、それまでやめようぜ、と側面で協力している。七月末から約一か月で、これだけ校内の雰囲気が変わったのは奇跡だ、という教師すらいた。

豊町中学の混声合唱部が、本番前に体育館で島の住民に披露することになった。校長の提案だった。その当日は猛暑日だったが、体育館は空調が利いている。百六十個のパイプ椅子が埋まるほど、観客で大入りだった。開始直前まで、最前列の貴賓席《きひんせき》はまだ空いていた。

指揮者の愛紗美は質素な服をまとう。脇に立つ。制服をきた十七人全員が出ていき整列した。車いすの女子を含めてよく揃っている。渡辺美原がピアノの前に坐った。貴賓席に校長や招待者が着席すれば、脇に控える白根愛紗美が生徒の前に出ていく手順がととのえられていた。

美術部が協力してくれた「式次第」は、会場の後方でも確認できる。

ピアノ伴奏は渡辺美原　指揮者は白根愛紗美
曲名「シーボルトがきた御手洗」　作詞・浅間輝　作曲・白根愛紗美

シーボルト先生が御手洗で　病人を診てくれました
十七の乙女は重い恋のわずらい　薬がなくても治ります
お母さん　幸せ願って花嫁にしてあげなさい
お父さん　息子に夫婦舟《みょうとふね》を造ってあげなさい

体育館の出入り口から、校長一行がおもむろに入場してきた。最前列に向かってくる。そのなかの一人に、先祖が御手洗という音大教授の藤原郁恵がいた。教授がなぜ東京から豊町中学校まで来たのかしら。愛紗美は戦慄でからだが震えた。

藤原教授の先祖が夜鷹だとわかった今、まさか、この場にあらわれるとは夢にも思わなかった。

最前列の中央席には、校長の赤石宗太郎、大学教授の藤原郁恵がならんで坐った。町長など招待者らも腰をおろした。

脇から愛紗美が整列した生徒のまえに行く。中央で止まると、観客席に向かう。両手をそろえて深々と頭をさげた。教授とは視線を合わせられない。生徒側に向きを変え、両手を挙げた。ピアノの渡辺に視線をむけると同時に、指揮をはじめた。明るいテンポの男女の声が館内にひびく。

愛紗美は真後ろの、藤原教授の刃を突きさすような視線を感じた。脳裏には一連のことばが駆け巡っている。教育実習をお願いした場面、

——ご先祖さまは瀬戸内の島で、オランダ商館の蘭方医のシーボルトに病気を診てもらったとか、お話されていましたよね。

——先祖の恥部を暴《あば》かないでね。あなたはそういう性格だから。

シーボルトの実日記が浮かび上がる。

——母の言によれば、時として淫乱症の発作が起きる、と問診が記録されている。

——この少女は発作の時、この地にある夫ある婦人一般の標徴《しるし》とする如く、歯を黒く染めると聞く。

指揮をとる彼女は、このあと藤原教授からシーボルトの日記を見たいと言われたら、どうしよう、とおびえた。御手洗に日記はないと嘘はいえない。町おこしの移住者の赤松正と接点ができれば、それなりに内容の説明がなされるだろう。とおもうと、戦慄がからだを突き抜ける。指揮する手が震えていないかしら
（こんな不謹慎な自由曲はやめなさい。わたしを愚弄《ぐろう》している）

そんな圧力が合唱団にかかったら、どうしよう。いまから曲を変更すれば、県大会の優勝など、とてもおぼつかない。入賞を逃せば、白根愛紗美先生が急に選曲を変えたからよ、とつよい非難が出てくることは明白だ。

拍手が鳴りひびいた。彼女は藤原教授を見ないように観客席に向かった。深く二度も頭を下げた。

「アンコール」という声が飛ぶ。総合司会の男子教諭が、お応えして、同じ曲名「シーボルトがきた御手洗」にしましょうね、と言いかけた。

「いまは夏ですから。夏の思い出。それでいきます」

渡辺のピアノ前奏が流れはじめた。愛紗美はちらっと渡辺に視線をながした。少女は落ち着いてい

た。震えるのは自分ばかり。指揮するあいだじゅう藤原教授の視線が背中に突き刺さっていた。夏の思い出も拍手喝采《かっさい》であった。

このまま民宿に走って逃げ帰りたい。本気でそうおもった。そうはいかず、参加した生徒たちに、彼女は一人ひとりにねぎらいの言葉をかけた。まだ、本番があるからね、と気を引き締めさせた。事務員から、校長室に来るように、と伝言が入った。

（最悪の日だわ）

校長室のドアはいつも開放されている。愛紗美は膝がしらを震えさせながら入った。

「藤原教授、遠路ご苦労さまです」

「ごくろうさま。あなたを教職実習に受け入れてくださった豊町中学に、ごあいさつに行かなければと思いつつも、きょうになったの。校長先生が特別に合唱団のお披露目をしてくださったのよ」

藤原の顔は明るい。どんな風に豹変《ひょうへん》するのか、と身構えた。

「白根先生。まあ、坐りなさい」

と言われて校長と横並びになった。真正面から教授の顔を見るのはとても怖い。

「いい歌ね。曲も歌詞も好いわ」

（いやみ？　これからどんな攻撃なのかしら）

「私の先祖は石をもって御手洗を追われた、とずーっと思い込んでいたのよ。歌を聞いて、積年の心の暗い雲がスーッと消えたわ。名医シーボルト先生が診てくれて、十七の花嫁が夫婦舟で新天地にむかう。ロマンチックな結ばれ方をしたのね」

「そう思います」

淫乱病だなんて、口が裂けてもいえない。

「自由曲の詩を書いた浅間輝さんというのは、どんな方なの」

というと、校長が身をのりだした。

「歴史が専門の大学院生で、シーボルトにもくわしいようです。当校に教育実習に来て白根先生とは五月、六月とかぶっていたのです。白根先生も影響を受けて、ずいぶん歴史好きになられたようですよ。ふたりは夫婦舟に乗るかもしれませんよ」

赤石校長はおおらかに笑った。

「まあ、そうなの。あれだけミラノの国際コンクールでは現役大学生で優勝しますと燃えていたのに、東京に帰ってこないし、怪しいと思っていたわ。そういうことね。恋を取ったのね。あなたのお母さんは大学院で私の二年先輩よ。大恋愛は有名。母娘《おやこ》ってよく似るものね」

「そうですか」と、墓穴を掘らないために余計なことはいっさい避けた。この場から、早く逃げたい一心だった。

＊

大崎下島の豊町中学で、代用教員の契約はおわっていた。新たな音楽教師も着任した。白根愛紗美は同校の合唱部の顧問として、広島県大会まで指導したいと申し出ると、願ってもないことだといい、校長や他の教職員、さらに新しい音楽教師からも歓迎された。

日中は中学校の音楽教室のピアノを借りて、歌う、奏でる、音楽大学声楽科の四年生として勉強にいそしんだ。放課後は合唱部の顧問として、課題曲、自由曲「シーボルトがきた御手洗」の練習で、より磨きをかけた。優勝に近いところにいる、と彼女は燃える自分を意識できた。

浅間輝から連絡で、先週オランダ・ライデンに行ってきたから、お土産を渡したという。秋の風が吹くし、橋の架かっていない離島・大崎上島を一周するサイクリングしないか、と誘いがあった。

九月半ばで、中学の合唱団の練習がない日を選んだ。

大長港から大崎上島の明石港の桟橋に下船すると、浅間の手配でレンタサイクルが二台用意されていた。かれのお土産は「オランダ・デルフト焼きの飾り皿」で、小さな皿に六個の絵柄があった。風車、民族衣装、かわいい人形、帆船などがふたりの話題になった。

ヘルメットを被り、愛紗美は秋の潮風を感じながら自転車を漕ぎはじめた。その潮風で、スカートの裾がふんわり揺れる。

(離島の味が楽しめる。東京への良い思い出づくりになる)

海岸沿いの道路からは、見あきない海面の太陽光と島影が浮かぶ光景があった。最初の沖浦《おきうら》の漁港には、小型漁船の船溜《ふなだ》まりがあった。漁師が波止場に漁網を日干している。魚の匂いを感じ、猫が多いなという印象をもった。

やがてペダルへの踏み込みが必要な坂道となり、野賀《のか》の鼻《はな》という岬にのぼった。自転車を降りて押していくと、樹林の間から白い灯台が近づいてきた。ふたりは灯台の袂でヘルメットを外し、小休止を取った。飲料水でのどをうるおす。瀬戸内を航行する多種の船舶を眺めたり、二人の記念写真を撮ったり、地図を広げて島名を確かめたりした。

「オランダで、どんな成果があったの」

彼女は吹く風で顔にかかる髪を指でうしろに送った。

「ペリー提督の学術開国は間違いない。という確証を得た」

かれは明るい顔で、聞かせたくてたまらない表情だった。

「ペリー提督はアメリカ海軍のトップでしょ。ふつうに考えれば、足を運ぶとすれば、アメリカじゃないかしら」

「これまでアメリカ側の資料は徹底して読み込んできた。IT時代だから、ネットで十九世紀の新聞記事も読める。ペリー提督の直筆の書類までも目に通すことができた。アメリカは徹底調査済みだよ」

「そうよね。二年生の授業できいたものね」

「日本側の墨夷応接録《ぼくいおうせつろく》から、幕府の交渉内容も明確になった」

「それは御手洗の喫茶店だったわ」

「ただ、現在の日本では、ペリー提督の砲艦外交、ということが崩れていない。ペリー提督は学術開国だ、という説が市民権を得るためには、第三国の評価が必要だと考えから、オランダに足を運んだ」

「第三者委員会って、よく聞きますよね。それですか」

「その通り。ペリー提督と林大学頭による日米交渉を、第三国の立場から公平な眼で見てもらうべきだ、と僕は考えた。それでオランダ・ライデンにむかった」

ライデン大学で、幕府の優秀な人材だった西周《にしあまね》、榎本武揚《えのもとたけあき》、津田真道《まさみち》が海軍、医学、鋳物、時計、造船、操船などヨーロッパの先進技術を学んでいる。その学問の都市である。

同大学近くの運河沿いには、オランダ商館の医師・シーボルトがあつめた二万点以上のコレクションを収蔵する博物館がある。

「副館長の女性学者が、同館の休館日にもかかわらず対応してくれた。そこで僕は、……ペリー提督の日本来航の目的は学術開国だった、と確信をもっています。論文にも書きました。オランダ側の見解を調査にきました」

そんなふうに来意を述べた。

副館長はひたすら耳を傾けてくれた。

「私の研究では、植物学に造詣がふかいペリー提督が、アメリカに帰国したあと報告書を上げています。五十八歳で日本遠征を引受けたときから、学術調査を決心しており、任務遂行が科学の発展に役立つ、とペリーは述べています。それも日本来航の目的が学術開国だったという大きな根拠です」

当時の世界を見ると、十九世紀で科学発展の世紀である。蒸気船の発達で、先進国はこぞって丸い地球の世界各地に出向き、新種発見競争になっていた。

「オランダがヨーロッパで唯一、日本の学術研究を独占していました。ペリー提督はこれを打破し、全世界の学者に役立つ開国をなせば、アメリカのフロンティア精神を世界に示せると燃えた。それが人生最後の大仕事になる、と決意しています」

副館長はうなずいて聞いていた。

「ペリー艦隊は一九五三年、翌年と二回にわたる日本来航で、日米和親条約を締結しました。横浜、下館、箱館などから三百五十種の植物を採取し、アメリカに持ちかえっています。そればかりか、ペリー提督と同時期に、アメリカ政府は一八五四年から一年間にわたりリンゴールド隊長、ロジャース隊長が率いる大規模な学術調査団を送りだし、琉球、奄美大島、下田、小笠原、箱館へと現地踏査《とうさ》しています。いかがでしょうか」

「浅間さん。まちがいありません。ペリーの目的は学術調査の道を拓くことです。それは『列強のオランダつぶしです』というのも、独立戦争前までニューヨーク州はオランダの植民地でした。そんな遠因もあったのでしょう。そののちにアメリカはメキシコとの戦争に勝利し、カリフォニアを手に入れました。金鉱の発見から勢いにのりました。オランダ国をたたけば、英仏にならび、世界に合衆国の国威高揚《こくいこうよう》をしめす絶好の機会だったのです」

そう言いきった副館長は、裏付けとしてオランダの歴史を説明した。

一六世紀の大航海時代はハーレムの黄金期でした。一七世紀に入ると、イギリスは産業革命の成功から、富裕国家になり、植民地を拡大し、大英帝国として君臨《くんりん》していた。十八世紀末には、隣国のフランスはナポレオン戦争でオランダに侵攻してきた。

「オランダは亡国となったのです。このとき、長崎奉行はオランダの入港船の形状がちがう、おかしい、これはアメリカの傭船《ようせん》だろうと疑っていました。ナポレオンが失脚しました。オランダ国王が亡命先からもどりましたが、もはや往年の国力がない。日本側はそれに気づいていたのです」

幕府はオランダから、ペリー来航を一年前に知らされた。

副館長はこういった。

「日本がここで開国するならば、被植民地時代の歴史をもつアメリカだと、幕府首脳の阿部正弘らは決めていたのでしょう。実際に、大砲をひとつ撃つでもなく、条文をみても公平・平等な日米和親条約です。その後、オランダの影は薄くなりました。日本の学校で教える『砲艦外交』ではありません。事実を曲げています。ペリー提督による学術開国は正しいです。オランダは、幕末から明治へと影が急に薄くなりました」

副館長が応えてくれた。さらにこういった。

「客観的な話になりますが、ドイツは学術が最も盛んです。当時はプロイセンと言われていました。日本・プロイセン通商条約の締結が目的で、オイレンブルグ伯爵が日本に向かいました。このときに大勢の学者を乗船させています。学術的な魅力が日本にあるからです」

「たしかに」

「このシーボルト博物館には、ペリー開港以前の動植物、博物学、諸々の貴重なものが二万点もあります。だから、きょう現在、世界各地から研究者が足を運んで見学に来られているのです。日米双方の交渉内容を精査しても、公平・平等な開国条約を結んでいます。条約文は世界中で翻訳されているはずです。『ペリー提督の砲艦外交で恫喝されて開国させられた』。そんな時代錯誤《さくご》の内容が、ほんとうに青少年の教科書で教えられているのですか⁉」

副館長はむしろそれにおどろいていた。

ここまでオランダのシーボルト記念館の話しを聞かせてくれた浅間輝は両手を後頭部に当てて仰向けになった。秋の澄んだ空のイワシ雲をみている。

(いっしょに横になると危ない。抱き寄せられるかもしれない)

「そろそろ行きませんか。島一周に」

ふたりはヘルメットを被ると、白い灯台の袂から下る坂道を快走し、造船所のクレーンが樹立する木江港に入った。朽ちた木造づくりの旧遊郭街を抜けると、まっすぐの開けた海岸線で砂地と磯がつづく。海藻の香を感じて心地よかった。最東端の鮴《めばる》港にきた。真向いの佐組島とは三百メートルほどで接近しており、潮流が速い。御手洗が岡村島と接近する地形とよく似ていた。

「お腹が空いてきたわ。この「アクアルーム」で、昼食を摂《と》りましょうか」

二階屋上の展望レストランで、海鮮料理をたのむ。店主の話しだと鮴《めばる》という地名通り、メバルの宝庫で、釣り師が遠方からやってくるという。狭い海水路が幸いしてほかにもタイ、ギザミ、ホゴ、イカなど魚種が多いとおしえてくれた。

ふたりのサイクリング車が西へ方角を変え、かつては塩田で栄えたという干拓地の垂水《たるみ》までやってきた。本州の竹原と離島・大崎上島をむすぶフェリーがしずかに入港してくる光景があった。かれは今朝このフェリーで渡ってきたという。

(広島県のどこに住んでいるの)

これまでも一度も聞かなかった。東京に帰ったあと、未練で広島のかれの宅に押しかける自分の姿を描きたくなかったから。

大崎上島の海岸線のまわりは、ことのほか無人島が多く、可愛らしい小粒な島が点在し接近している。夕日の絶景の写真スポットらしい。離島一周の二分の一はやって来たとおもう。

「教科書は正しい。これが一般的な日本人だ。純真な少年・少女の思想は真っ白だ。現代の歴史教科書からいいかげんに、砲艦外交とか、恫喝されて開国とか、ウソの歴史を外してほしいものだ。これが明治以降の軍国少年をつくった諸悪の原因だから」

二台のサイクリング車はなおも大崎上島の海岸沿いに走る。

矢弓《やゆみ》には広島商船高等専門学校があった。戦前には商船乗りという民間人の船員養成の学校であった。太平洋戦争では武器をもたない輸送船が、片っ端から米潜水艦に撃沈されて大勢の商船乗組員を亡くしている。

かたや、広島県には江田島《えたじま》に海軍兵学校があった。高級将校や総理大臣まで輩出した。かれら卒業生には戦争責任の一端がある。あえて弁護すれば、覚えやすい軍国唱歌で洗脳された軍国少年たちが、あこがれて入学した超難関校だった。偽りの歴史や音楽教育が軍国少年をつくったのだ。そして、日本列島を廃墟にさせた。

広島市には原爆ドームと資料館がある。呉市には大和ミュージアム（呉市海事歴史科学館）という戦艦大和の記念館がある。広島では被曝の悲惨さを語り、かたや呉では戦艦の造船技術力を讃美する。

そんな話題が浅間輝から語られていた。中野、大西、島の最西端の大串から峠越えになった。

「ペリー提督の来航（一八五三）から太平洋戦争の終結（一九四五）まで九十二年ね。その戦後から戦後九十二年まで、あと十三年でフィフティーフィフティーね」

愛紗美が頭のなかから年号を引きだした。ペリー来航から九十二年の空白だったところが、ここ四か月で浅間輝の歴史観で埋まっているとおもう。

「かつて九十二年は血の狂気の歴史だった。明治からの軍国主義は強国になれるという幻想の世界でもあった。気づけば日本列島を廃墟にしてしまった」

あまりにも急道で、降りて自転車を押しはじめた。かれはさらにこう言った。

「一九四五年の終戦から無血の歴史なんだ。日本の自衛隊員が外国の戦場でひとりも殺していない。世界史のなかでも稀有《けう》な国家になった。戦後の日本は戦争をしないでも豊かになれた」

昭和二十年からの連合国の占領、窮乏、民主主義の讃美、復興、もう戦後じゃない、高度成長、経済大国、そしてG7で唯一戦争していない国を維持してきている。

「あと十三年で、日本人は戦争嫌いだ、と胸を張っていえるわね」

彼女は笑みを浮かべた。

「そうなるためにも、あと十三年で、日本の歴史教科書から、『ペリー提督の砲艦外交で恫喝されて開国させられた』という明治のプロパガンダの遺物を消したい」

「あと十三年で、私たちはどうなっているのかしら。輝さんは再婚しているわよ、きっと。相手はどんな女性かしら」

愛紗美は横目でちらっと見た。

「そうだ。藤原教授から僕宛に手紙がとどいていた。ドキッとしたよ」

「どんな内容なの」

「気になるだろう。花嫁が御手洗港から夫婦舟で出帆するとき、ご招待くださいだって。この花嫁は誰だとおもう?」

「さあ」

「藤原教授は、先祖の十七歳の少女はとても幸せだったとおもっている。シーボルト日記の内容がまったく解っていない」

「ひとによって、真逆の解釈になるのね」

「一瞬ひやっとしたが、音大教授の解釈には助けられたおもいだよ。為政者が身勝手で、歴史の本質を都合よく改竄《かいざん》すれば、国家の破滅の道につながるし、それは許せないことだけれど」

秋風が吹き抜ける峠まで、あとひと息まで登ってきた。

「わたし音楽が軍国主義に利用されて、軍国少年づくりに加担していたと知ってショックでした。

教える教師も戦争加担者だった。その責任の重大さを知ったことは、教育実習で、瀬戸内の島にきた最大の収穫だったのかしら」

浅間輝の顔から、今後のふたりの交際を話題にしてほしいという表情が読みとれた。

「いまのわたしは、混声合唱団の県大会優勝にむけて一筋ね。そのほかのことはなにも考えていないわ」

峠で自転車にまたがり、下り道をいく。島々をわたる小型の高速艇が、愛紗美の視界に入った。初めて乗ったあの船で、帽子をかぶった風采《ふうさい》の上がらない三十男から楽譜をのぞきこまれ、背をむけた自分をおもいだしていた。

幕末のプロパガンダ

1　蒸気定期船、横浜へ

日本橋・永代橋から彼は、はしけに渡され、蒸気定期船に乗り込んだ。二階の甲板の手すりに寄りかかる福地《ふくち》源一郎（桜痴《おうち》は号）は、すでに三十歳になっていた。日本人にしては、めずらしく洋装である。福地は洋行の数において、だれにも負けない。それだけに、背広姿は板についている。ただ、九月の日差しはまだ夏の盛りを引きずっているし、背広は蒸して暑い。

旧幕臣だった福地は、いまは大蔵省の官吏《かんり》だ。

「わが人生は、ジャーナリストであるべきだ。新政府の官吏など、まったく真逆の道を歩んでいる。新政府を批判する記事を連日、書きに書きまくる。それでこそ、福地源一郎の本質なのだから、恥ずかしいかぎりだ」

福地はこころのなかで、そう葛藤《かっとう》しながらも、ごく自然にまわりの乗客たちの会話に聞き耳を立てている。よい取材ネタならば、深掘りし、いつしか文章にまとめる。記事か、小説か、舞台の台本か。それはともかく、巷《ちまた》の風評や民の声に常に関心をもちつづける。これは西洋で仕入れてきたジャーナリズム精神が身についているからだ。

乗船客がすべて乗り込んだらしい。いずれの船員たちも出航寸前の忙《せわ》しなさだ。

「ね、薩長の役人たら、東京《トウケイ》の新橋でも、悪口を言いたい放題じゃない。口惜《くちお》しいったら、ありゃしない」

和装の大柄な女性が腹立たしげに語っている。三十五、六歳だろうか。新橋とはおそらく料亭だろう。

「お倉、わしもそれをよく聞く。鳥羽伏見《とばふしみ》の戦いで、四日目にして慶喜公《よしのぶ》が大坂城から逃げて江戸に帰ってきた。だから、旧幕府軍が総崩《そうくず》れになった、愚公《ぐこう》将軍だったと言い放っておる。ほんとうに逃げたのだろうか」

四十歳前後の男は四角い顔で、肩幅があり、武術の心得があるかもしれない。身形《みなり》から判断すれば、かっぷくの良い豪商らしい。横浜の海外貿易で財を成したのかもしれない。

福地はそれとなく二人に近づいて、より耳を立てた。

「座敷にあがっても、いまの政治家はホラ吹きが多いし。なにかと自慢話ばかりで、悦に入っているわ。おおかた作り話だとおもうけれど。慶喜《ケイキ》さまはそんな人じゃない。うちは信じてるわ。でもね。逃げた、逃げた慶喜だ、とおなじことを何百回も聞かされたら、ウソもほんとうになりそうだわ」

お倉とよばれた彼女は、客扱いがうまい芸者上がりのようだ。連れあう豪商のお妾《めかけ》なのか。

「薩長の連中は江戸に進軍してきた当初から、愚公な元将軍だったと吹聴《ふいちょう》しておる。聞く方がムカムカするほどだ。いまは省庁のお偉方でも、もとは田舎者の下っ端だったくせに、威張《いば》りくさって。なかにはろくに文字を書けない者もいるらしいな」

こんな批判が福地源一郎の耳にはたびたび入ってくる。たとえ類似していても、記事ネタの生の声として頭のなかに書き込んでいた。

「戦争好きで、学がない田舎者が天下を取っただなんて、世も末ね。慶喜《ケイキ》さんはなんで、がんばらなかったのかしらね」

お倉はみるからに顔立ちが良く、芸者の一枚絵になりそうだ。

横浜行の蒸気外輪客船が、朝九時の出航の銅鑼《どら》を鳴らした。腹にひびく音だ。福地には心地よく感じられた。ちらっと船尾をみると、日章旗が潮風ではためいている。ペリー提督が来航し、老中首座の阿部正弘《まさひろ》が日の丸を国旗にさだめてから、かれこれ二十年近くになる。

「この蒸気船は三時間で横浜につくわ。駕籠《かご》の時代と比べると、ずいぶん便利になったものね。これも明治の文明開化のお蔭よね」

（東京と横浜をむすぶ航路を開設させたのは、徳川幕府だ）

旧幕臣の福地はそれを自慢したいが、その衝動《しょうどう》を圧えて口を閉じていた。……慶応三（一八六七）年十月に、稲川丸が初就航した。きょねん（明治三年）は、幕府が手がけて明治新政府につないだ横須賀造船所で建造された二五〇トン・四十馬力の木造外輪船《がいりんせん》が加わっている。

乗船券は上等席が金三分、並みは金二分だった。

ふたりの男女の話し声がすーっと消えた。客室にもどったらしい。

福地の眼が遠景の房総半島あたりから、頭上までもどってきた。青空を飛ぶ白いカモメと、中央の煙突からの黒い煙と混ざり合っていた。ガタゴトと両輪の音が一段とおおきくなった。船脚が早まった。

福地は長崎で生まれ育ち、オランダ語、英語、フランス語が堪能《たんのう》な幕府の有能な通詞《つうじ》だった。ちなみに、文久元（一八六一）年には文久遣欧《ぶんきゅうけんおう》使節団の通訳として参加した。ロシアにおいて日露国境の策定に加わっている。慶応元（一八六五）年には、ふたたび幕府使節団のひとりとして欧州に出むいた。

かれはロンドン、パリで発行されている新聞に魅せられた。自分の職業にしたいと考えた。西洋の演劇や文化にも関心をむけた。演劇のシナリオを書きたい。文筆業が自分にもっとも似合っているだろう、と将来の目標がつかめた。

「それなのに、いまや大蔵省の官吏か。なさけない。幕府でおなじ通詞《つうじ》仲間だった福沢諭吉にまで、旧幕臣のあるべき姿ではない、とあなどられた。口惜しい。あの小栗忠順《おぐりただまさ》どのが群馬で惨殺《ざんさつ》されていなければ、自分の道は違っていたはずだ。意思疎通がはかれる小栗上野介《こうずけのすけ》どのと、ともに歩んでいただろう」

そうおもうと、慶応三年十月十五日の大政奉還《たいせいほうかん》が決まったあとの光景がよみがえった。福地は勘定《かんじょう》奉行の小栗上野介忠順の私邸を訪ね、一通の建白書を差しだした。

「上野介どの。幕府が大政を奉還したからには、列強のような共和国《きょうわこく》にするべきです。慶喜公を大統領にする。身分を問わず、良き人材をあつめた共和制の政府をつくるべきです。これが慶喜公を主《しゅ》軸《じく》にした構想の建白書です」

両手をついて福地はていねいに差し向けた。

受けとった小栗忠順は安政七（一八六〇）年に、日米修好通商条約の批准《ひじゅん》のために、米艦ポーハタン号で、万延遣米《まんえんけんべい》使節団《しせつだん》の監察《かんさつ》として渡米した。アメリカ大統領にも拝謁し、世界一周をして帰国している。

そののちは、フランス公使レオン・ロッシェに依頼し、洋式軍隊《ようしきぐんたい》の整備、横須賀製鉄所（のち横須賀造船所）の建設を手がけている。

「余は、福地とおなじ意見じゃ」

「それがしが思うに、西欧の歴史は通商を軸にした資本主義に変わっております。この日本は世界の潮流に乗るべきです。ペリー提督の来航が好機で、開国・開港できたのです。横浜・長崎・箱館の開港から、西欧の資本主義がしだいに日本に見えるかたちで浸透《しんとう》してきています」

「たしかに、貿易の量は年々うなぎのぼりだ」

小栗忠順はからだをやや傾けて語るくせがあった。

「西洋の歴史を見聞するに、資本主義とは封建制度の崩壊を伴います。ですから、封建制度に立脚《りっきゃく》した徳川幕府は、もはや正常な機能はしない。資本主義に代わるためにも、慶喜公の大政奉還は正しい。いまの二六〇余藩によるバラバラな藩政をやめ、それを一本化し、日本国という統一国家にするべきです。つまり、日本民族による日本国家です」

福地は背筋を伸ばして、論理的に毅然《きぜん》と語る。

「福地のいう国民国家。それはよくわかる。欧米列強の米、英、仏はほとんどそうなっておる。だから、強い国家になっておる。プロシアなども、統一ドイツに動いているくらいだ。問題は、慶喜公本人があたらしい政権をつくる意思がないことだ。これではどうしようもない」

この先は手が打てない口調だった。

「上野介どの。徳川二百六十余年、太平を保てたのは、封建制度のお蔭です。いま徳川家がみずから戦争なくして政権を閉じたからには、諸大名の封建制度をも終焉《しゅうえん》し、資本主義の共和国をつくるべきです。それが世界の潮流《なが》れです」

福地はくりかえし、熱っぽくあるべき国家の姿を語った。

「余もわかっておる。フランス公使からお誘いがあったパリ万博には、水戸の十四歳の幼い徳川昭《あき》武《たけ》公を代理でむけるのではなく、慶喜公がみずから行って世界の実態を身をもって知ることだった。政権を朝廷《ちょうてい》に返上した今となれば、この国を留守にすれば、どんな反乱がおこるか、まったく予測がつかない。手遅れだ」

そう語りつつも、小栗忠順は福地の建白書を一読し、折りたたんだ。

「それがしの建白書の受理《じゅり》ありがたいです」

「慶喜公が読むとまで、余は責任をもてないぞ。福地の文筆には魔力がある。洞察力もあり、陶酔《とうすい》し、引き込まれる。だがな、読んでもらえなければ、意味がないことだ」

福地は無言でうなずいた。

「余はワシントンでブキャナン大統領に拝謁できた。米国大統領が国民の投票で選ばれる、と知っておどろいた」

「それがしも同感です。リンカーンは小作人のような貧しい農民の子でしたが、アメリカ大統領になりました。かれの合衆国（北軍）が連合国（南軍）に勝利し、巨大な国家統一を成し得ました。近い将来は大英帝国を超える、世界一の超大国になるでしょう。優秀な人材はこの日本列島でも眠っております。無理なく掘り起こす仕組みをつくるには、政治制度を変える必要があります」

「まさに、福地の建白書のように資本主義を前提にすれば、政治の変革が必要だ。世襲の君主制よりも、民の代表で選ばれた大統領のほうが望ましい。歴代の天皇には資質にバラツキがありすぎる。詩歌に優れた御方もいるが、亡き孝明《こうめい》天皇のように、京都育ちで海を一度もみずして、ただ白人嫌いだと困る。したたかな薩長の輩《やから》に天皇は神輿《みこし》としてかつがれておった。リンカーンのように民の投票で選ばれた人物が国家の将来をつくる政治をおこなうべきだ。天皇が政治へ口を出すのはよくない。これは余の持論だ」

小栗忠順がかつて発言した「世界と仲良くできない孝明天皇が、文久三年五月十日の攘夷決行日に、日本列島が焦土《しょうど》になっても戦え、と通達した。日本民族を絶滅させる気か。承久《じょうきゅう》の乱《らん》の、後鳥羽上《ごとばじょう》皇《こう》のように隠岐《おき》の島に流してしまえ」という内容が松平春嶽《しゅんがく》などの耳に入り、それが広まり、小栗忠順は命を狙われる危険な存在になっている。

開国論者の福地源一郎のところにも、折おりに攘夷派が脅《おど》しにやってくる。

「慶喜公は、徳川将軍になってから、いちども江戸城に入っておらぬ。京に居坐っておる。公は有《あり》栖川《すがわ》宮の血が半分入っておる。武家政治よりも朝廷政治の方が魅力的なのだろう。要はお公家さまなのだ。天皇に諂《へつら》っておる。当人が大統領になるなど、論外だろうよ」

小栗忠順が吐き捨てる口調で言った。

それから二か月半のち慶応四（一八六八）年正月に、鳥羽伏見の戦いが勃発《ぼっぱつ》したのだ。

東帰《とうき》（江戸に帰る）した徳川慶喜が、江戸城を無血開城せよ、江戸市民を戦禍《せんか》で惑《まど》わすな、と恭順《きょうじゅん》路線をとった。幕臣の大久保一翁《いちおう》、勝海舟に政治を一任し、上野山の東叡山寛永寺《とうえいざんかんえいじ》で謹慎《きんしん》した。新政府からの処遇《しょぐう》がきまると、水戸へ、そして旧幕臣らとともに静岡へ転住した。

徳川家の将来に見切りをつけた福地は、ジャーナリストに転向した。そして、慶応四年閏《うるう》四月、

『江湖新聞《こうこ》』を創刊した。江戸が東京になる直前で、翌月には上野戦争がおきている。福地は明治新政府にたいして辛辣《しんらつ》な批判記事をつづけざまに掲載した。

――明治政府は良い政権だというが、徳川幕府が倒れて、ただ薩長を中心とした幕府が生まれただけだ。

これらの記事が明治政府の怒りを買った。

江湖新聞は発禁処分になり、福地は逮捕された。明治初の言論弾圧事件である。参議の木戸孝允《きどたかよし》がとりなし、江湖新聞は廃刊《はいかん》にする条件で、福地は獄から放免《ほうめん》された。かれは旧幕臣であり、いっとき静岡に移った。

慶喜に、鳥羽伏見の戦いからなぜ逃げて帰ってきたのですか、うわさ通りなのですか、と質問をむけたかった。しかしながら、寺の汚い堂内で謹慎ちゅうの慶喜は、面談を受け付けず、書面による質問も拒絶された。

失望した福地は、新聞業の再起をはかるために東京に帰ってきた。諸藩の在府大名が消えた東京は、廃墟が目立つ、寂れた町になっている。大名屋敷の建物や塀《へい》は崩れおち、庭は茶畑、桑畑だった。

ある日、静岡で顔なじみになった渋沢栄一とばったり出会った。大蔵省に入ったと言い、入省しないか、と誘われた。旧幕臣の理念・信念よりも、当座の生活費がほしい。入省すると、伊藤博文と親しくなり、アメリカの洋行に同行し、会計法などを調査してきた。

帰国したあと、あらたな新聞社を立ち上げるつもりだった。ところがこの明治四年七月の廃藩置県のあと、岩倉具視たちが欧米へ条約改定交渉でいくからと、福地源一郎にも一等書記官としての同行の話しが舞い込んできた。

「岩倉具視は大嫌いだ」

福地は常づね岩倉の心というか、腹のなかは煤で汚れた鍋底のようだと思っていた。とはいえ、アメリカからの世界一周は魅力的だ。

「西洋の科学の進歩は、行くたびにおどろかされる。全身、五感につよい刺激を与えてくれる。自身の成長のためには、西洋行きは欠かせない」

迷いに迷ったが、岩倉使節団に加わることにきめた。すると、自己嫌悪に陥った。

「大嫌いな薩長だ。それなのに新政府にしっぽをふっている。批判精神はどこに行ったのか。己は錆《さ》びついた精神だ。情けないかぎりだ。この俺はいったい何者なのか」

そう呟きながら、福地源一郎は横浜行の甲板の手すりに両手で頰杖《ほおづえ》をつき、自己批判をくりかえしていた。

さっきの男女二人がデッキに上がってきた。手荷物をたしかめに上等客室に往って復ってきたのだろうか。

福地源一郎はそれとなく耳を立てた。

「やっぱり、甲板はいいわね。潮風で涼しい。客室は蒸して、蒸気罐《かま》の音が客室にひびくし、うるさくて……」

ふたりは東京湾の景色をさして楽しむ風でもない。推測すれば、東京・横浜間の蒸気定期船に、連れ合いで乗りなれた感がある。

「さっきの話しのつづきでもするか」

「そうね。横浜まで三時間だから。そういう話をしていたら、あっという間につくわよ」

お倉がちらっと太陽を見、右の掌で顔に庇《ひさし》をつくった。その仕種がしなやかだった。

「おおきな徳川幕府が倒れるなど、だれも考えておらなかった。まさか、だったな。十五代将軍慶喜公は、水戸老公の息子のなかで、一番頭がよくて、回転が速く、家康の再来《さいらい》だと言われていたんだろう」

「そうよ。一橋《ひとつばし》さまはすてきな御方よ。女の憧れの的なのよ」

「わしよりもか」

「やっかみなの。そうね。天下《てんか》の糸平《いとへい》の、あなたよりも魅力的だわね」

「こいつ」

（この人物が有名な、天下の糸平か）

福地は脳内の資料をめくってみた。

本名は藤島釜吉で、信州伊奈《しんしゅういな》の商人の出身。資産家の生家が破産し、幼くして丁稚にだされた。成人してからは諸国をまわりなんども商売に失敗し、やがて江戸の練兵館《れんぺいかん》（斎藤弥九郎）の門下生になった。水戸の天狗党《てんぐとう》に参加し、捕らえられて小伝馬町《こでんまちょう》に投獄された。

剣の道はあきらめて、横浜で商売の道に生きることにきめたらしい。横浜は盛んな生糸の輸出、綿糸の輸入でにぎわう。かれは生糸や洋銀の為替相場でおおきな財を成し、みずから天下の糸平と名乗っている。

「慶喜公は幕府をつぶした愚《おろ》か者だと、江戸っ子ですら、焼けくそで、悪口がでるようになった。これが十年前なら、将軍の悪口は一言でも、打ち首だ」

福地源一郎は旧幕臣だけに、この自分もやりきれなさがあった。

船が高輪《たかなわ》沖までくると、お倉の指が、みなさいよ、とばかりに陸の方角をさした。波打ち際には、大勢の人足が土や石や木材をはこぶ光景があった。

「たいへんな工事だわね。海の上に橋を渡して、蒸気機関車を走らせるのかしら」

「そうだろうよ。いくら蒸気機関車でも、海中は走れないし、橋を架けるよりしかたがない」

（西郷隆盛が鉄道より軍備が優先だと反対し、住民らも立ち退きを拒んだようだ。兵部省《ひょうぶしょう》は西郷の意向をうけて海岸線の土地の測量も拒否した。そこで海の上に高輪築堤《ちくてい》をつくり、機関車を通すことになった）

福地はこうした新政府内の事情の裏までも知りえていた。

「来年、鉄道が開通すれば、きっと海と陸で激しい客引きになるわね」

お倉は活発な性格で、好奇心が強そうだ。

「東海道の宿場の飯盛女《めしもりおんな》のように、客の袖を引くのか。それも愉快だ。鉄道のほうが勝ち目がありそうだ。そうなると、負け戦の船会社どうしが船賃の値引き競争になるな」

天下の糸平は、商いの勘が働くようだ。

「おふたりはご存じですか。この新橋・横浜の鉄道建設は、幕府が慶応三年末にアメリカ公使館員のポートマンと契約していた、という事実を」

福地があえて会話に割り込んだ。

「えっ、それは知らなかった。ほんとうですか」

天下の糸平が剛毅な四角い顔をこちらにむけてきた。目新しい情報には、敏感に反応する体質らしい。

「開国した幕府は、産業の近代化にも取り組んでいましたからね」

ペリー提督が横浜で実物の三分の一くらいの蒸気機関車を走らせた。客車にまたがった幕臣がいたり、江川太郎左衛門が運転を申し出て実現したり、それなりに日本人に科学知識を与えてくれた。

元治二（一八六五）年には、イギリス商人・グラバーが鉄道を売込むために長崎で、総延長六百メートルのレールを敷設し、本物の蒸気機関車と客車二両の連結で走らせた。住民を乗せるなど、売り込みのデモンストレーションであった。

「欧州の鉄道網は目を奪うほどだ。国内は網の目のごとく、国と国をまたがって長距離の蒸気機関車が走っている。そんな列国から幕府にたいして熾烈《しれつ》な売り込みがあった。幕府がわの使節団員はみな乗車体験があるし、便利な交通だと知っていた。だから、前向きに検討できた。それが薩長と違う点だ。慶応三年十二月末に、老中小笠原長行《おがさわらながみち》が吟味の末に、アメリカに江戸・横浜間の鉄道敷設免許を与えたのです」

「すると、あそこに見える技師はアメリカ人ですか」

「違います。イギリス人技師です。明治新政府は、老中小笠原の契約書は慶応三年末の署名であり、小御所会議《こごしょかいぎ》の王政復古《おうせいふっこ》のあとで、幕府は外交的な権限を有しない、無効だと言いだし、建設工事を横取りした。あてつけがましくイギリスに発注した。キャンセル料は徳川宗家《そうけ》に持ってもらえ、と」

「ちょっと、ひどいじゃない。日本人なら、幕府が手を付けているなら、そのまま続行する。それが筋じゃない」

お倉が花柳界の女将《おかみ》のような叱り口調でいった。

「薩長はそういう人種だ。戦いを好み、自分に手柄にさえなれば、アメリカから憎まれてもいい、そんな冷淡な輩だ。なにしろ、連中はアメリカの民主主義が大嫌いだからな」

「やだね。文明開化は明治からだなんて、やたら自慢げに吹聴しているけれどさ。聞けば、なによ、徳川さまがやろうとしたことの横取りばかりじゃない。横須賀の造船所もそうでしょ」

お倉が細い指先で、潮風で乱れる髪を整えていた。その仕草さえも、粋な感じだ。

「ひとつお伺いしたいのですが、慶喜公はほんとうに鳥羽伏見の戦いから逃げ帰ったんですか。ご存じなら、教えていただきたい。どうも、腑《ふ》に落ちないで、モヤモヤして落ち着かない」

天下の糸平が話題を変えた。

「まず性格の判断です。逃げる人間の特徴は、なにかとすぐおびえるし、度胸がないし、性格が弱い。慶喜公は怖気づいて逃げ帰る性格とはおもえない。なぜならば、京都で起きた禁門の変では、慶喜公は最も勇敢に戦っておられる。幼少の明治天皇は大泣きしていたというが。それはさておき。西洋にはプロパガンダという用語があります。政府が噂を上手につくりあげ、民衆を誘導する。ウソや創り話しほど、良くできた歴史ストーリーになる。古来の戦記物のように」

煙突の黒煙が潮風に煽られて低く、目の前に流れ込んできた。三人は巻き込まれて咽《むせ》てしまった。落ち着くまで、風向きに変化が必要だった。

「厄介な煙だ。話をつづけます。だれかが意図的に、つまり悪意で、敵の総将軍がおじけて大坂城から、深夜こそこそ逃げ帰ったという。これは格好の面白い話だ。すぐさま日本中に広がる。たちまち諸藩の藩主の耳にも入る。武将たるもの逃げるとは何だ。情けない将軍だ、大和魂はどこに行った、となる」

煙がまたなびいてきた。三人は場所を移した。

「プロパガンダの特徴は、短い言葉、だれにもわかる言葉、すぐ覚えられる。『将軍が逃げた』この一言で信用が失墜します。徳川将軍の求心力がたちまちなくなる。大名は大勢の家臣を抱えるから、戦争になれば、強い方に与《くみ》する。弱い方にそっぽを向く。これは世界共通です」

「慶喜公が逃げたとは、新政府の作り話だな。どうも怪しい、うさん臭いとおもっていた」

天下の糸平が、連れあうお倉に目を向ける。彼女も、そうね、とうなずいた。

「ただ、情報の発信源はだれか。それがはっきりしないかぎり、完全に否定はできない。実はわたしは、うわさの元を調べている。ここだと特定できるところまでたどり着くのは、容易ではない。それを承知で調べているのです」

「お見かけしたところ、知的で、考えも深い。外国の知識もたくさんある。横浜でも、これだけの方はおりません。元旗本さんで、使節団で洋行されたお方でしょう。お名前を頂けませんか」

天下の糸平はちょっとのきっかけから、人脈をつくる名人だともいわれている。

「士族を返上し、いまは平民です。名は福地源一郎」

「薩長批判の、あの有名な新聞で、新政府の官吏に捕まったお方ですか。書かれた記事は面白かった。痛快で胸がすっとしましたよ。瓦版《かわらばん》とはちがった、真実味があった」

「書き手にとって、それは冥利《みょうり》というもの」

「さっきの東海道の飯盛女で、前まえからの疑問を思いだしたのですが……。新政府軍の東征《とうせい》がなぜ東海道で一度も戦わず、すんなり箱根の関所まで進軍できたのか。ご存じなら、教えていただきたい」

「うちも、それは疑問におもっていたわ」

お倉が上手に話題に入ってくる。

「それはですね」

「福地どの、ちょっと待った。まず、わしがおもうに、幕府を開いた家康公が、江戸防衛のために東海道筋に御三家、親藩、譜代の大名たちを厚く布陣《ふじん》していた。それなのに戦いがなかった。これにはなにか裏というか、闇の取引があった。謎めいておる。そこらを福地どのからお聞かせ願いたい」

天下の糸平はかつて天狗党に与していただけに、つよい関心があるようだ。

「裏があると思われたならば、話しやすい」

「あの富士山の裾野も、戦場にならなかったのよね」

お倉がふいに西の方角を指す。雪のない裸の富士山の手前には、丹沢《たんざわ》連峰がみえる。箱根の関所で、銃撃戦があった。それでも、難なく東征軍は進軍できたのだ。

「名古屋のお調子者《ちょうしもの》が、江戸五百万石の徳川幕府をつぶした」

福地が狂歌のように言い放った。

「福地先生。そのお調子者とは、もしかしたら金のしゃちほこの尾張のお殿さまですか」

お倉が怪訝な表情で聞いてきた。

「その通りです。尾張徳川家の元藩主慶勝《よしかつ》です」

「お調子者とは、どういう意味でお使いになったのです」

「軽率、軽薄、空気が読み切れていない。岩倉具視《いわくらともみ》の陰謀を見抜けず、鵜呑《うの》みにし、軽率にも『勤王誘引《きんのうゆういん》』をおこなった。それがどんな重大な結果を及ぼしたことか、それすら解っていない」

「だから、軽率で、お調子者なのね」

うなずいた福地は、勤王誘引とはなにか、そこを説明した。

御三家筆頭の尾張徳川家には、ふたりの筆頭附家老《ひっとうづけがろう》がいた。ひとりは佐幕派「ふいご党」の竹腰正旧《たけのこしまさもと》（美濃今尾・三万八千石）。もうひとりは「金鉄組《きんてつぐみ》」といわれた成瀬正肥《まさみつ》（尾張犬山・三万五千石）で慶勝名代として腕をふるった。

慶勝が慶応四年一月、金鉄組の家臣（三九人）を使者に仕立てて、東海道筋、中山道筋の各大名家および旗本らに足を運ばせた。「徳川宗家（将軍）の忠誠はやめて、勤王統一《きんのうとういつ》でいこう。もし拒否すれば、朝敵《ちょうてき》になるだろう」と呼びかけた。だれもが天皇の敵になりたくない。尊皇《そんのう》の遵奉《じゅんぽう》を誓う、請書《うけしょ》を提出した。その数は大名・旗本ら四七四人ともいわれている。

「この勤王誘引で、新政府軍の東征は東海道の抵抗がなく、宮さん、宮さん、と歌いながら、戦力保持のまま箱根関所まで進軍できた。そのころ京都では、岩倉が腹をかかえて大笑いし、その笑いが止まらなかったとおもう」

「そういうことか」

「西軍の立場からすれば、全軍が江戸まで無傷で戦力を保持できた。これがおおきな力になり、その後の戊辰《ぼしん》戦争において東軍の敗北につながった」

「なるほどね。お調子者のせいなのね」

お倉と天下の糸平がともに顔を見ていた。

甲板には突如として、群がるカモメが啼きながら、西洋人の女児が手にするお菓子を狙ってきた。金髪の可愛い女児がおびえて大泣きする。その騒ぎで、船員がやってきて、手ぶり身振りで、カモメは獰猛《どうもう》だから、客室に入るようにと、女児の家族を誘導していた。

「女の子に怪我がなくてよかった。……一般には薩長が倒幕した、とよく聞く話だが、これは事実に反しておる。慶喜公の大政奉還まで、表立って倒幕を叫んだものはいない。薩摩、長州も含めて、どの藩にも佐幕派が半数以上いるし、過激思想《かげきしそう》の藩士らも、うかつに倒幕を口にすれば、藩内で殺されてしまう。なぜならば、幕府の犯罪や治安の探察力はけっして落ちていなかったからです」

「そうよ。前の時代は町方の与力、同心、岡っ引きに横目でちらっとにらまれたら、身震いするくらい怖かったもの」

西郷隆盛が月照《げっしょう》を連れて鹿児島に逃げ込んだ。幕府の探索をおそれる薩摩藩は、指名手配の西郷を匿《かくま》っていると幕府に知れると、島津家が処罰される。最悪は藩のお取りつぶしになる。西郷には鹿児島の外で死ぬように命じた。

「新政府の面々は、なにかと自慢げに虚勢《きょせい》を張り、武勇伝のごとく、俺たちが倒幕したといっておる。だが、虚勢だ。一言でいえば、徳川家の内部分裂で、幕府は瓦解《がかい》した」

「お調子者が徳川宗家をつぶしたのね」

彼女があきれた表情で言った。

「その通り、尾張のお調子者が勤王誘引をした。これに尽きる」

「福地どの、わしにはもうひとつ疑問がある。尾張は『勤王誘引』でおおきな成果を上げたにもかかわらず、わしが知るかぎり新政府の要人にはだれも登用されておらん。これもふしぎなんだが……」

天下の糸平が首をひねるような仕草で問う。

「うちも、それを知りたいわ」

「あまり知られていないが……、お倉さん、目を輝かしたね。第一次長州征伐の幕府軍は総督が徳川慶勝だった。お調子者が広島の国泰寺《こくたいじ》の三家老（福原、益田、国司）の切腹の場に遅れてノコノコやってきた。そのときは、立会いの広島藩浅野家の執政《しっせい》たちがすでに解散したあとだった。ところがお調子者が首実検《くびじっけん》をすると言いだした」

切腹は本人が腹を切る、と同時に介錯《かいしゃく》で、首を切り落とす。写真に凝《こ》る慶勝がごていねいに三つの首をならべさせてから、写真撮りをした。それが長州藩内に知れ渡ると、死者の冒瀆《ぼうとく》だとだれもが憤り涙した。朝敵となった屈辱を思い知らされながらも、慶勝へのつよい恨みになった。

新政府になると、長州は尾張に冷淡だった。尾張人を要職に登用させなかった。

「そういう裏の経緯《いきさつ》があったのね」

「長州の恨みは深く、骨髄《こつずい》で、名古屋城の金のしゃちほこを引きずり下ろし、見世物にすることで、三家老の怨念《おんねん》をはらした」

「そりゃあ、お調子者が悪いわよ」

「福地どのは尾張にくわしい。ネタが手に入る人脈が名古屋にありますな」

「想像にお任せする。わたしは旧幕臣だから、情報源の機密を守れば、津々浦々の元佐幕派の大名、家老、奉行などと書簡のやりとりだけでも情報が入手できる」

「わしは人脈が財産で、それで商いが成り立っておる。だが、痛烈な新聞記事が書ける福地どのには、足もとにも及ばないな」

天下の糸平には、生糸貿易と為替で得た巨額の金があるようだ。その一部が政治献金で、新政府の要人たちとつながっているのだろう。ちらっ、ちらっと政府の内部事情が出てくる。

「政治家は不都合なことは隠す。手柄は自分のものにする。だから、ジャーナリストは隠した恥部《ちぶ》を掘り起こす。そういう気概《きがい》です」

福地はあえてそれをつけ加えておいた。

「福地先生。うちから、聞いてもいいかしら。富国強兵《ふこくきょうへい》は新政府の柱ですよね。薩長土肥のだれが提案したのかしら。それも知りたいわ」

お倉の眼が興味で光っていた。花柳界《かりゅうかい》に生きる女性ならば、政治の奥の奥も仕込んでおきたいのだろう。

「最初に政策として打ち出したのは、ペリー提督が来航したときの老中首座・阿部正弘です」

「えっ。明治新政府の発案だとおもっていたわ」

「パクリだよ」

天下の糸平が侮《あなど》った。

「欧米との開国・開港を決めた阿部正弘は、積極的に貿易と通商を盛んにする。大型船もつくる、海外留学もさせる。それで通商の拡大で民を富かにし、防衛力を高める、という富国強兵を政策の柱においた」

「それで、明治政府は?」

天下の糸平がより身をのりだしてきた。財産や富の話題にはつよい興味があるのだろう。

「貿易の輸出入が増えれば、国の関税収入が増える。それをもって福祉、教育、住宅、道路、鉄道、病院、港の整備に使われるならば、日本の民はしだいに豊かになれる」

福地は欧米で見てきた近代的な街並みをおもいだすように、あえて個々の施策をあげてみた。そのうえで、こういった。

「新政府の体質は軍事優先だ。関税収入は軍事費にまわし、軍艦や大砲や小銃を購入する施策だ。天下の糸平さんはわかるだろうが、年間の貿易量は二倍、三倍と急激には増えない」

「まさに」

「それならば、輸入関税を二倍、三倍と高くしたい。それができれば、政府は軍事費が増える。逆に民は同じ物を高く買わされる。ところが、新政府は関税を好き勝手に変えられない。このごろ政府は耳触りのよい不平等条約の解消だと騒いでおる。本音は関税を自由に二倍、三倍、いや五倍と高くし、軍事費を高めたいのだ」

（その条約改定のために岩倉使節団をだす予定だ）

「おもうに、新政府が自由に関税率を動かせれば、高くするに決まっている。決して低くならない。関税率が上がり、物価が高くなれば、貧者は物品を買える幅が狭まる。庶民の貧苦がつよまる。富国ではなくなる」

ひと呼吸おいた福地は、どんな例えが良いかと考えた。

「戊辰戦争で勝利したと豪語する彼らは、知力の差よりも、軍事力の優劣が気になる。戦場で、強く逞しく戦って高い評価を得たい輩だ。たとえば、西郷隆盛が蒸気機関車の鉄道建設に異議を唱えた。鉄道よりも軍事費が優先だ。これなどは顕著に軍事優先の思想だ」

武闘派の西郷は、どうも朝鮮半島に武力侵略する気でいる。薩摩藩はかつて琉球に侵略した歴史がある。こんどは台湾、朝鮮を狙っている。

「戦争には、厖大《ぼうだい》な費用がかかる。輸入関税で稼いだ金の大半を軍事費にまわす。新政府には日本の民を豊かにする思想はない」

福地は痛烈に言い切った。

「それだと、富国強兵ではないわ。貧民強兵《ひんみんきょうへい》だわね」

「お倉、うまい表現だ。貧民強兵か」

天下の糸平が感心した。

（的確な言葉だ）

福地も、貧民強兵を脳内にしまい込んだ。

「国民にとって、低い関税の不平等条約のままの方が豊かになれる。輸入品の原材料が安ければ、機械工業の製品が安く作れて、競争力がつく。海外から注文が多くなる。国民全体が底上げされて豊かになる。通商条約の不平等条約が解消されたら、軍事費がうなぎ上りになり、戦争国家になる。戦争をすれば、国民への税負担は一気に高まる。地租まで高くする。貧民強兵だ」

「さすが薩長批判の記事で逮捕されたお方だ。発想が逆だ。不平等は悪だ、西洋は悪だ、とわしらは信じこまされた」

「政府は耳触りの良い言葉をつくる。われら民はごまかされないぞ、と構えることです。政府の施策を常に疑うことです」

「座敷にあがった政治家の話は、真逆に聞かないとね」

「商いでも同じだ。うまい話、それには裏があるものだ」

「そのうち新政府は国民の反対を圧え込む、言論統制《げんろんとうせい》の世のなかを作りだす」

福地は逮捕された経験から、それが予測できた。

蒸気定期船が両輪をまわしながら、品川、川崎、やがて神奈川沖へとつづく。

「煙がつらいわ。客室にもどりましょう」

ふたりは甲板から逃げるように立ち去った。

「ふたりには、名古屋城でおきた酷《むご》すぎる青松葉《あおまつば》事件を語ろうとおもったけれど、いなくなったか」

福地源一郎がそうつぶやいた。

慶応三年十二月九日の小御所会議のあとも、尾張藩の元藩主・慶勝は京都に在留していた。時には名古屋と往復していたかもしれないけれど。鳥羽伏見の戦いのあと、岩倉具視が慶勝に朝命《ちょうめい》をだした。孝明天皇の亡きあとは、天皇が空白である。幼帝《ようてい》（のちの明治天皇）の裁決など関係なく、岩倉たちが朝廷を思うままに操っていた。

「名古屋に帰国し、佐幕派（ふいご党）を粛正《しゅくせい》せよ、周辺の諸侯を朝廷側につかせよ」

朝命をうけた慶勝は附家老・成瀬正肥《まさみつ》（金鉄組）とともに、京都からもどり名古屋城に入った。正月二十日から二十五日にかけて、ふいご党の重臣たち十四人を名古屋城内で斬首《ざんしゅ》させた。他に禁錮・隠居の家臣は二十人に及んだ。

それが終わると、慶勝と成瀬は金鉄組の藩士ら三九人を使者に仕立てて、東海道筋、中山道筋の大名のもとに足を運ばせた。「徳川宗家の忠誠はやめ、勤王統一でいこう。藩内で佐幕派がいれば、名古屋城の青松葉事件のように処罰されたほうがよろしい」と利用した使者がいるかもしれない。

福地源一郎は、犠牲となった「ふいご党」の竹腰家から、青松葉事件の報復の情報を得た。それを慶応四年閏四月二十五日の「江湖新聞」に事件として報じた。新聞記事は簡略にして濃密である。さすがの文章力である。

――三月二十八日、竹腰竜和（正旧《まさもと》）が率いる軍勢が名古屋城に押し寄せ、城内へ破裂丸を打ち込み、天守が焼失した。この二日前に竹腰は犬山城（成瀬正肥《まさみつ》の城）を攻め落としている。成瀬隼人《はやと》（正肥）は竹腰に降伏し、竹腰方となって名古屋城に攻寄せたと思われる。（現代文）

横浜港がしだいに近づいてきた。定期船は順調に進む。陽光がかがやく海面に船波が泡立ち三角形で広がっていく。汽笛を鳴らして、近づく小船に警戒させている。千石船、機帆船《きはんせん》が行きかう。遠景の富士山が先刻よりも大きくなり近景に思えてきた。

きょうの福地には、大蔵省の官吏という意識などなくなっていた。ジャーナリストになり切っている。これから横浜の富貴楼《ふうきろう》という高級料亭で、竹腰正富《たけのこしまさとみ》と落ち合う約束である。

竹腰正富はいま隠居の身であるが、かつて尾張徳川家六十二万石の附家老《つけがろう》であった。十五代藩主・徳川茂徳の下で、藩政を取り仕切った。かれの政治力は抜群だった。幕府の老中とは親密で、政治の裏の裏をよく知っている。

正富はいまや尾張徳川家の祖である徳川義直《よしなお》の唯一の血筋である。封建社会には血統重視の根強い思想がある。それだけでも正富は幕閣から一目置かれてきた。

隠居したあとも正富には幕閣とつながりがあるだけに、尾張藩の佐幕派「ふいご党」の首領として存在感があった。かたや慶勝から嫌われていたけれど。青松葉事件において「ふいご党」の首謀者だと、慶勝に難癖をつけられ、蟄居《ちっきょ》が命じられた。明治二（一八六九）年三月十日には罪を許されているが、藩政にたずさわることは禁止である。

福地源一郎はきょう横浜で、その竹腰正富と会えるのだ。「慶喜公が逃げたのか。そうでなかったのか」について、正富からなんらかの新情報が得られるだろう、と福地は期待していた。

「これがプロパガンダならば、真相を糺《ただ》し、世に伝えないと、新政府の思うつぼで、後世にまで聡《そう》明《めい》な徳川慶喜が、逃げた将軍として伝わってしまう」

船上の福地は、天下の糸平とお倉との出会いから、よりいっそう使命に燃える自分が確認できた。

2　横浜・富貴楼

横浜港に近づいた。外国の国旗を掲げた外輪蒸気船が数多く入出港する光景があった。英仏の軍艦もいかめしく停泊している。石炭を売る小船がそれらに接舷し、梯子《はしご》をかけて石炭担ぎ人足が上がり下りする。昔ながらの千石船も港内を行き交う。蒸気定期船が低速で用心ぶかくすすむ。

イギリス波止場の常夜灯が近くなった。外国人居留地《きょりゅうち》には四角い洋館建てがならぶ。西洋式ホテルがずいぶんと増えていた。横浜はまさに国際交易港である。

定期船から、はしけで上陸した福地源一郎は、にぎわう活気に満ちる街なかを富貴楼の方角に向かった。往来には西洋の制服軍人、生糸売り込み商人、馬に乗る外国人らとすれ違う。日本人の貿易商人はおおむね和服姿で、下駄を鳴らす丁稚をつれている。

商店の看板は派手で、食肉、牛乳、ベーカリーと並ぶ。キリスト教会、西洋式の病院など新たな建築物が目についた。

人力車が行きかう。乗っている白人婦女子は長いスカートと革靴だ。同乗する鼻がとがる紳士は、パイプをくわえる余裕がある。ほんの数年前まで、攘夷派《じょういは》のおぞましい狂気の殺戮《さつりく》が横行し、外国人には恐れて警戒する空気が漂っていたものだ。いまはそれが消えたようだ。

馬車道《ばしゃみち》には京浜間の乗合馬車がはしる。電線の架設工事が外国人技師の下で、おこなわれていた。明治二年に完成したばかりの吉田橋は鉄製だった。

その橋を渡ると、高級料理店の富貴楼《ふうきろう》が岸辺に建つ。横浜随一の繁盛店である。福地はまだ会っていないが、女将は愛想がよく美人らしい。粋な彼女は客あしらいが巧く、異彩を放つと聞く。新政府の大もの政治家が好んで利用し、芸者をあげて派手な宴会をしているようだ。政治の場が寂れた東京よりも、華やかな横浜に移ったともいえる。

福地が富貴楼についてタスキがけ姿の女中に名乗ると、お客様はお待ちですよ、と案内された。二階への階段を上がった、廊下の突き当り手前の和室だった。女中が両膝をついて戸を開けた。

「お殿さまの方が、早かったですね。私の方がきっと半刻ほど早く着くだろうし、新聞でも読んでお待ちしようと考えておりました」

福地は朱塗りのテーブル前で、向かい合わせに着座した。

「その殿さまはもうなしだ。竹腰《たけのこし》家はいま養子に家督をゆずり、予は隠居の身でおる。竹腰篷月で詩文・和歌をたのしんでおる。茶道は小堀宗仲《こぼりそうちゅう》に習っている。そういう身だ」

竹腰正富は五十八歳で細身である。頭髪は薄い。眼は往年の威厳があった。

「きょうの取材内容ですが……」

「大蔵省に入ってアメリカに洋行しても、いまだに取材かね。ジャーナリスト魂は一生消えないな。先の福地君の手紙で、あらかたわかっている。慶喜公が鳥羽伏見の戦いから、なぜ突然、江戸に帰ったのか。それだね。結論を先にいえば、予もわからない。当の慶喜公のほかは、だれにもわからないはずだ」

　仲居の手で料理が運ばれてきた。

「プロパガンダを疑っております。そこらを検証し、新事実につなげたいのです。ここは落ち着いた部屋ですね」

　座敷から横浜港が一望できるし、波の音が聞こえる。

「箸をつけながら語ろう。逃げたか、逃げないか、どちらにせよ、慶喜公の行動が歴史の大きな分岐点になったことは事実だ」

　慶応三年十月十五日の大政奉還から、約一か月半のあと、十二月九日に小御所会議で、王政復古の大号令があった。そこで、徳川宗家の辞官《じかん》・納地《のうち》が決まった。その先、なぜ鳥羽伏見の戦いが起きたのか。

「いちばんの原因は、新政府側が姑息《こそく》にも、小御所会議に慶喜公を招かず、不在のまま、勝手に辞官・納地をきめた。政権当事者を招かず、一方的すぎます。だから、王政復古の大号令がクーデターだといわれる所以《ゆえん》です」

　福地の目が間違いないですかとただした。竹腰がうなずいた。

　辞官とはなにか。徳川慶喜の官位が、征夷大将軍《せいいたいしょうぐん》で、内大臣だった。それを朝廷に返せというもの。

　納地とは、わが国の領土は古来天皇のものだから、約半分の四百万石を朝廷に返せ、という要求であった。それが新政府の財政資金になる、というもくろみである。

「小御所会議では、土佐の山内容堂《ようどう》が、なぜ、ここに徳川慶喜公がいないのだ、と騒いだことになっていますけれど……?」

「福地君。それは疑ってみるべきだよ。山内容堂のはなしなど、あとからの創作だとおもう。できすぎておる。薩長のつくり事、つじつま合わせだろう。予はそうみておる。容堂自身は端《はな》から慶喜公を呼ぶ気がなかっただろうし、公はそれを見抜いていたとおもう」

「根拠は？」

「東帰した慶喜が、江戸城に総登城してきた大勢のまえで、『山内容堂は徳川家の裏切り者だ』といい、土佐藩支藩の山内豊福《とよよし》を罵倒《ばとう》した。それに悲劇すら起きた。それはあとから語ろう。……小御所会議の議事録など、世にだされておらない。幼帝が参列していたのか、それすら怪しい。慶応三年には写真屋が町に多く店をかまえておる。参列者の集合撮影くらい、記念写真を口実に証拠として残しておくべきだ。皇室はみな写真好きだ。かれらが擁立《ようりつ》する幼帝ではないか、のちの明治天皇だし。予ならば、そうしたよ」

「幼帝が小御所にいなければ、写真は烏有《うゆう》し（ありえなくなり）ますよ」

福地は銚子を手にして、竹腰の盃へさしむけた。

「それも、そうだな。クーデターだ、裏の裏はいっぱいあるはずだ」

小御所会議では、幕臣や会津・桑名は蚊帳《かや》の外におかれた。なぜ、徳川宗家だけが四百万石も新政府に差しだすのか、と二条城の城内は暴発寸前にまでなった。

幕府領五百万石、旗本領三百万石、合計八百万石のうち、半分の四百万石も差しだせば、自分たちの生活がたちまち困窮《こんきゅう》し、死活問題だと怒り心頭だった。

慶喜は空気を読むのが速い。このままだと、二条城につめる武士たちが暴発し、暴動が起きてしまう。そう危惧《きぐ》した慶喜が旧幕臣、会津・桑名藩士、新選組、見廻組らを率《ひき》いて大坂城へと下った。

怒りが鎮《しず》まらない旧幕臣たちは、小御所会議をしきった薩摩の大久保利通《としみち》、西郷隆盛《たかもり》、それに公家の岩倉具視らを窮地に落とし込む策をとった。

まず大阪に在住する西国諸藩の留守居役《るすいやく》らに、朝廷側につくことを制した。なおかつ諸藩の大阪米蔵の封鎖を申し渡した。そのうえで、米穀《べいこく》の運搬通路も完全封鎖した。そればかりか、大坂の豪商を取り込み、王政復古政権に資金を提供させせない戦略にもでた。新政府はたちまち金策がつきた。

かれらは孝明天皇の三回忌の費用すら調達できない。新政府の出納係・戸田忠至《ただゆき》が、大坂まで出むいてきて慶喜に泣きついた。お世話になった孝明天皇の法要ならば、と慶喜は五万両を差しだした。

こんな背景から岩倉具視は弱気になった。このさい会津・桑名の藩兵は国許に返したうえで、京都御所で慶喜公と面談し、辞官と納地を受け入れたら、議定職とする腹案があったらしく、朝命で軽装かつ少人数で上洛《じょうらく》してほしいと申しでてきた。

大坂城の慶喜は、その朝命を受けるかまえだった。

「鳥羽伏見の戦いを語るならば、重大な点は、西郷隆盛がしかけた江戸騒擾《そうじょう》にある」

竹腰の話題が、京都から江戸に移った。

慶応三年十月十日ごろから、薩摩三田屋敷を根城《ねじろ》にした浪人者が江戸で騒擾《テロ》をはじめた。幕府が調べてみると、水戸藩の天狗党の残党たちも加わっていた。

天狗党とは、かつて水戸藩の徳川斉昭《なりあき》（烈公）が、優秀な家臣らはなにかと鼻が高いものだから、天狗党だよ、と名づけた。水戸藩が自慢できるエリート集団だった。

安政《あんせい》の大獄《たいごく》のさなか、その斉昭が急死した。

水戸藩内はとたんに主流争いに発展した。尊王攘夷《そんのうじょうい》派の天狗党と、開国主義の藩主・慶篤《よしあつ》（慶喜の兄）の諸生派《しょせいは》と、二派に分かれ、血みどろの抗争《こうそう》に拡大した。とくに顕著《けんちょ》な事件が元治《げんじ》元（一八六四）年におきた。それは徳川幕府が瓦解《がかい》する四年前のことである。

武田耕雲斎《こううんさい》（もとは藩・執政）の天狗党が、京都の一橋慶喜をたよって真冬の道を西上した。「天狗の西上」という。当時の慶喜は、禁裏御守衛総督《きんりごしゅえいそうとく》であり、孝明天皇と京都の治安をまもる立場にあった。天狗党を入洛《にゅうらく》させれば、攘夷思想の天誅《てんちゅう》テロ時代に逆もどりで、京都の治安がより悪化する。

そう考えた慶喜は、天狗党を追討《ついとう》する軍を京都からさしむけた。水戸藩が出自の慶喜とすれば、天狗党内に多く顔見知りもいるし、幼馴染《おさななじみ》すらいる。後年、慶喜は「天狗党をそのまま京都に入れると、自分は殺されていただろう」と語っている。

耕雲斎にとって、天狗党追討とはまったく予想外の展開だった。慶喜公にはそれなりの考えがあってだろうと抵抗せず、全員を降伏させた。結果として、敦賀で三百五十人が処刑されてしまった。

（あの天下の糸平は、どの段階で捕縛《ほばく》されたのだろうか。蒸気定期船の三時間の船上では、そこまで話題が及ばなかったけれど……）

福地源一郎はふとそれを思った。商人上がりの天下の糸平だろうから、さして重要な役目ではなかっただろう。竹腰が語る天狗党の流れには、みじんも影響をあたえていないはずだ。「天下の糸平は殺されていない」という事実だけが福地の頭をかすめていた。

敦賀における大量の処刑に連動し、水戸城下では諸生党（佐幕派）が、天狗党の家族らにむごい殺戮《さつりく》をおこなったのだ。かれらの一部が逃げて、土佐藩江戸藩邸の乾退助《いぬいたいすけ》（のちの板垣退助）に匿《かくま》ってもらった。

（この段階となると、天下の糸平は小伝馬町の牢獄にいた。牢屋の役人に調子よく、おべんちゃらをならべ機嫌をとっていたことだろう）

慶応三年春、その乾が山内容堂《ようどう》から国許に呼びもどされた。乾は途中で京都に立ち寄り、西郷隆盛には「天狗党の残党らを薩摩三田屋敷に引き取ってもらう」という約束を取り付けた。

かれらは利用価値があると、西郷は踏んだ。テロ実行の要員確保ができたのだ。そもそも若きころの西郷は、水戸藩の尊王攘夷論にたっぷり染まっていた。そして安政の大獄にもふかく関わり、幕府に追いつめられると、鹿児島湾で月照（清水寺成就院住職）と入水自殺を図っているくらいだ。

話をもどし、慶応三年十月三日に土佐藩が大政奉還を建白したころ、西郷隆盛がテロ活動の指揮官として江戸藩邸に益満休之進《ますみつ》、伊牟田尚平《いむたしょうへい》らを送り込んだ。

益満は江戸在住の示現流《じげんりゅう》のつかい手で、薩摩の隠密。おもに大奥の篤姫・天璋院《てんしょういん》との影の連絡役だった。

伊牟田は万延元（一八六〇）年に、オランダ人青年通訳ヒュースケンを殺害したテロリストである。

天狗党のほうは、小島四郎（のちに赤報隊《せきほうたい》隊長となった相楽総三《さがらそうぞう》）、中村勇吉、里見某らである。かれらは騒擾実行のために、関東一円（武州、下総、信濃）からおなじ尊攘思想をもつ国学者、医者、さらには無法者、墨《いれずみ》男、諸藩の脱藩浪士、得体のしれない凶状《きょうじょう》持ち、博徒《ばくと》などを片っ端からあつめた。

西郷のテロ指令は、幕府おひざ元の江戸を混乱させる、人心が幕府から離れる、それを目的としていた。その数は三百人とも、五百人ともいわれている。地下活動ゆえに、正確な実態は未だにわからない。

かれらには倫理、道徳観などかけらもなく、暴走した。とくに横浜を介した海外製品の綿糸、綿布などをとりあつかう大店をターゲットにしていた。白昼から押し入り、番頭・手代を斬殺《ざんさつ》し、蔵から大金を運びだし、そのさなかには若い娘や女中らをレイプした。

町役人の姿が現れると、かれらは高笑いし、大川や堀を利用した手漕ぎ舟で、三田海岸の薩摩屋敷に引き揚げていく。

かわら版は「薩摩《さつま》御用盗《ごようとう》」と報じた。

このころ慶応三年十月半ば、岩倉具視が薩摩藩と長州藩に、「偽の倒幕密勅《みっちょく》」を差しむけた。この密勅を起草したのは、戒律《かいりつ》を失くした僧侶・玉松操《たままつみさお》だった。

ところが慶喜の大政奉還で、「偽の密勅」が意味をなさなくなり、岩倉はあわてて取り下げた。そこで西郷が書簡で、江戸騒擾の中止命令をだした。それが江戸にとどいたころ、薩摩御用盗のテロ活動はもはや勢いがついており、一通の書簡などで、浪人者の悪事や熱気が静まるものではなかった。

江戸市内ばかりでなく、薩摩御用盗の約百四十人が、野州出流山《いずるやま》で挙兵《きょへい》した。かれらは尊王を唱え、討幕の旗を挙げた。大奥の篤姫《あつひめ》を首領にかつぎだそうとしていた。その証拠に、出流山神社で薩摩婦人の出産（篤姫が妊娠していたわけではない）祈禱《きとう》をおこなっている。さらに天狗党の残党、近在の農民、博徒などをあつめた。かなり意欲にみちた二週間の破壊活動だった。

幕府は北関東の諸藩兵千三百人を野州出流山挙兵の鎮圧《ちんあつ》に向けた。薩摩御用盗のかれらは反撃し、「岩船山《いわふねさん》の戦い」など歴史にのこる激戦をおこなった。

一方で、かれらは資金不足から農民に募金をもとめた。それが裏目にでて、かつての天狗党の蜂起と同じだとみなされて、地域から嫌われ、持久戦に持ち込めなかった。首謀者の竹内啓《たけのうちひらく》は捕縛され、そして松戸で処刑されている。

甲府城の乗っ取り事件もおきた。薩摩御用盗から先発隊三十人が出かけた。かつては甲府勤番《こうふきんばん》だった浪士なども巻き込んだ。捕らえた者を糾問《きゅうもん》すれば、ここ甲府で天璋院《てんしょういん》（篤姫）と静寛院《せいかんいん》（和宮）を擁《よう》し、倒幕の蜂起をする企てだったという。

捕縛のさなかに、薩摩御用盗の隊長ら大物はすでに逃亡していた。

「おまえら百姓をふくめて三十人だぞ。江戸城の御台所《みだいどころ》さまと皇女《こうじょ》さまが、おまえらの討幕に加わるなど、どう考えても絵空事だ。こやつらの言は自分を大きくみせるための虚言だ」

かれらは下っ端だったことから信憑性《しんぴょうせい》を疑われ、その場で処刑された。当初、かれらの自白は幕閣までとどいていなかった。

三つ目は、相州厚木《そうしゅうあつぎ》（神奈川県）の大久保出雲守の陣屋《じんや》（一万三千石）が、銃で攻撃された事件である。薩摩御用盗が三十人ていどで、陣屋の長屋を放火し、武器蔵から大砲、武器弾薬をうばって引き揚げた。実に巧妙に運搬し、薩摩藩三田屋敷に運び入れている。

薩摩御用盗の立場からすれば、相州厚木の攻撃は成功だった。

「薩摩藩は、大奥の天璋院と静寛院を鹿児島に移したうえで、江戸城を攻撃するらしい。そして、江戸を乗っ取るらしい」

こうした噂が江戸市中にいっきに拡がりはじめた。火の気のないところに煙は立たない。いずこの騒擾も天璋院と静寛院の名まえがでてくる。

3　薩摩藩三田屋敷の焼打ち

幕府は本腰を入れて大奥の内偵《ないてい》をはじめた。その矢先だった。十二月二十四日、真冬の暁のころ七つ半(午前五時)過ぎに、二の丸・御広敷長局《おひろしきながつぼね》の一角から火がでた。火焔はまたたくまに柱、襖《ふすま》、天井へとはげしく燃え広がった。

警備の御庭番や伊賀者は消火が間に合わず、まず天璋院、本寿院、実成院《じつじょういん》らを避難させた。彼女らは吹上の御庭に逃げ、滝見茶屋《たきみちゃや》に退避された。そして西の丸へと駆け込んだ。

もともと江戸城は火消しの手がたりず、二の丸は全焼した。

「天璋院付きの奥女中が、薩摩藩に内通して、放火した」

江戸市中に流言が広がった。

大奥女中の多くは、江戸の旗本や庶民の娘らが奉公として江戸城にあがっている。二の丸の火事で実家に避難した女中は、大奥の見聞の口外は固く禁じられているけれど、人間は極秘の内容でも「あなただけよ」とまわりに喋りたがる。女中の目撃談ならば、ある意味で、薩摩藩の手による放火というのは信憑性がある噂だった。

幕府は一段ときびしく市中取締をおこなった。にもかかわらず、二ノ丸放火の翌日には、市中警備の庄内藩《しょうないはん》の屯所《とんしょ》に銃弾がぶち込まれたのだ。薩摩御用盗の一人も召《め》し取れず、幕府は面目《めんぼく》丸つぶれだった。市民らの信頼が失われ、幕府じたいも動揺と不安に計り知れないものがあった。

堪忍袋《かんにんぶくろ》の緒《お》が切れたのが、勘定奉行の小栗上野介忠順《ただまさ》だった。かれは薩摩藩邸の焼き討ちを主張した。老中、若年寄から反対意見もあったが、陸軍首脳部が小栗の意見に同調した。ここにおいて、幕府は薩摩屋敷の討伐《とうばつ》を決断した。

「ならず者五百人もの攻撃となれば、幕府側も無傷とはいかない。犠牲を伴わず、薩摩御用盗を壊滅するには、フランスのブリュウネ大尉から、大砲による攻撃方法をさずかることだ」

小栗の意見が通った。ナポレオン一世は、フランス砲兵隊の出身である。その伝統と勇名は世界に知れわたっていた。

ブリュウネ大尉から地図上で、薩摩屋敷の周辺の細かい機動作戦が伝授された。

十二月二十五日、庄内、羽後《うご》松山、上田、前橋、西尾《にしお》、鯖江《さばえ》など諸藩の藩兵ら二千人余りが薩摩三田屋敷と支藩・佐土原《さどわら》屋敷を包囲した。

夜があけてきた。薩摩藩の留守居役《るすいやく》が玄関にでてきた。

「庄内藩の屯所を銃撃した犯人らを今ここで、幕府に引き渡しされよ。応じなければ、藩邸内に入り探索《たんさく》する」

留守居役は藩内に入ったり、出てきたり、まったく要領を得ない。談判は不調で、時間ばかりが延びていく。留守居役が右手に短銃を持っていた。それを見抜いた一人が、槍で突き刺した。

それをきっかけに、幕府軍はフランス流の四斤野砲《よんきんやほう》（大砲）の仰角射《ぎょうかくしゃ》で、十字砲火《じゅうじほうか》を浴びせる。ごう音とともに、破壊した藩邸から火の手が上がった。

大勢の浪人たちが藩邸から逃げだしてくる。待ち構える幕府軍は小銃でいっせいに狙い撃ちする。市街戦はフランスの戦術どおりで、薩摩御用盗の浪人者らが包囲網にかかり、大勢の死者がでた。

この事件の前段階になるが、京都にいた西郷隆盛が江戸藩邸にたいして定府《じょうふ》の藩士を駐留させておくのは得策でないと、江戸引き揚げを命じていた。それでも残っていた一部藩士らは、幕府の攻撃とともに品川沖から薩摩軍艦で逃げている。

薩摩側の死者は、浪人者、下働き女など併せて六十四人である。降伏した男女は百六十二人だった。

この後の鳥羽伏見の戦いは、新政府軍の死者は三日間で約百十人である。この薩摩藩邸焼き討ちは数時間にして、その半数に値する死者六十四人をだしている。いかにフランス流の大砲術が熾烈《しれつ》な攻撃だったかとわかる。

榎本海軍は、品川沖から逃走する薩摩軍艦を追いかけた。和歌山沖で海戦に持ち込み、沈没させている。

4　鳥羽伏見の戦い

竹腰正富の視線が、富貴楼の窓の外にながれた。この横浜にはイギリス軍とフランス軍が駐留している。

「京都に目をもどしてみよう」

京の朝廷《ちょうてい》のもとめに応じて、慶喜の上洛《じょうらく》が予定されていた。護衛として最小の兵員で先供《さきとも》をだす。その人選がちょうど大坂城でおこなわれていた。まさに年の瀬の慶応三年十二月二十八日だった。

その大坂城に、薩摩三田屋敷焼き討ちの飛報《ひほう》がきた。やったぞ、ワッと一斉にわき立った。城内は口ぐちに薩摩をののしる異様な戦闘ムードになった。

「われら大坂城組も、幼帝（のちの明治天皇）を政治利用する薩摩を『君側《くんそく》の奸《かん》』として撃とう」

日経たずして、薩摩三田屋敷の焼打ちに参加した幕府軍らが、軍艦で次つぎ大坂城に入ってきた。

「薩摩の奴らは、ふたたび江戸騒擾をやりかねない。われらは『討薩《とうさつ》の表《ひょう》』を掲げ、京の薩摩屋敷に討ち入ろう。根《ね》こそぎ絞め殺しておく。それが再発防止だ」

大坂城内において、風邪で寝込む慶喜は戦争回避の態度だ。大政奉還したうえ弱腰ならば、慶喜を殺してでも、薩摩を撃つ。そんな勇ましい空気がうず巻いていた。

事ここに至っては、この勢いは挫《くじ》けないと、慶喜は、勝手にしろ、と傍観《ぼうかん》する態度をとった。ここにおいて鳥羽伏見の戦いが勃発するのだ。

竹腰が、こういった。

「予は、仁和寺宮純仁親王《にんなじのみやあきひと》の下で、錦旗《きんき》隊長の人物から、戦場の話を生々しく聞く機会があった。正五位《しょうごい》をもらっているから、それなりに活躍した人物だとおもう」

「それは興味深いですね。現場により近い方が信憑性《しんぴょうせい》はありますから」

福地が身をのりだした。

「その隊長は、みずから四方の偵察《ていさつ》をくり返し、その戦況を冷静に的確に判断し、いまどちらが有利かと、宮様に情報を挙げていた。それが主たる役目だったらしい。予は、鳥羽伏見の戦いは、てっきり銃撃戦だと思い込んでいた。ところが、錦旗隊長はそれを否定した。なんと白兵戦《はくへいせん》だったというのだ」

「えっ。白兵戦、すると上野戦争とおなじですか。砲弾を撃ち込んだあと、どっと陣地になだれ込んで、両陣営が刀と槍で戦う」

「まさに、そのようだ。聞かされてはじめて、なるほどな、とおもった」

大砲や小銃の射程は短い（三百～四百メートル）。数百人が、わー、といっせいに突撃してくると、銃に弾丸をつめて発砲する間に、双方の距離が無くなってきたという。

——西洋式小銃は「前装《ぜんそう》」で、銃弾を前から詰める方式である。手順とすれば、兵士がまず銃身を垂直に立てて片手で固定し、もう一方の手で先端の銃口（銃弾が出るところ）から火薬と弾丸を詰め込む。そして槊杖《さくじょう》なる細長い鉄棒を銃口から突き下ろす。弾詰が終われば、槊杖を引き抜いて元にもどす。ここまでの弾詰の手順が約三十秒である。そのうえで、銃士はおもむろに銃を構えて狙いを定め引き金を引く。一分で二発の発射が平均的である。

「武士はおおむね刀か槍だ。鉄砲は足軽か農兵たちだ。さして日ごろ訓練はしていない。そんな足軽が銃弾を一発発射し、さらに二発目と弾をつめているうちに、大勢の敵が一斉に刀を振りかざして押し寄せてくる。足軽の銃士らは銃身を刀代わりにして、やみ雲にふりまわす。これが戦場の実態だったらしい」

竹腰が盃をしずかに口に運びながら、そういった。

(射程の三百〜四百メートル先から、勢いよく一斉に日本刀で向かってくれば、銃を立てて弾詰する兵士らは恐怖に襲われる)

福地はそれも人間の心理として理解できた。

「西洋の最新銃よりも、はじめから刀と槍をつかう白兵戦で挑んだ方がよい。白兵戦ならば、兵卒の数が多い方が強い。錦旗隊長の話しだと、緒戦《しょせん》は薩摩が負けた、というのだ」

「やっぱりな」

「福地君は気づいておったのか。予は、緒戦から新政府軍が西洋の最新銃で勝り、圧勝していたと聞いておっただけに、それにはおどろいた」

「そういう連中ですよ。農兵が大将になった薩長なら、『緒戦には勝った』とか、『幕府を四日間で、撃滅させた』とか平気でウソを並べ、それを信じさせる。武士はウソを恥とする。農兵らは、百姓が代官に嘘の申告をするのに似て、ウソを恥とおもわない」

幕臣エリートだった福地は、『江湖新聞』が発禁処分になった腹いせで、より辛辣《しんらつ》な口調になった。

戊辰戦争から『虚偽も必要』と厚顔無恥《こうがんむち》がいつしか軍人の鑑《かがみ》となり、後のち太平洋戦争の大本営発表まで、勝った、勝ったと国民を欺《あざむ》いた。そればかりか、『嘘は判断のまちがいの元』で、正確な戦局が首相や天皇にまであがらず、政局の方向性を見失っている。

「その錦旗隊長だが、予に戦場を語ったあと、こういった。若き頃、江戸で勝海舟塾にいたのに、新政府がわの錦旗隊長兼本部付になった。裏切りだと、きっと佐幕派から命を狙われるだろう。それに、錦の御旗が戦場で薩長いずれの手にも渡っていない。東寺《とうじ》と淀城《よどじょう》の柱にヒモで縛って固定しておいたから、錦旗は戦場を駆けまわっていない。柱に垂れ下がった錦旗に、だれもひれ伏しておらない。戦争に脅える宮様をまわりが笑っていたくらいだ。こんな機密を知っておるから、いずれ朝廷からも口封じで命を狙われるだろう。勲章はもらったし。この際はほとぼりが冷めるまで、六十年間ほど山陰で身を隠し、隠遁《いんとん》生活をするといっておった」

「六十年間とは想像を絶する。その隊長が二十代だとしても、八十歳過ぎになる。それほど身の危険を感じられておったのか」

「そのようだ。福地君。鳥羽伏見の戦い前にもどり、もう一度、順序よく話そう」

京都市内は、いまや天下の風雲はますます急を告げ、戦乱はとうてい避けがたい形勢になった。薩長の軍隊は、数万もの幕府軍、会津・桑名軍までも上洛する情報をつかみ、それを阻止するために街道を封鎖した。

薩摩藩が鳥羽口、長州藩が伏見街道をうけもった。ただ、軍資金不足と兵糧《ひょうろう》不足で、京都市内では諸藩に呼びかけて募兵《ぼへい》をおこなったという。

「勝てば官軍《かんぐん》、負ければ賊軍《ぞくぐん》。勝も負くるも腕しだい」

その俗謡《ぞくよう》が京の都で流行していた。脅えて動揺する公家たちは、数の上でも薩長軍が勝つとは思っていなかった。公家は強い方につくから、錦旗隊長にこっそり戦況を教えてくれという。

公家とはそんなものだろう。

正月三日午前十時ころ、鳥羽口の薩摩兵が杉丸太をもって厳重な関所をもうけ、交通を遮断した。

旧幕府軍の先兵隊が大軍でやってきた。

「朝命により、徳川将軍が入京《にゅうきょう》されるから、すみやかに通路を開かれたい」

このとき、薩摩藩の伊地知正治《いぢじまさはる》、伊集院《いじゅういん》金次郎がそれらの前にでていき、

「何ものじゃ。名を名乗れ」

「滝川播磨守《たきがわはりまのかみ》である」

「慶喜公の入京は、少数の手勢《てぜい》をもって許可したるに、なぜかくも大軍を率《ひき》いておられるのか。また、会津・桑名の兵は（小御所会議以降）入京を禁じておる。これを先頭としておるのは、はなはだ不都合である。これは朝命に叛《そむ》くものである。入京を許すことには相ならぬ」

「しからば、腕力によって通行するよりほかはない」

そういうと、旧幕府軍が歩武堂々《ほぶどうどう》と前進してきた。

薩摩藩の重砲二門、野砲二門が、幕府軍の側面から行列の中央にむかって砲弾を撃ち込んだ。天地にとどろく大砲の音に、旧幕府軍は荒肝《あらぎも》を奪われたようだ。行列は前と後ろに分かれた。

後方の幕府軍は退却した。薩摩軍の砲弾がなおも火を放つ。すると、前方の徳川軍が猛然《もうぜん》と薩摩の駐屯地《ちゅうとんち》に斬り込んできた。

近距離すぎて、薩摩兵は得意な小銃が使用できなくなり、猛烈な白兵戦となった。兵員の差から、

薩摩はすぐさま苦戦に陥った。

足軽のほうはこれまで数百人規模の軍事演習など経験がない。弾詰をやめて銃を投げだす。戦場は刀と槍で、敵と味方が混在し、真冬はすぐ薄暗くなり、まちがって味方を斬る白兵戦であった。緒戦は薩摩と長州軍だけの敗北であった。

この正月三日の夜は、緒戦に勝った会津・桑名軍が、おおいに傲《おご》り、あすは京に入らんものと伏見で祝宴を挙げていた。

負けた長州藩兵が、乞食を買収し、幕府軍の奥深く入りこませて、敵情を探らせてきた。敵の気のゆるみを察知した薩長軍が、午後七時、伏見を包囲した。そして夜襲をかけた。その作戦が当たり、会津・桑名軍がもろくも新政府の陣地から去った。

この三日の夜、本部付の錦旗隊長が仙洞御所《せんとうごしょ》（京都御所）にもどると、岩倉具視公が高貴な方、皇族らの避難をはじめていた。隊長は岩倉具視の案内で、皇子を背負って下加茂神社から二キロばかり先の寺院に避難させたという。

「背中の皇子は、幼帝（のちの明治天皇）でしょう」

「錦旗隊長は、夜だし、岩倉から背中を決して見るな、と言われていたそうだ。定かでない」

正月四日、銃弾や砲弾はまとまった数となると重い。それを背負って戦場を駆け廻るわけにはいかない。双方の弾丸は欠乏し、槍と刀の白兵戦となった。形容ができないほど悲惨な戦場で、血にまみれた大勢の死傷者が倒れていた。

人数で劣る薩長側は白兵戦で不利だったが、土佐藩兵が加わってきた。この段階で薩長土の三藩になった。

長州藩の使者が、なんども伏見警備の芸州広島藩の総司・岸九兵衛（執政・辻将曹《つじしょうそう》の実弟）に戦闘に加わってほしいと要請した。しかし、広島藩邸から戦闘指示がないと言い、岸は野戦の作戦会議にも参加しなかった。

一方、宮中において参与があつまり詮議《せんぎ》が開かれた。芸州広島藩は薩長芸軍事同盟による三藩進発《さんぱんしんぱつ》（出陣）の最大の主役であるが、執政の辻将曹が非戦の態度をとった。

「これは薩摩と会津と遺恨《いこん》の戦いである。広島藩はこの私戦《しせん》に便乗しない。私戦の範囲にとどめおかないと、後日、朝廷はいかなる憂《うれ》いを残すか計り知れない」（芸藩志）

同席する若き西園寺公望《さいおんじきんもち》が言下《げんか》に、「これは天下の大事です」と反発した。

「小僧よくみたぞ」岩倉からそう言われた。（西園寺公望・陶庵随筆）

そのあと岩倉、西郷、大久保、木戸、品川らが危機を救うために、「錦の旗」が欲しい、となった。御所には錦旗をおいていない。新調する必要があり、品川弥二郎がその切地（布）を買いに西陣に走った。それらしき切地がどこもない。「女の丸帯」を二本購入して帰ってきた。

大久保利通の家内（京都の妻）・おゆうがすぐ近くに住んでいたから、呼んできて、帯をバラバラに解《と》き、岩倉から急き立てられて縫い合わせた。

錦の御旗は一枚の切地を両方から合わせて、縁をつけてこしらえた。横が約一尺七、八寸、縦が五尺。紐で竹竿に吊るすようになっていた。

「私の母（おゆう）はていねいに縫いたかったが、岩倉さんがきて、早ようせい、早ようせいと無理に急き立てられ、ゆっくり縫わせてくださらなかった。母は死ぬ間際まで、心残りだったので、よく覚えている」（大久保利通の三男・七熊氏）

正月四日。仁和寺宮《にんなじのみや》が征討総督《せいとうそうとく》に任命された。二十一歳の宮はそれまで寺暮らし。武芸の心得などない。にせもの「錦の旗《にしきのはた》」と節刀《せっとう》、征討将軍の官印《かんいん》をさずけられた。

馬上の仁和寺宮は、金甲《きんこう》の出で立ちだった。二個中隊を率いて御所を出発した。血まみれの戦闘に参加するのではなく、どこまでも錦旗を掲げる近衛軍団《このえぐんだん》だった。馬術の経験はないし、馬に脅えて泣き顔だったという。

「錦旗隊長は、おもしろい見解を示してくれた」

「どんな話ですか」

「岩倉具視から、仁和寺宮には相撲の軍配《ぐんばい》のように、勝敗をしっかり見定めてから、錦旗は勝者に掲げよ、と言われていた、と隊長は話しておった。岩倉ならば、あり得るな、とおもった。『勝てば官軍、負ければ賊軍』で、古来、錦の御旗を渡して早ばやと負けた例は多い。むしろ、勝った方が少ない。承久《じょうきゅう》の乱のように、後鳥羽上皇軍《ごとばじょうこう》が北条義時《ほうじょうよしとき》を討ちにいって敗北し、かえって島流しに遭っている。そのような事例がある。戦場の勝敗は最後まで、みえないものだ」

「竹腰どの、鳥羽伏見の戦いのさなか、薩摩藩の島津久光《ひさみつ》や家老・小松帯刀《たてわき》は鹿児島にいて、京都にいない。ここが問題でしょう」

「福地君の見方は当たっているとおもう。鳥羽伏見の戦いで薩摩軍が負けたら、西郷・大久保が勝手にやった戦争だ、と陰謀家《いんぼうか》の岩倉ならば、そのくらいの悪知恵など、かんたんに思いつくし、薩長に罪をなすりつけるに決まっておる。その先は朝敵・賊軍として、西郷・大久保を討《う》つ。錦旗隊長の認識は正しいとおもった」

仁和寺宮の関心事は、つねに鎬《しのぎ》を削る壮烈《そうれつ》な白兵戦で、どちらが勝って官軍になるか、それを見定めることしか頭になかったようだ。錦旗隊長には始終、戦況視察の命令を与えつづけていたらしい。

正月五日も橋本の薩摩屯所《とんしょ》に、幕府軍が逆襲してきた。一隊は槍、一隊は抜刀で、突っ込んでくる。前日に劣らぬ激烈な戦いになった。双方は死力をつくして、奮戦している。この戦いこそが、官軍と賊軍がわかれる一大難戦《いちだいなんせん》だった。

ただ、行司役の仁和寺宮は、まだ勝敗がつかないと判断し、白兵戦で鎬《しのぎ》をけずる薩長軍を勝者として認めず、錦旗を与えていなかった。

ところが正月六日は状況が変わった。

旧幕府軍は大坂城の方角へといっせいに引いていく。地形の悪いところに、薩長土軍を誘いこむ、巧妙な駆け引きの作戦なのか、罠《わな》なのか、錦旗隊長の目には不気味なうごきだったようだ。

きょう現在、勝ち負けはわかりませんと、仁和寺宮へ報告したという。

5　二ノ丸放火犯

薩摩屋敷の焼き討ちのさい、胸に銃弾をうけた益満休之進《ますみつきゅうのしん》を、庄内藩兵が捕らえて、伝馬町の牢《ろう》に入れていた。

「二ノ丸放火の事件との関連を調べよ」

評定所（町奉行、寺社奉行、勘定奉行、それに老中や若年寄）が、きびしい取調べの厳命をあたえた。

老中は益満の取り調べに、特例として拷問《ごうもん》の許可をだした可能性がある。

「二ノ丸放火は伊牟田《いむた》尚平である。幕府軍が西上して警備が手薄になった江戸城侵入を図った。それは十二月二十三日の昼間である。江戸城内への手引きは篤姫・天璋院付きの女中諜である」

女中某は放火のあと、薩摩藩三田屋敷にもどってきた。焼き討ちで死んだ女性の一人かもしれないが、益満は焼死体の顔を逐一見ていないから、わからないという。

江戸城本丸の御用部屋において、松平周防守、稲葉美濃守、小笠原壹岐守ら、幕閣たちが深刻な顔で協議をしていた。

「ここは大奥関係者の事情聴取をすべきだ。出流山、甲府、相州の三カ所とも天璋院（篤姫）さまを首領にして倒幕の蜂起《ほうき》をする、という供述がある。むしろ、当人は事前に知り、直接かかわっておった、と見なすべきだろう」

「このさきも三の丸、本丸と狙う。気の強い天璋院さまが、気弱で臆病な女中を脅し、放火をけしかける。そのくらいのことはやらせる気性だ」

二の丸で被災した天璋院は、幕府の市ヶ谷御殿《ごてん》に避難していた。

老中の面談に応じた天璋院だが、「なにを申しますか。御用盗との関りはあり得ません。老中とはいえ、言いがかりは許しませぬぞ」と予想通り否定した。

二度目の面談を申し込んでも、篤姫側から拒絶してきた。

先の御台所（将軍家定の正妻）の天璋院は強い権力を持っている。ふだん豪華な衣装に身をつつみ、金ぴかの部屋にすむ。老中が誠実につくしても、鼻であしらう態度だ。

「この際は、実家の鹿児島に天璋院さまを引き取ってもらうべきだ。ただ、天璋院さまに鈴をつけられる立場は、慶喜公しかいない」

「皇女・和宮のほうも穏やかで優しい顔だが、これも曲者《くせもの》かもしれぬ。岩倉公の公武合体で江戸城に降嫁《こうか》してきておる。裏では岩倉の操り人形で、この徳川宗家の破壊を狙っておる可能性が高い。われらは、そう警戒しておくべきだ。甲府では、天璋院さま、静寛院宮さま、ふたりをかつぐ、という企てもあったようだから」

「いまや、徳川宗家はとてつもない最大の危機だ。ここは浅野氏祐《うじすけ》を大坂城へ向かわせて、慶喜公を呼びもどさせよう。浅野の英知と論弁ならば、慶喜公をうごかせる。それ以上の人材はいないだろう」

浅野は三十三歳で、若年寄並、陸軍奉行の兼帯である。かれはフランス語堪能《たんのう》で外国奉行、横須賀製鉄所御用、勘定奉行を歴任するなど、小栗上野介忠順なみの幕府エリートだった。

その浅野氏祐が大坂城に入ったのが、慶応四年正月六日の昼である。この夜には慶喜が極秘で大坂城から脱出した。

6 大坂城の混乱

錦旗隊長によると、鳥羽伏見の戦場視察をおこなった正月七日において、幕府軍は一兵も見当たらなかった。八日も同様で、あの大軍が四方から消えていたという。

旧幕府軍の一万五千人が痕跡《こんせき》を残さず、さっと姿を消したことはたしかである。指揮する西郷隆盛すらも、一兵もいなくなったと報告を受け、あ然としたらしい。退却か。逃亡か。現地では嘘も、噂も、憶測も、猥雑《わいざつ》に入り混じり、なにが真実か、当事者はなおさらわからなかったようだ。

仁和寺宮一行は八日に一泊し、九日に仙洞御所にもどってきた。そして、錦旗が返還されている。錦旗隊長の知るかぎりでは、仁和寺宮の手からは薩摩、長州、土佐のいずこにも、帯で作った錦旗は与えられていなかったようだ。

翌十日には、朝廷から慶喜を朝敵とした追討令《ついとうれい》がでた。

「福地君、大坂城で、正月六日の昼に重要なうごきが二つあった」

ひとつは、浅野氏祐が大坂城に入り、慶喜に東帰をすすめていることだ。

もう一つのうごきは、会津藩の神保修理《じんぼしゅり》である。秀才の神保は松平容保の命で慶応二年に軍政を学びに長崎に留学した。大政奉還で風雲急《ふううんきゅう》を告《つ》げたので、急遽《きゅうきょ》長崎から大坂まで帰ってきた。十二月の王政復古のとき、会津藩は剛毅な主戦論が多く高揚するなかで、この神保は戦争回避の不戦恭順《ふせんきょうじゅん》の考えであった。かれなりに慶喜に面談し、「新政府が誕生したからには、京にとどまらず、江戸にお帰りになり、今後の策を練《ね》るべきです」と進言している。

その直後に鳥羽伏見の戦いが勃発すると、神保は会津藩軍事奉行添役《そえやく》の任務に就いた。神保は役目から戦場を視察してきた。大坂城にもどると、慶喜に謁見《えっけん》し、ふたたび不戦恭順を進言している。

そこで徳川慶喜は大坂城の大広間に諸有司《しょゆうし》・諸隊長など集めたうえで、「これから、どういたすべきか。意見を述べよ」と尋ねてみた。

血気に逸《はや》れる者ばかりで、みな異口同音に、『早くご出馬あそばされるべきである』と主張した。

ここで合議の間をとった。慶喜は板倉老中と・若年寄の永井尚志《なおゆき》（作家・三島由紀夫の曽祖父）を別室に招いたうえで、今夜、大坂城を脱出すると伝えた。

両人はともに賛成した。

「永井は大坂に残り、全軍を仕切ってくれ」

そう指図すると、慶喜はふたたび大広間に出向いて諸有司・諸隊長らの表情をうかがった。一同は依然として強く出馬を迫る態度に変わりがなかった。

「それならば、これから大坂城から出陣しよう。その用意をせよ。一同、持ち場に帰れ」

と大広間の合議を解散させた。そして板倉老中、松平容保《かたもり》、松平定敬《さだあき》らわずか四、五人に東帰《とうき》を伝えた。

「えっ。慶喜公は本気ですか」

松平容保と定敬が、ふたりして慶喜に猛烈なる抗議をはじめた。

「東帰すれば、家臣に示しがつきませぬ。これまで散ざん苦労に苦労をさせてきて、命の危険もかえりみなかった部下たちです。それを見捨てることになります。新政府軍が大坂城に一兵も踏み込んでいない段階で、一日、二日を争って江戸に帰る、そんな緊急性などまったくないはず。戦争の決着がまだついておりませぬ。ここは思い止まってくだされ」

「東帰は決めた。そなたたち会津と桑名の藩主が、この大坂に残れば、まちがいなく会桑軍を京にむけて朝廷と激突するだろう。残すわけにはいかぬ。戦争回避のために、連れて帰る。朝廷からも、会桑軍の退避はもとめられておる」

容保がいつまでも逆らっていると、

「よいか。東帰への陪従《ばいじゅう》を厳命する」

慶喜はついに怒気を発した。封建制度の下では、宗家の主の権限は絶対である。容保、定敬らは部下のこころを想い涙していた。

慶喜は旗本・妻木頼矩《つまきよりのり》にある策を指示し、五、六人がひそかに大坂城の後門から抜けだした。衛兵らには、小姓ですと偽ったが、見破られなかった。

その翌朝、天保山《てんぽうさん》沖から米艦に赴《おもむ》き、寄港していた幕府軍艦の開陽丸に乗り移った。慶喜は榎本武揚には海軍の手を使って大坂城内の金銀十八万両の秘かな運びだしと、江戸への運搬を命じた。

大坂　会津・桑名藩士らは、大広間で慶喜に嘘をつかれたうえ、自分たちの殿様までも去ったと知ると、戦闘の気力を失した。若年寄・永井から大坂城からの退却命令がでた。

旧幕府軍の多くは紀州藩の藩領に入り、分散宿泊し、紀伊由良《きいゆら》港などから乗船し、海路で江戸へ退却した。大坂の天保山からは幕府軍艦（順動丸・富士山丸）に乗船している。

会津藩は陸路を北にむかい東海道、中山道《なかせんどう》、北陸道などから東北の会津方面へ向かった。

福地源一郎の立場からすれば、幕府軍の退却の定かな史料はいまなお見つかっていない。

大坂城において正月九日、新政府軍に大坂城引渡しの式がおこなわれた。長州軍がおっかなげに城内へ入ると、城兵はいないし、実に静かだったようだ。立ち会う新政府軍の将兵らは戦争回避で安堵したらしい。

それを見定めた大目付の妻木頼矩《つまきよりのり》が火薬庫の引火を命じ、華城（大坂城）が大爆発を起こした。全焼で崩れ落ちた。

「慶喜め。どこまでも、朝廷を無一文にさせる気だ」

岩倉にすれば、財政難の新政府が期待した大坂城の財宝がなかった。これでは江戸を撃つ東征軍への軍事費がない。新役人を雇う金もない。

陰謀家の大久保利通が知恵を授《さず》けた。「慶喜はおびえて敵前逃亡《てきぜんとうぼう》した」「臆病者《おくびょうもの》がこそこそ東帰《とうき》した」「徳川家についていても、いずれ見捨てられる」とことば巧みに、西側の藩主たちの取り込みに利用した。まさに、プロパガンダである。大小の藩主らが新政府軍に加担すると名乗りをあげたその数がいっきに増えた。

尾張藩の慶勝と成瀬は、岩倉具視にまんまと乗せられた。佐幕派のふいご党（竹腰正富派）の優秀な重役ら十四人を詮議《せんぎ》もなく斬首する「青松葉事件」がおきた。そのあと東海道・中山道の「勤王誘《きんのうゆう》引《いん》」で、御三家、親藩、譜代の大名たちの無抵抗という背骨《せぼね》抜きをおこなった。

「バカ殿だ」

佐幕派の首領だった竹腰が吐き捨てた。

「ここまでが、余が福地君に語れる範囲内だな。それで、福地君は慶喜公が逃げたか、否か。どう思う」

「慶喜公は浅野氏祐《うじすけ》が、江戸に帰るべきだと、大坂城に迎えにきた。江戸城の二の丸が放火されたと知れば、危機管理から、江戸に帰る必然性があります。慶喜公は逃げてはいない。危機対応です」

福地は確証をもって、さらにこういった。

「神保修理は、まわりの会津藩士から、お前のせいで幕府軍が総崩れだ、と慶喜東帰の責任を問われた。やがて、かれは会津藩三田下屋敷で切腹させられています。悲運のひとになった。それがしが考えるに、神保の慶喜公への進言はさほど影響していない。あくまでも危機管理から、決定的な論で慶喜公をうごかしたのは浅野でしょうね」

「予の話はここまでだな。ここ二、三日は、横浜の洋風ホテルに泊まっておる。何か、聞き足りなかったら、足を運んでくれてもよい。江戸に帰ってからの慶喜公の動きは、君の方が取材できているようだ」

「それなりに情報は得ています」

「まだ時間はある。それを聞かせてもらおうか。この富貴楼は横浜港の情景がよい料亭だ。港の景色が美しい。ただ、夕映えはこの部屋からは背合わせになる。反対側の部屋だと、夕日に染まったあかね色の富士山がよく眺められる。富士の肩にかかって沈みいく太陽は実に神秘的だ。女将がいれば、部屋を変えてもらう手立てもあるが、きょうは挨拶に来ていないし、留守かもしれん。宴席の途中で座の変更は、女将のお倉さん以外に、他の仲居さんは頼めないし」

「お倉さん、といいましたね」

「そう。やり手だよ。この富貴楼の出資は富豪になった天下の糸平だ」

「えっ、きょう蒸気船で一緒になりましたよ」

その奇遇におどろいた福地は、船上の出会いを簡略に説明した。

廊下側の引き戸がすーっと開いた。

「お邪魔します。ようこそいらっしゃいませ」

膝をついた爽やかな着物姿の女将が、両手を揃え、ふかく頭を下げていた。顔を上げた。思わず、指さして、あらま、と声をあげた。

「それがしも、おどろきだ」

「びっくりしました、福地先生とは。疑わないでくださいね。ここ二日ばかり、生まれ育った浅草に、この富貴楼の仲居になる良い人手を探しにいっておりましたのよ」

お倉は部屋に入り、廊下側の引き戸を閉めた。

「そうかな」

「あら、疑っていますね。東京は四、五年前まで、江戸の将軍家御用達や繊維をあつかう大店《おおだな》さんなど、みなさん景気が良く、羽振りもよかった。慶喜《ケイキ》さまが大政奉還をなさってから、薩摩御用盗には襲われるし、官軍なる薩長が来て、何かと御用金はせびられるし、踏んだり蹴ったり。諸藩二百六十余の江戸藩邸はいっきに消えるしね。お金を使う人がいなければ、町に活気がなくなるし。芸者衆など見切りをつけるひとが多くなったの。それに比べると、横浜は大繁盛。外国の軍艦は入港するし、イギリスやフランスの兵隊が常時千人は駐留しているし。新しい埋め立て地ができれば、建築も盛んで貸し長屋は次々にでき、できたそばから埋まってしまう。人が増えれば、景気が良くなる。寒村の漁師村がいまや五万人近くです。薩長の政治家はうちをひいきにしてくれるし、横浜富貴楼として陰口はたたけませんけどね。本音で語れるのは小声で、口の堅い人だけです。こんな景気の良い町は全国どこにもありません。あら、ごめんなさい、うちの話しばかりになってしまって」

女将は懸命に取りつくろう自分に気づいたらしく、ちょっと恥じてから、こうつけ加えた。

「福地先生、一橋さまが卑怯者じゃない、鳥羽伏見の戦いから逃げたんじゃない、と確証がつかめましたか」

「この席で、竹腰さんから錦旗大将の話が聞けたから、新政府のプロパガンダだとつよく確証がもてた。それに名古屋の出来事も」

「お調子者ですね。この富貴楼にもいらっしゃいましたよ」と声をひそめた。

「竹腰さんは尾張藩の附家老の大物だったから、真実そのもの。いい話だった」

「お倉さん。これから福地くんの得た、東帰した慶喜公の情報を聞くところだ。よかったら一緒にどうかね」

「あら、うれしい。小一時間待っていただけますか。階下《した》で、夜のお客さんの段取りを指図してきますから。きょうの料理とお酒は、うちが持ちます」

お倉が立ち上がった。

「天下の糸平さんはどうなさった」

「あら、福地先生、逢瀬《おうせ》とみてらっしゃるのね。違いますよ。人手探し、お客の立場で女の子を吟味してもらったの。行儀作法のできている玄人の芸者衆はそつがなくて良いけれど、癖もあるしね。お客さんの眼が一番です」

「そうかな。横浜一のおおきな料亭の女将でも、男女の色恋の隠し事は下手だな。まわりにはバレバレだ。竹腰さんすら解っている」

「あらお殿様、あれだけ口止めしておいたのに、福地先生に話したのね。新聞ネタになるわ。いやね。あと一時間のちに参りますね」

女将が期待顔で部屋から去った。

7　慶喜の東帰

慶応四年正月十一日、徳川慶喜を乗せた軍艦が江戸湾までもどってきた。慶喜は芝の海軍所に泊まり、翌十二日、将軍慶喜なってから一度も入城していなかった江戸城に登城した。大広間には大名家、御三家、御三卿、旗本たちが総登城する。裃《かみしも》で盛装したかれらは、儀礼どおり両手をついて上座の慶喜にひれ伏す。

慶喜は大政奉還、小御所会議、そして鳥羽伏見の戦いまで、あらましを語ったうえで、こう言った。

「幼帝を利用する悪辣《あくらつ》な奸臣《かんしん》どもが、朝廷を支配しておる。本来は薩長に鉄鎚《てっつい》を加えるべきだが、予が京都に入り、薩長土軍と戦えば、国内が二分してしまう。喜ぶのは欧米列強だ。日本領土の割拠《かっきょ》も覚悟せねばならぬ。徳川家はそもそも朝廷に弓を引かぬ。今後について皆の意見も聞きおく」

慶喜はまわりの顔を見渡してから、

「ところで、山内豊福《やまのうちとよよし》。そなたは土佐新田藩の五代藩主、一万五千石の定府《じょうふ》大名だったな。そなたの本家の山内容堂が、新政府に与し、わが徳川宗家に謀反を起こした。容堂の反逆を知りながら、そなたはこの場によく出てこられたものだな」

山内豊福が蒼ざめた。

「大政奉還まえ、薩長芸の三藩が軍事同盟をむすんだ。その芸州広島藩は、鳥羽伏見の戦いが会津と薩摩の遺恨だといい、戦火を交えなかった。ところが土佐藩はこの三藩軍事同盟に入らずして、その銃口を新政府でなく、徳川幕府軍、会津・桑名軍にむけてきた。これは明確な裏切りだ」

激怒した慶喜が大勢のまえで、そのように豊福を罵倒した。

「水戸藩の天狗党をながく匿《かくま》ったのも、土佐藩の乾《いぬい》退助（のちの板垣退助）だ。そして、薩摩の西郷の江戸騒擾につかわせ、無辜《むこ》の市民を無差別に殺した。これを土佐藩の裏切りといわずして何という。許せぬ」

豊福は一言もなく、うなだれていた。

「予は禁裏《きんり》御守衛総督《ごしゅえいそうとく》の時代、西上してきた天狗党に、『泣いて馬謖《ばしょく》を斬る』気持ちで追討《ついとう》した。父上・老公の側近ちゅうの側近もふくまれていた。三百数十名の斬首をきいて涙もでた。それでも、天狗党は許せない。兄の慶篤《よしあつ》（水戸藩主）には、天狗党は有能な頭脳集団だろうが、攘夷《じょうい》かぶれで、市民の生命・財産を平気でうばうものだ、と処罰させた。それが予のつよい意思だ」

豊福の唇は真っ青だった。

「退城せよ」これは封建制度の下で、死を意味した。翌十三日、豊福は江戸・麻布の藩邸で妻・典子とともに自刃した。夫婦はともに三十三歳だった。

この十二日、慶喜は使者を篤姫にだして面談を伝えた。使者は冷淡に追い返されてきた。慶喜はみずから御殿に乗り込んだ。応接間に入り、女中に、ここに天璋院を呼べ、と命じた。華やかに着飾った篤姫・天璋院が現れた。

「女中らはみな退出しろ」

「大奥には仕来りがあります。上様といえども、身勝手な采配《さいはい》は認めませぬ」

怒り顔の篤姫は、生まれつき気が強そうだ。

「予に命じる気か。天璋院。そなたは勘違いしておらぬか。江戸城は家康公以来、徳川宗家の城だ。規則は、予が命じて変えればよいのだ」

慶喜がにらみつけると、御女中らはみな下がった。

「だから、水戸藩は代々、大奥に嫌われておるのです」

「そもそものはなしをすれば、予の父親・斉昭は、外様大名の女を将軍家の御台所に入れるな、とつよく反対しておった。島津は徳川家の乗っ取りを謀《はか》っておる、とな。このたびの二の丸放火も、江戸の一連の騒擾も、そなたが陰でしきり、徳川家の瓦解《がかい》を企《くわだ》てておる、というはなしもある。事実か」

「無礼な。言いがかりは許しませぬぞ。相談なく大政奉還で、徳川政権を投げ捨てた。上様こそ徳川宗家をつぶしたのです。家康公さまに、どうお詫びしますか」

「政治は大奥に相談する必要などない。そなたは嫁に入る前から徳川家を欺《あざむ》いておる。出自を自分に問うてみよ。もともと大奥に入れる身分ではなかった。島津の分家（島津忠剛《ただたけ》）の娘が、斉彬《なりあきら》が自分の実子に見立て、幕府に偽りの届けをだしておる。偽りの実娘が近衛《このえ》家の養女になり、二十一歳で将軍家定の御台所になった。島津分家の娘のままならば、逆立ちしても、将軍家に嫁げなかったはずだ」

さすがの篤姫も、からだが震えていた。

「いまさら、亡き斉彬を責めても仕方ないが、薩摩の体質は陰謀《いんぼう》だらけだ。勘定奉行だった小栗忠順の目を欺《あざむ》き、膨大な贋金《にせがね》を鋳造し、その累計は六百万両におよぶ。幕府にも優秀な隠密（お庭番）がおるのだ。薩摩にも益満のような隠密がおるようにな。六百万両が外国からの軍艦、武器の購入につかわれた。そして、討幕だ。薩摩はそなたの故郷だ、愛着・哀愁があるだろう。このさい大奥から引き揚げて、鹿児島に帰られたらどうだ。すべて極秘にしておく」

「いいえ。死んでも、生活に飢えても、嫁ぎ先の徳川宗家は守り通します。上様こそ、すべての幕臣から見放されております。先祖代々の将軍さまに詫びて。この際、腹をお切りなさい」

篤姫は筋道立てた思考でなく、あらん限りの憎悪をこめた口調である。

「すべての幕臣とは、負けぬ女だな」

「もはや上様とも、思いたくありませぬ。このさき田安《たやす》家の亀之助（のちの十六代徳川家・家達《かたつ》）を徳川宗家に立てて、静寛院・和宮さまと二人三脚でお守りします」

「実家よりも、徳川がたいせつか」

「当然です、女は嫁ぎ先がたいせつです。あなたこそ、いちども大奥に入らない将軍の嫁・美賀子《みかこ》を連れて、ともに水戸家におかえりください」

篤姫のこころは徳川宗家にあると確認できた。それは収穫だった。

それから数日後である。江戸城・三の丸の豪華な部屋で、慶喜は高位な静寛院宮《せいかんいんのみや》・和宮《かずのみや》を待っていた。拒絶つづきだった面談が、篤姫のとりなしでやっと叶う。入室してきた静寛院宮はほっそりした魅力的な容姿だ。目はさわやか、顔の化粧、紅をつけた口もとは上品だ。優雅な歩き方も、態度も非の打ちどころがない。

着座した静寛院宮はなで肩で、背を伸ばしてなによりも格式を重んじた挨拶だった。皇女はいつものように袖のなかに左手を隠しているが、格式通りの完璧な作法・所作《しょさ》である。

「私が降嫁したとき、十年のちには攘夷をはたす。慶喜はその約束が守れず、いいえ孝明天皇を脅し、兵庫開港まで勅許《ちょっきょ》をとられた。私は不満で、きょう、この場でお目にかかることすら、嫌どしたえ」

慶喜は、高位な皇女・和宮にたいして平伏していた。

和宮から攘夷がいつ実行されますか、となんども催促の手紙をもらっていた慶喜だが、いちども返書をださなかった。今、そこにバツの悪さを感じていた。

「目を通すのが精いっぱいで、日々忙殺で、ご返事はだせず、ご無礼はお許しねがいたい」

「ところで、朝敵とはえらいことおすな。慶喜追討令《ついとうれい》のお触書《ふれがき》が出されたとか」

彼女には皇女という自信に満ちた表情と落ち着きがあった。

「だれからの情報ですか」

突然、朝敵となったことを知った慶喜は、あえておどろきを隠していた。

「京の実家でおす。この正月十日に、朝廷から慶喜追討令がでた、と書簡にしたためられておりましたえ。全国諸藩が追討軍で江戸にきます。覚悟はできておられるやろうか」

静寛院の目には、慶喜にすべて責任があるという冷たい批判があった。

「静寛院さまにおかれましては、朝敵となった徳川宗家から、ご実家の京都に帰られた方がよろしい。江戸が攻められれば、修羅場《しゅらば》になります」

「本心は、そうしとうおます」

「遠慮なさらずとも。どうぞ京にお帰りください。むろん、護衛はお付けいたします」

「必要ありませぬ。わたしは徳川宗家を守りますえ。あなたさまは勝手になさいまし」

静寛院宮は早そうに切り上げ、優雅な姿勢で立ち上がった。歩き方も態度も非の打ちどころがない。その背中には慶喜にたいする冷淡な影があった。

三の丸の玄関を出た慶喜は、木枯らしの冷たさを感じた。城の庭木のすき間にみえる富士山の肩に、真っ赤な夕日が落ちていく。

「いよいよ朝敵か。まさに落日だな」

慶喜はふと気さくに宿泊できる親戚筋が思い浮かばない自分を意識した。今夜はどこに泊まればよいのか。

「これだ、幕府がつぶれたのは、盤石《ばんじゃく》だった徳川家が一枚岩でなくなったからだ。薩長の倒幕運動のせいではなく、徳川の内部が崩壊したからだ」

徳川御三家をみても、水戸藩は天狗党問題で藩内が崩壊した。尾張藩は慶勝が反徳川宗家の立場をとっている。いまに竹腰派と成瀬派が抗争し、血で血をあらうだろう。

親藩の松平春嶽《しゅんがく》や、松平姓をもらった山内容堂《ようどう》も徳川宗家から離れた。諸国の松平姓の大名らも、徳川に対する忠誠を失くしてきている。

この徳川宗家の主すら、大奥の女権が制御できず、敵対関係に陥っている。このさき薩長と幕府軍との武力激突は避けられないだろう。

「東帰したからには、意地でも、江戸市民を騒擾《テロ》から守る。ここは一橋家家臣の渋沢誠一郎（のちの上野彰義隊）に、江戸を守れと命じよう。もうひとつは外国との戦争回避だ」

慶喜はあしたロッシュに会おうと決めた。

8　追々と歳月が経る

明治二十六年の夏秋のころ、福地源一郎は帝国ホテルの華やかな政財界人、外交官があつまった宴会の席に招かれていた。徳川の世ならば、徳川慶喜公が主役の華やかな外交パーティーである。慶喜公の姿はない。

そうおもうと、ごく自然に横浜の富貴楼で、附家老の竹腰正富に取材したことが思い浮かんだ。あれからもう四半世紀が経った。

『なぜ、慶喜は逃げたのか』

あれだけ調べたのに、新聞記事にも、雑誌にも紹介できなかった。文学としても描けなかった。いまでは御用記者だといわれる福地桜痴《おうち》（源一郎）だが、慶喜公が逃げたなどとは一行も書いたことはない。

慶喜公の東帰の疑問が、未だに胸の奥にトゲのように突き刺さっている。

この会場には政治家、経済人、文化人などが大勢あつまっている。幕末歴史を編纂《へんさん》する学者の顔もある。福地から見れば若い世代だが、戦場をかけた元兵士から聞き取り調査をしている。かれら編纂委員は薩長閥《ばつ》の政権下で育ってきただけに、プロパガンダの通説をくつがえす大胆さがない。

大日本帝国憲法で、言論の自由が失われた。そしてタブーが生まれた。そこに嘘と欺瞞《ぎまん》が加わった。錦の旗をみて、慶喜が逃げたという。『逃げた慶喜』はもはや通説であり、異説もないほど完璧な歴史ストーリーとなっている。

「できすぎた歴史ストーリーは、まず疑ってみる」

このごろ、「史談会速記録」が世に出回っている。目撃証言で、戦場で錦の旗を見たという証言がずいぶん多くなった。

憲法第三条「天皇は神聖にして犯すべからず」がある。天皇は神さまである。それは言論統制である。

天皇や皇室に不都合なことは書かせない、世のなかに出させない。これに反するものは憲法違反に等しいあつかいをうける。

「錦旗」となると、新編纂委員が全員あつまって吟味《ぎんみ》する。虫メガネでみるように一字一句の表現に時間をかけて点検する。天皇の象徴である「錦の御旗」を貶《けな》せば、不敬罪《ふけいざい》である。

『慶喜は朝敵にあらず』とでも書けば、逮捕、出版は差し止めになる。真実よりも、明治天皇もしくは薩長閥政府筋に都合よくなければ、世にだせないのだ。

慶喜は逆賊《ぎゃくぞく》という汚名をきせられた。

若い学者は政権に媚《こ》びて、いずれも忖度《そんたく》している。一言でいえば、明治の国家権力にひれ伏す御用学者だった。

「ひとごとではない。わたしも長年にわたり御用記者だといわれている。かつては慶応四年閏《うるう》四月、『江湖新聞』を創刊し、明治新政府にたいして辛辣《しんらつ》な批判記事をつづけざまに掲載した。福沢諭吉と「天下の双福《そうふく》」と競うも、いまではジャーナリズム精神が失われてきた」

福地はそのように甘い自分を責めていた。

「深刻な顔ですね。解決できない悩みごとでもあるのですか」

背後から声がかかった。ふり向いた。

「渋沢君か。実はな、鳥羽伏見の戦いで、なんのために、あの慶喜将軍が大坂から軍艦でにわかに東帰したのか、と考えていた。世間から臆病者だといわれ、暗愚《あんぐ》といわれても、公はいささかも弁解されないようだ。これについてわたしは筆を取りたい。それには御用記者という殻《から》を脱ぐ必要がある。プロパガンダをくつがえすことは、政府を敵にすることだからな」

目の前にいる実業界の大物・渋沢栄一とは幕臣、静岡時代、大蔵省とおなじ道をあゆんできた。福地が東京日日新聞に入社しても、渋沢の立ち上げた王子製紙と新聞の洋紙のつながりがある。その後も会えば、会話がはずむ仲である。

「福地さんにお願いがあるのですが、慶喜公の伝記を編纂《へんさん》していただけませんか。ぼう大な費用と手間と時間がかかるかとおもいますが、私はこれにおしみなく全財産をかけます」

戊辰戦争のさなか、この渋沢栄一はパリ万博へ、徳川昭武（民部公子）の随行員として渡航していた。だから、幕末動乱を知らない。帰国すれば、幕府は瓦解していたのだから。

「慶喜公は武芸、馬術に優れておられる。禁門の変の采配は実にみごとだった。鳥羽伏見の戦いで、おじけて東帰するなど、私には別人としかおもえない。慶喜公はいっさい語りませんし」

「編纂は日本中から資料をあつめる。大金が必要だ。渋沢君がスポンサーならば、それは一気に解決だ。問題は私の体力だ。完成するには十年、十五年、それ以上かかるだろう。生きていれば、という条件付きになる」

細身の体形の福地には、そこまでの体力に自信がなかった。六十年先まで逃げとおす、といった錦旗隊長がいたと聞いた。もし生きていれば、探し出して錦の旗について自分の耳で聞きたいものだ。

給仕がお盆にジュースを持ってきた。福地が先にグラスを受け取った。

「公がご存命のいま、『徳川慶喜公伝』を遺《のこ》しておかないと、百年先、二百年先まで、公がふぬけな将軍だったと笑い者にされてしまいます」

「渋沢君の熱意は見上げたものだ。慶喜公を編《あ》もう。史実を精査し、中立な意見をもって記述する。決して偏見《へんけん》の私論でなく、天下の公論となせば、プロパガンダの色に染まった一般人の歴史認識が変わる」

「福地さんらしい。ただ、出版には慶喜公ご本人が承諾されるか否か。これまで公にはなんども伝記の出版のはなしが持ち込まれたそうです。断られるか、無視されるか、受け付けられていない。福地さんが編んでいただけるなら、いまいちど難儀ですが、公には粘って出版の承諾をとりつけます。逆賊とののしられた汚名が、後年に洗い清められるようにさせてあげたい」

渋沢は人気者で、まわりからの声がけで離れていった。

福地は頭のなかで、最も核心となる場面をあらためて思い浮かべた。

大政奉還のあと、約五百人からの薩摩御用盗が江戸騒擾をおこし、市中で強奪、掠奪、放火で暴れまわり、無辜《むこ》の市民らを殺戮《さつりく》した。日々、恐怖のどん底に陥れた。

有能な頭脳の浅野氏祐《うじすけ》が、慶応四年正月六日の昼に大坂城にむかった。慶喜に拝謁し、江戸城の二ノ丸放火とか、関東一円の無辜の民をまきこんだ無差別テロを報告する。

「上様、喫緊《きっきん》の事案です。すぐ江戸にお帰りください。薩摩藩三田屋敷の焼き討ちだけで、この問題は解決しておりませぬ。大奥は男性禁止、将軍しか踏み込めません」と言ったに違いない。

「わかった」と危機管理から慶喜はうごく。

これは至極、当然だろう。それをもって『慶喜は逃げた』とはいわない。

最高責任者は災害、大事件、危機にたいして敏捷にうごくものだ。御台所（将軍家定の正妻）の江戸城の放火など、最大の危機だ。慶喜公が江戸に帰らずして、放置できるものではない。

慶喜公の東帰が、新政府に政治利用された。大久保利通は利口だ。ずる賢い。プロパガンダの天才だ。

その大久保に比べると、西郷隆盛は暴力的だ。最近の御用学者たちは「幕府転覆を目的とする騒擾（テロ活動）は歴史的必然だ」という。それは違う。武士が武士を狙わずして、罪のない町人たちを凶器で脅し、生命や財産を奪った悪質なテロ活動だ。歴史は許さない。

「西郷は個性のつよい私的な感情でうごく人物だ。蒸気機関車も走らせないと、測量すら圧力をかけてやらせなかった。来年には日清戦争が起こり得る。いまや、中国大陸への侵攻をもくろむ国家になった根源は、征韓論にある。戦争好きの西郷の思想だ。私は西郷を英雄とみなさない」

西郷隆盛の思想は、中国の春秋戦国時代に傾倒している。その戦国に生きる有力諸侯たちが、とてつもなく覇《は》を競ったのだ。西郷隆盛はそこに男のロマンを感じ、英雄として自己実現をはかったにすぎない。

「あの西郷が西洋の近代社会と科学に目をむけていたならば、あるいは渡米しアメリカの民主主義を学んでくれていたならば、かれの実行力のすごさからして、日本の歩む道はいまとは違っていただろう。言えるのは西郷隆盛がとりもなおさず古来の中国思想にかぶれた男だったことだ」

福地は若き頃に数多く西欧をみてきた。それで自分の思想も、生きる哲学も変わった。ジャーナリスト精神を学び、政治批判もおそれなかった。ただ、それが歳とともに意思の強固さを欠いて、御用記者だ、といわれる執筆者になった。

「人間は弱いな。英雄の西郷隆盛の言動には理解に苦しむ面も多い。きっと弱さを持っていたから、自分を大きく見せていたのだろう」

福地はそこにたどり着いた。さらに、こうも考えた。

――嘲笑う『慶喜は逃げた』という大久保利通のプロパガンダで成立した明治政府は、武力を尊び、軍国主義、強権主義を是とし、日本の将来を戦争で道を拓く政策を強めるだろう。

「この日本列島が焼野原になるまで、西洋列強と戦う国家になるかもしれない」

福地には暗雲の先に光でなく、廃墟の国がみえるのだ。

福地源一郎は明治三十七年に代議士になり、多忙で徳川慶喜の編纂は捗《はかど》らなかった。二年後にはからだを患い、この世を去った。

俺にも、こんな青春があったのだ

プロローグ

通された応接間には、秋の陽光が窓から射し込む。湘南海岸の松風と波音がかすかにひびきわたっていた。私の取材を受けてくれた彼女は五十代で、物腰が柔らかだった。

初対面の挨拶がすむと、彼女は奥の部屋から、祖父の複数の写真を持ち出してきた。応接セットの机の上に、それを重ねておいてから、彼女はしずかに私の真むかいに坐った。彼女は高間完《たもつ》の孫娘である。

「拝見します」

私は最も目についた一枚を手にした。白い軍服姿の青年士官は軍帽を膝に置く、魅力的なポーズだった。みるからに、知的な顔である。

「それは、祖父の中尉時代の写真です」

高間完は広島市出身で、江田島《えたじま》の帝国海軍兵学校を45番で卒業している。かれは数かずの戦歴を残

したうえで、海軍中将で退役し、勲一等の叙勲者であった。海軍のエリート畑を歩いてきた、と私には予備知識があった。

少年時代と、戦後は広島・原爆の二次被害で貧しかったという。肩書きとは裏腹に、苦労というか、長い困窮時代があったようだ。

「裏側をみていただけますか。祖父のつよい想いが書かれています」

写真を裏返すと、達筆で、『この写真は、大正七年（一九一八）第一次世界大戦終了の翌年、地中海方面より旗鼓《きこ》堂々凱旋《がいせん》の記念として撮影したもの。旁々《かたがた》（一方で）マルタ・バレッタに大きな書店を開いていた親友mr.Dimeche一家に贈ったものである』と記されていた。

いまからちょうど一世紀まえだ。

当時、ヨーロッパのサラエボで、オーストリア皇太子夫妻が訪問中に暗殺される事件が起きた。それに端を発して、連合国と中央同盟国がふたつの陣営に分かれてたたかう世界規模の戦争が勃発《ぼっぱつ》した。第一次世界大戦である。

「写真の裏に張りつけられた、これも読んでみてください」

彼女の細い指先が、半折になった付箋紙を開いた。

『かつては、俺にも、こんな青春があったのだ。然し、それは海軍のために、全てを捧げつくしてしまったのだ。何の惜気も、未練も、執念も、はたまた悔恨《かいこん》もなく!!（八十五歳誕生日　偶感《ぐうかん》）』

八十五歳にして、「青春」を感じるとは一体なんだろう。マルタ島に忘れられない魅力的な女性でもいたのだろうか、と私は男の視点から推量してみせた。

「祖母は日本人です」

彼女はくすっと笑った。

「私は作家として、この高間完さんを軍人でなく、人間として描いてみたい。この写真から、それを感じました。資料の提供を願えないでしょうか」

それから数日後、彼女から複数の資料が送られてきた。私なりに精査してみた。

マルタ共和国の独立は一九七四年一二月一三日だった。日本帝国海軍がマルタから凱旋して、五五年もの長い歳月が経ったときだ。高間完は生存中に独立を知り得ている。完は遠き二十五歳を忘れ得ずして八十五歳の誕生日に、中尉時代の写真の裏面に「俺にも、こんな青春があったのだ」と記している。

青春ということばのなかには、若き友や、異性への愛が秘められるもの。フィクションとして、資料の範囲を超えた愛と恋も加味し、完の生き方を掘り下げてみることにきめた。

1　海軍兵学校

広島県・江田島から帝国海軍兵学校の専用船で、三年生の高間完《たかまたもつ》は呉軍港にむかっていた。船内の椅子にすわる二十歳の完は、妙に緊張した顔だった。

かれは金色の錨《いかり》の襟章《えりしょう》に七つボタンの軍装で、制帽をかぶり、左腰の凛々《りり》しい剣帯《けんたい》に短剣をさす。少尉候補生だった。

「なぜ、日曜日に、俺を呼びだす。相手は呉《くれ》鎮守府長官の海軍中将だ。断れる相手じゃない」

完は心のなかで反発していた。

加藤友三郎《ともさぶろう》は日露戦争で、東郷元帥《とうごうげんすい》につづくナンバー2の参謀総長《さんぼうそうちょう》だった。日本海海戦を勝利にみちびいた英雄である。次期は連合艦隊司令長官、さらに海軍大臣になっていく人物だろう。

「加藤長官が俺に言いたいことは、およそ想像できる。子どもの力で、父・彌之助《やのすけ》の思想や信条など変えられない。おやじは社会主義者なのだから」

高間家と加藤家は、おなじ広島藩・浅野家の奉行をつとめた家柄である。

「だからといって、俺は加藤長官のコネや縁故で、海軍兵学校に入ったわけじゃない」

昨日のこと、加藤長官から、海軍兵学校の山下源太郎校長（中将）を介し、

『高間完が兵学校を卒業するまえに、一度会っておきたい。あしたは長官邸にいるから、私のもとに寄越してくれ』と連絡があったのだ。

完とすれば、広島市鉄砲町《てっぽうちょう》の自宅に、日帰りで帰宅する予定だった。母親のうたは、幼いころから二歳年上の加藤友三郎を知っている。話題になれば、「癇癪《かんしゃく》持ちの友公ね」とあだ名で語るくらいだ。もし呼びだしの事情を知れば、きっと夫・彌之助のことね、完の出世にも影響するかね、という話題になる。だから卒業前で、鉄砲町に帰れなくなったと伝えただけである。

兵学校専用船のエンジン音が下がり、呉港の桟橋に横づけになっていく。ふり返れば、江田島の象徴・古鷹山《ふるたかやま》がそびえる。三年半の間、兵学校の訓練でなんど、名峰に走って登ったことだろう。もうすぐお別れだ。

艫《とも》なわが取られた。三年生の完が、下級生に譲られて、最初に身軽く桟橋に飛び降りた。ブリッジ

を上がり、呉駅の横の踏切を渡ると同時に、信号機が鳴りだし、蒸気機関車が黒煙をあげて勇ましく近づいてきた。やがて、かれは折れて呉鎮守府の時計台のわきから、入船山の山麓にある長官官舎に向かう。

道々、海兵や海軍工廠の兵隊たちが、完の肩章から少尉候補生とわかると、敬礼をする。かれはそれに応えていた。だれもが将来の士官をまぶしく羨望《せんぼう》の眼差しを向けてくる。

呉鎮守府長官はエリートコースで、過去から多くの海軍大臣を輩出《はいしゅつ》している。海軍大臣ともなれば、内閣のなかでも、きわだって発言力はつよいし、国政にもかかわる存在だった。

外観の豪華な建物が、長官官舎だとすぐに判別できた。銃をもった守衛に用むきを伝えると、司令長官付らしい曹長《そうちょう》が正門まで出迎えにきた。完はあとにつづいた。官舎の母屋はおしゃれで、イギリス風洋館と和館の和洋折衷《わようせっちゅう》の木造平屋建てだった。天然スレートの屋根は魚のウロコ形状で葺《ふ》く。重厚な玄関ドアには、映えるステンドグラスがはめ込まれていた。室内に通されると、壁や天井には装飾として金唐紙《きんからかみ》（金・銀箔の版木）が貼られている。

廊下にひびく革靴の音が絨毯《じゅうたん》に吸い込まれていく。迎賓館のような雰囲気である。

「ここが長官の執務室です」

ノックした曹長が、おもむろに木製の豪華な扉を開けてくれた。

「帝国海軍兵学校、高間完少尉候補生です。入ります」

かれは三歩すすみ、敬礼をした。

加藤友三郎長官は五十二歳で、細面のあごが尖った顔に、口ひげが特徴だった。豪華な机にむかう加藤が、ペンを置いてから立ち上がり、完を応接椅子にすすめた。クッションの優れた椅子だった。

「ご両親は息災《そくさい》かね」

「はい。母は元気です」

完はあえて父親を逸《そ》らせてみた。

「それは良かった。私は時どき広島大手町の実家に立ち寄るが、鉄砲町の高間家まで立ち寄れず、ご無沙汰しておる。うたさんは苦労されておるのかね」

その苦労とは暗に夫・彌之助に対する苦労だろう。

「はい。子どもの目でみても、世帯やつれしております」

「なるほど。私が思春期の頃、うたさんは憧れの女性だった。背が高く、美しい容姿だった。聡明《そうめい》な才女で、彼女のまえに立つと、私は緊張してことばが満足にでなかったものだ。いまでは懐かしい思い出だ」

加藤長官からしてみれば、憧れのうたが嫁いだのが、幼少期からのライバル彌之助だった。

「そう硬くならなくても良い、きょうは私的な面談だ。完君の顔立ちはご母堂に似ているな」

「よく、そう言われます」

「うたさんの兄の下瀬雅允《しもせまさみつ》さんが、日露戦争まえに、発明したピクリン酸の下瀬火薬が日本海戦、旅順《りょじゅん》の砲撃、ともに威力《いりょく》を発揮した。弾頭《だんとう》につめた下瀬火薬が炸裂《さくれつ》すると、気化ガスの温度が三〇〇〇度以上になる。と同時に、軍艦の鉄板に塗った塗装がアルコールのように蒸発して引火し、船体が火災を引き起こす。だからロシア艦船はことごとく沈んだ」

という話題がなおもつづく。

「日本海戦はなにかとT字型戦法の成功だといわれておるが、それは目先の戦術面にしか過ぎない、本質は下瀬火薬と、伊集院大将が発明した信管《しんかん》によって、バルチック艦隊を撃沈させることができた。それをもって日本を大勝利にみちびいたといっても、過言ではない」

高間完にすれば、実の伯父が誉められているのだ。

コック長がコーヒーを運んできた。香ばしい匂いが完の鼻孔を突いた。加藤が特別に外地から取り寄せたコーヒーだと説明した。さあ、どうぞ。すすめられて、コーヒー・カップを口に運んだ。心地よくのどを通った。

バルチック艦隊が日本に近づいてきた。部下の秋山参謀は陸奥《むつ》湾コースだとした。しかし、日本海を北上すると、ぴたり言い当てたのがこの上司の加藤友三郎参謀長だった。海軍兵学校の教官たちの一致した見方だった。

そんな話題を考えた完だが、ここでは口を挟まなかった。

「私は子供のころ、鉄砲町には隠れてよく遊びにいったものだ。戊辰《ぼしん》戦争のころだった。鉄砲や大砲の部品など、面白くめずらしいものが沢山あった。その実、目的は下瀬うたさんだったけれどね」

加藤長官がめずらしく微笑んだ。

広島藩主が浅野家のとき、鉄砲町は兵器工場、大砲工場、火薬工場が多かった。武具奉行関係の武士と鉄砲職人しか、出入りできない特殊な町だった。

下瀬雅允とうたの兄妹は、鉄砲町に生まれ育っている。雅允は旧広島一中（現・国泰寺《こくたいじ》高校）から、工科大学応用化学科（現・東京大学）にすすんだ。そして、独自開発で明治二六年に、ピクリン酸の火薬開発に成功したのだ。かれは軍人の身分でなく、どこまでも化学者だった。

（加藤長官は、まだ彌之助の話しを持ちだしてこない）

「鉄砲町の高間家といえば、高間省三《しょうぞう》さんはキラキラ輝いていた。十八歳で学問所（現在の修道学園）の助教だし、頭脳抜群で、神機隊《しんきたい》の砲隊長《ほうたいちょう》だった」

加藤友三郎の実兄の種之助《たねのすけ》も、その神機隊の小隊長である。戊辰戦争ではともに出征している。上野戦争、いわきからは相馬藩・仙台藩・旧幕府軍の連合軍と戦いながら、陸前浜街道を北上して戦った。

浪江の戦いで、高間省三は壮絶《そうぜつ》な戦死をしている。それが彌之助の実兄である。

加藤長官のデスクで黒電話が鳴った。立ち上がった長官が受話器を取った。三、四分ほど用件がこちらに解らないように応対していた。そして、来客中だから、あとで東京におりかえす、と受話器を置いた。

「高間省三のはなしだったね」

加藤長官がその足で、多段の書棚に近づいた。そこには英文の戦争論や、中国古典や、孫子の兵法の本が数多くならぶ。そのなかから『軍人必読　忠勇亀鑑《ちゅうゆうきかん》』を取りだした。完は当然ながら読んで知っている。明治二六（一八九三）年に発行されたものだ。

そこには日本武尊《やまとたけるのみこと》からはじまり、加藤清正、徳川家康などの英雄がならぶ。戊辰戦争ではたったひとり。それは西郷隆盛、板垣退助、大村益次郎でなく、広島藩の高間省三だけである。「軍人は武勇を尊ぶべし」として三ページにわたり、幼少期から壮絶な死まで克明に記載されている。

「君からすれば、伯父さんだね」

「はい。そうです」

「私はこれを座右の書としている。高間省三の壮絶な死に、広島藩のすべてが悲しみの喪に服した。

私は幼いながら、よく記憶している。兄の種之助も、同僚隊長として、死ぬまで、高間省三の活躍は、わが広島藩の崇高な誇りだと語っていた」

省三の弟である彌之助は、この加藤長官には無視されている。父・彌之助は癇癪持ちの友公より一歳上である。戊辰戦争のあと、広島には幼少教育として遷喬舎《せんきょうしゃ》があった。ふたりは喧嘩もするし、学力はともに優秀で互角だったようだ。

友三郎は築地の海軍兵学寮（のち海軍兵学校）に入学した。かたや、彌之助は慶応義塾の有馬校舎に入学し、英語を学ぶ。翌年には広島英学校（広島一中）が創設されたので、彌之助はそちらに移っている。

卒業すると、民間人と軍人とに分かれた。その後の生き方がちがう。

彌之助は各地の英語教員に赴き、やがて、うたと結婚した。彌之助はいつしか自由民権運動に没頭し、折おり、中国大陸に渡り、貧富の格差の根源である科挙《かきょ》の廃止を叫び、辛亥革命《しんがいかくめい》の支援などに奔《ほん》走《そう》する活動家である。

窓から射す太陽が、雲間をかすめると、室内に明かりの差をつくっていた。

「来月はいよいよ卒業だ。成績は何番かね?」

加藤長官はときおり口ひげを指先でなでていた。

「45番です」

「そんなものかね」

加藤友三郎の目には失望があった。と同時に、妙な安堵の表情が顔に浮かんでいた。

おおかた、海軍兵学校の卒業成績が首席か、次席ならば、海軍省、外国の武官、大将、海軍大臣、総理への道につづく。政治家との関連で、思想問題もとかく影響してくる。

しかし、兵学校の卒業成績が6番以下ならば、ほとんど海上勤務だ。政治・軍行政がらみのポストにはつきにくい。

「ハンモックナンバー（卒業順位）は海軍に勤務するかぎり、常についてまわる。君はどこまでも45番だ」

加藤長官は兵学校2番、海軍大学校は首席の卒業である。（後に、内閣総理大臣になる）

完は黙って聞いていた。

「江田島の卒業式には、私も参列する。当日はこうした個人的な話などできない。ともかく、頑張りたまえ。以上」

「それだけですか」

「ほかに、何があるというのかね。私は広島の藩閥はつくらない主義だ。過去から薩長閥の弊害をみてきた。かれらは同郷のよしみで能力の低い人材を取り立てている。私の兄の種之助は、西南戦争に行っても、広島だからと言われて冷や飯ばかりくらったらしい。明治時代はもはや終わった。大正時代になった今、政治の世界、軍隊における薩長閥は解消するべきだ。だから、私は自分から同郷人をヒイキにしない。君が兵学校の首席の卒業ならば、考えもするがね」

「余計な質問をしました。これで失礼します」

完は立ち上がり、敬礼をした。

2　父・彌之助の死

高間完は卒業式が終わると、少尉候補生として練習航海船「浅間」に乗り込み、佐世保、旅順、大連、仁川へと航海に出むいていた。

それから二か月も経たずして、父親が上海（実際は中国・栄口市《えいこう》）で死んだという連絡が、練習船に飛び込んできた。艦長の特別な計らいで、航海先は一部変更されて、ひとたび佐世保港に入港してくれた。

高間完に与えられた特別休暇は、三月一二日から往復に要する二日間、忌引き休暇二日の合計四日間だった。

濃紺の軍服姿の完は、佐世保駅から列車で広島駅にむかった。下車すると、徒歩で、猿猴川《えんこうがわ》に架かる京橋を渡った。三月半ばの突風が路上の土ぼこりを舞いあげる。鉄の臭いが感じられた。鋳物《いもの》や鉄製の農機具などの工場製造がならぶ。没落士族の古い家屋が補修もされずつづいていた。

高間家も没して、朽ちる長屋の一角に住んでいた。出入口には簾の『忌中』がかかっていた。彌之助の死は大正三年一月一九日である。四十九日が過ぎているのに、半紙の『忌中』が外されていない。

「ただ今」。ガラスの戸を開けると、重苦しい空気が感じられた。

「帰って来られたん。兵学校の練習船の航海に外国に出ていると聞いたから、まだ戻ってこられん、と思うておった」

五十一歳の母親・うたは質素な着物姿で、やせ細って憔悴《しょうすい》した顔だった。完は勝手知った家で、仏壇の間に入った。ぼろ屋の室内に似合わず、仏壇はかつて輝いた時代をうつし、立派だった。白い遺骨箱が置かれている。武具《ぶぐ》奉行だった高間多須衛《たすえ》（祖父）、英雄の高間省三（伯父）、完からすれば幼くして死んだ兄の位牌がともにならぶ。

　母が仏壇のロウソクに火をつけた。母の白髪が増えたな、苦労の象徴だ。江戸時代の文久三年生まれだからな、と完は自分を納得させた。

　正座した完は、線香に火をつけて手を合わせた。紫煙のなかで、あらためて享年五十五歳の父の遺影をじっとみつめた。

「遺影は五、六年まえに、上海から送ってきた写真を使こうたんよ。完はお腹すいたろう、ご飯の支度するけんね」

　真後ろにいた母が、狭い台所の土間へと移った。

「父は好き勝手な人生だったな。母さんに苦労ばかりかけて、あげくの果てに死んだ。社会主義や中国の革命もいいけれど、家庭には目が向いていなかった」

「死んだひとを悪く言うたら、いけんで」

　竈《かまど》のまえと仏間とは、話ができる距離であった。

「あの手紙が俺にとどいたのが、最後だった」

　それは完が江田島の海軍兵学校の入学採用がきまった直後だった。

『軍人の道にすすむな。国を良くするのは軍人じゃない。一高・東大へと進学しろ』

　そんな内容だった。

　父親が家の仕送りもしないで、東京に進学できるお金がどこにあるのだ、俺は小学生のとき、教科書すら買ってもらえなかった。友だちの教科書を写させてもらった。官費が一部もらえる広島高等師《し》範《はん》付属中学にすすんだ。そして、中学四年生で官費が全額でる海軍兵学校に受験した。五年制中学では、一年も早い中退だ。

中学校の先生のはなしだと、江田島の海軍兵学校は全国の超秀才たちが、将来の大将、海軍大臣、総理大臣を目指して挑む日本一の難関校だ。一高よりも難しい。中学四修で合格するのは奇跡に近いと絶讃してくれた。

それなのに、この手紙はなんだ、と竈で燃やした。

「父はなんで自殺したの」

「自殺ですって、あの夫がそんな弱い人間だと思うておるの」

母の顔がめずらしく憤っていた。

「自殺じゃない、それがわかる遺書でもあったの?」

「それは憲兵に持っていかれてしもうた。憲兵よりも、先に読んでくれた人がおってね。母さんに憤死だと教えてくれたんよ」

……日清戦争のあと、辛亥革命が起きて、清国が消えた。日本政府は新しい国家（中華民国）と新条約制定の交渉をはじめた。帝国主義のわが政府は、財閥の利権の手先となり下り、満州の利権と領土を欲し、まだ骨格すらできていない弱い立場の新中国に難題を突きつけている。これでは中国の人民は日本を嫌い、わが国に敵意を持つ。将来、新中国との間に、大きな戦争が勃発する。わが国が誠意をもって新条約交渉に臨《のぞ》むよう、自決をもって日本国政府を諌《いさ》める。

「そう書いておったそうよ」

下瀬雅允《まさみつ》の妹・母の記憶力は抜群だった。

「書き留めていないの」

「そんな余裕があるもんかね。上海（中国・栄口）に渡る金も都合せんといけんし。外聞が悪い死に方だし、高間家、下瀬家の親戚筋にも連絡せんといかんし。遺言の内容はそのまま記憶しておる」

「刀で割腹《かっぷく》したの？」

「ちがう。だいいち先祖伝来の鎧兜《よろいかぶと》や、名刀、槍は、とっくにお金に換えてしもうとるけん。上海で手に入れたピストルよね。ホテルの部屋は血で汚すし。英国人ブッシュマンが経営する貿易会社が弁償してくれたけん、まあ、よかった」

「父が大陸で勤めていた会社だね」

完がふりむくと、五歳年下の妹の美子が坐っていた。十六歳の妹は、広島高等女学校の制服を着て、嗚咽《おえつ》で双肩をふるわせている。幼いころは夜具を引いて妹を寝かしつけたものだ。母は朝早くから、夜なべまでして、細腕で生活を支えていたから。

「美子。親が自刃《じじん》でも、嫁入りには影響しないよ。高間家はまだ廃《すた》れきっていない」

妹は答えなかった。

完は座布団の上で胡坐《あぐら》をかいて、ふたたび遺影に語りかけた。

「おやじ。あなたは慶応義塾、広島英学校を卒業し、各地の英語の先生になった。ここまでは良かった。自由民権運動に染まり、農業は素人なのに、台湾や中国に渡り、黄土の農事改良に従事して失敗している。このときから、中国の革命家と交流がはじまった。なんども渡航費づくりで、先祖の鎧兜や刀を売りはらった。家庭を放りだし、五十五歳になっても、若いつもりで大陸浪人だ。あげくの果てに自刃だ」

「完、軍服を脱いだら。洗濯してあげるから」

母がちゃぶ台の四脚を開いて、丼、皿、小鉢をならべはじめた。

「おやじが上海で抗議の自刃をしても、日本の政府は痛くもかゆくもない。憲兵が遺書を焼き払って終わりだ。この父親にはそれがわかっていない。死んだところで、世のなかはなにも変わっていない」

「そんな風に言ったらいけん。あの人の生き方よ。強い意志で死んだのよ」

母はあきらかに亡き夫に加担していた。

「兄ちゃん、父さんを悪く言わないでよ。仏壇の写真が怒っているわよ。兄ちゃんには拝んでほしくない。さっさと軍艦に帰りなよ」

妹が泣いて激怒していた。

「兄妹で喧嘩したら、だめよ」

「うちは勘弁できない。そのまま帰んな。この詩でも読みながら」

妹が一冊の詩集を投げつけた。

「乱暴するなよ」

完が拾いあげると、それは日露戦争を批判する女流詩人の詩が掲載された同人誌だった。

立ち上がった美子が、襖をぴしゃっと音を立てて、家から飛びだしていった。

「母さんは、父の生き方に不満を持っていなかったの。貧乏のどん底に叩《たた》き落されていながら。暇《ひま》をもらって、いまは東京の下瀬家に帰ったらよかったのに。なんでも、下瀬坂が名づけられるほど、しっかりした家らしい」

それができなかった母が不思議だった。

「兄さんが発明した下瀬火薬で、大勢が死んだけんね。戦争はしたら絶対ダメなんだ、というウチの夫《ひと》のことばがようわかった。夫からの仕送りが一銭もなく、貧しくて、あんたらに教科書も買ってあげられん。親として辛いわね。でもね、無学・文盲の中国人に教育を施す。教育がやがて国を豊かにする、というあのひとの考え方は、母さんにはよう理解できた」

清国の識字率は五パーセントだ、と夫からよう聞かされた。一三〇〇年もつづいた、高位・高官を目ざす科挙《かきょ》の出題は「四書五経」に限定されていた。結果として、一般の庶民には難解すぎて学べなかった。それが文盲の世界を作った。科挙に合格すれば、それだけで富豪になれた。文盲をなくせば、貧富の差が縮まる。それが国家の再建につながる、と彌之助は信じて中国で声高く叫んでいた。

両手を膝において語る母・うたは、彌之助の努力を高く評価していた。

清国は満州族の国だった。アヘン戦争、日清戦争、義和団の事件で、清国は滅びる寸前に陥っていた。諸悪の根源が科挙にあると、彌之助たちの助言で、清国はそれに応えて「科挙」制度を中止にした。そして、かれらなりに内部変革の努力はしていた。ただ、満州民族にはもはや国体を維持する体力がなかった。

孫文《そんぶん》、蔣介石《しょうかいせき》ら漢民族の小さな革命グループが立ち上がった。辛亥《しんがい》革命が成功した。孫文は、「四億人の民はみな教育を受けるべきだ」と訴えはじめた。

「これから育てて協力すべき新中国なのに、日本はいちはやく利権の悪弊《あくへい》の牙《きば》をむけた。あのひと（彌之助）には許せなかったのでしょう。日清戦争、日露戦争の勝利で、日本人は驕《おご》り、政府も、庶民も、中国人を見下しておる。それが我慢ならなかったのよね」

母が彌之助の遺影と語っていた。

「母さんがそこまで理解して、貧乏に耐えてきた、とは意外だった」

「完の性格は、人前でけっして自慢しない。がまん強く、愚痴を言わんし。母さんと同じで、生きることに不器用だとおもうよ。命令に忠実にしたがう軍人畑がええ。美子は壮絶に戦死した省三おじさん、自刃した父親の彌之助のように、一途に信念と信条で生きる血筋よね。おなじ兄妹でも生き方が違うてもええ」

母のうたはわが子の言い争いにそう決着をつけた。

3　青島攻撃

二等巡洋艦『利根』（排水量四一一三トン）の甲板には、士官たちが整列していた。艦長は武部岸郎大佐である。二十一歳の高間完少尉も、艦長訓示にひたすら聞き入っていた。

「全員が知るところであるが、ヨーロッパでおおきな戦争が勃発した。わが帝国は日英同盟《にちえいどうめい》の下、連合国・イギリスに味方し、ドイツに宣戦布告《せんせんふこく》した。よって、わが帝国海軍はドイツがアジアの拠点とする青島の攻撃にむかう」

武部大佐は、ひとつ咳ばらいをしてから、

「わが最新鋭の利根は、第二艦隊の水雷戦隊《すいらいせんたい》として、八月二六日に膠州《こうしゅう》湾の封鎖の任務に就く。第二水雷戦隊はこんかい日独の戦いで、特別に編成された最前線部隊である。同時に、わが艦・利根が旗艦にえらばれた。全員、それを誇りとして戦闘態勢に入れ。この海戦に首尾よく勝たん。以上」

利根は建造（就役）から三年目の最新艦だった。進水式には皇室の参列があった、利根は15cm砲と、12cm砲を搭載し、そのうえ魚雷兵装をもっている。エンジンはレシプロ機関（重油と石炭の混合燃料）

であった。船橋でラッパがくまなく鳴りひびく。戦闘準備で、右舷へ、機関室に下るもの、水雷室にいくものと敏捷《びんしょう》に行動する。

高間完は佐世保からこの利根に勤務していた。

「利根の乗船にえらばれている。はなやかな艦だ」

配置につく完は誇らしげに思えた。

第二水雷戦隊は、最新式の軍艦、最新の砲、最大速力をもって新時代の海戦・漸減邀撃《ざんげんようげき》の作戦に臨む。先陣《せんじん》なる前線部隊である。夜陰に乗じ、敵の主力艦隊に肉薄し、最初に接した敵の艦に主砲をもって制圧し、のちに魚雷攻撃をおこなう作戦である。

とくに最新・最強の駆逐艦《くちくかん》・利根は魚雷の発射能力が優れており、配属された兵員の練度が高い精《せい》鋭《えい》の海兵《かいへい》があつめられたので、のちに「華《はな》の二水戦《にすいせん》」と謳《うた》われた。

第二艦隊司令官の岡田啓介少将《けいすけしょうしょう》（兵学校一五期、のちの二・二六事件の内閣総理大臣）が第二水雷隊の司令官として旗艦・利根に乗り込んできた。このたびの遊撃作戦は、国家の将来を決するところなり、ドイツ領の青島はぜったいに落とす、諸君の健闘を期待する、と訓示が述べられた。

「旗艦に乗れている自分は、誇らしい。すばらしいことだ」

高間完の胸にはなおさら高揚感《こうようかん》があふれてきた。兵学校45番卒業だけれど、これからは上位実績を目指す、と決意に燃えた。

わが艦に戦闘旗が上がり、一〇月の風が羽ばたく。船首は海を裂いて、白波高く、両舷にわきあがる。船橋の将校は双眼鏡を両眼にあてている。

岡田啓介少将は訓示で、ドイツ領の青島はぜったい落とす、と強調していた。

ところが、わが第二艦隊に所属する防護巡洋艦《ぼうごじゅんようかん》「高千穂」（伊東祐保《すけやす》大佐・三七〇九トン）が、一〇月一八日に哨戒部隊《しょうかいぶたい》として真夜中の午前一時ころ、ドイツ水雷艇「Ｓ９０号」が発射した魚雷二発をうけてしまった。高千穂が搭載していた機雷が誘爆《ゆうばく》し、撃沈させられたのだ。

「生存者をさがせ、遺体を収容しろ」

岡田司令官が利根の甲板で、指揮を執《と》った。

「生存者がおるか。艦長、若き士官に命じて、カッターを降ろさせて生存者をさがし、救助しろ。おい、そこの少尉候補。カッターに乗り込め」

岡田と目が合った高間完が、直接、指図をうけた。

「はい。かしこまりました」敬礼した完は、てきぱきと船側のカッターを闇夜の海面に降ろさせた。オールを漕ぐ海兵を決め、みずからもカッターに乗り込んだ。

「思い切り漕げ。高千穂に近づけ」

完は叫んだ。ライトで照らしだす。海面は高千穂の大爆発で、手足や首のない死体ばかり。生存者の姿が見あたらない。ひとりでも助かってほしい、と思うほど、大惨事で、瓦礫《がれき》と遺体が浮かぶ。そのうえ海面の重油に火がついている。遺体と軍服と瓦礫が燃える悪臭が鼻に突く。黒煙が目にしみる。

「あそこだ。負傷者がいた。生きているぞ」

海面のがれきの浮遊物が障害となり、カッターは先に進めない。というよりも、炎に突入できない。熱風で近づけない。

「救助せよ」

岡田司令官の声が、拡大機からひびきわたる。

「あの生存者には力がない。よし、俺がひきうける」

完がみずから海へと飛び込んだ。海面から顔をだすと、燃え盛る火で熱い。完は片手で、生存者の海兵の軍服をつかんだ。

恐怖から、海兵の両手がとっさに完の首にまわり、しがみ付いてきた。首が絞められる。窒息《ちっそく》してしまう。相手の手を払いのけてから、海兵の背後にまわり襟《えり》をつかみ、片手泳ぎでカッターに近づき収容した。こうして、生存者三人が救助できた。

岡田司令官から、お褒めのことばがあった。

「あの高間省三の甥です」

武部艦長が教えた。

「さすがだ。見事だ。浪江《なみえ》の戦いだな」

完はじぶんの功績よりも、伯父の高い評価に、ちらっと失望感を覚えてしまった。

高千穂は伊藤艦長以下、二七一人が戦死し、生存者はわずかに三人だった。

「仇を討とう」と岡田司令長官は、旗艦の利根を青島の港内へと進入させていった。しかし、ドイツ側の警戒が厳重だったので、夜明けの攻撃に変更された。

青島の海は生活汚物と汚水の雑菌だらけで、衛生環境がよくない。救助作業の完はなんども海水を飲んでおり、翌々日には発症してしまった。熱が出て、嘔吐つづきで、呼吸が荒くなり、とうとう利根の艦内で倒れてしまったのだ。

一〇月二九日　高間完は赤痢擬似症《せきりぎじしょう》により、三週間の見込みで海軍病院船・八幡丸《やわたまる》に入院する。

日本陸軍は一〇月三一日、青島に総攻撃を加えた。そして、ドイツ軍の要塞が陥落している。

第一艦隊は、加藤友三郎司令長官の下で、黄海で健闘している。

一一月八日、入院療養中の完は退院し、「利根」に帰還する。一一月二三日に佐世保港に着いた。

この高千穂の救助従事にたいして、高間完は勲六等旭日章と三五〇円を授け賜っている。一二月一日、完は海軍少尉に任命された。

そのまま「利根」に乗り組み、世界大戦の下で、南シナ海、蘭領印度（オランダ領のマレー諸島、ニューギニア島）、およびインド洋の通商艦隊《つうしょうかんたい》の保護と警戒にあたっている。翌年六月一日に航海長を命じられた。

4 マルタの第二特務艦隊

ヨーロッパの大戦は、熾烈《しれつ》を極めていた。各国は男女をかりだす総力戦だった。陸上は互角《ごかく》である。

しかし、海戦では、ドイツが優勢だった。

ドイツ潜水艦が猛威《もうい》をふるっていた。さらなる優秀な技術をもったUボート・潜水艦を大量に製造し、地中海、北海に送り込んでくる。

英仏の兵員輸送船や軍事物資を運ぶ船舶が、次々に撃沈《げきちん》されていた。北海で民間の商船が沈められたアメリカが怒り、ヨーロッパに参戦してきた。

それでも劣勢になったイギリスが、大正六（一九一七）年一月一一日に、日英同盟にもとづいて、日本にたいして地中海の輸送船保護を目的とした艦隊《かんたい》派遣《はけん》を要請してきたのである。

このころアジアでは、日本がドイツの青島の権益、南洋諸島などを奪っている。そのうえ、大隈重信《おおくましげのぶ》内閣は、新生の中国にたいして「対華《たいか》二十一カ条要求」をだし、強引に満州領土の一部利権《りけん》を手に入れていた。

つまり、英米仏からみれば、アジアへ軍事力がまわらないドサクサに、日本が海軍力を行使し、ドイツがもっていたアジア権益をすべて奪った。「野心的で、好き勝手に、いい所取りをしている」と外交批判がむけられていたのだ。

そうした欧米の批判をかわすために翌二月、加藤友三郎・海軍大臣は艦隊の派遣を決定した。猛威をふるうドイツ潜水艦と戦う激務が予想される。その特別任務に耐えうる、若くて優秀な士官を厳選《げんせん》し、起用して「第二特務艦隊」として編成した。

あくまで特別隊であり司令長官はおかず、佐藤皐蔵《こうぞう》少将を司令官とした。第一陣として四月一三日にマルタのイギリス海軍基地に、日本からの八隻の駆逐艦が到着した。

派遣二か月目にして、大正六（一九一七）年六月一一日に、護衛任務の駆逐艦「榊《さかき》」が、敵潜水艦のU－27の魚雷をうけて船首が切断し、上原太一艦長以下五九人が戦死した。

日本は第二陣として四隻の駆逐艦を増強した。かれらは激務のなかでも、ドイツ潜水艦にたいする攻略にもしだいに熟知し、敵艦の撃沈に華々しく成果をあげはじめていた。

イギリス政府は地中海の制海権《せいかいけん》を取りもどすために、日本海軍へ英国駆逐艦四隻の貸与をおこなっていた。日本海軍の交代要員も必要であり、三陣が増強された。

＊

二十五歳の高間完中尉にも九月一〇日、第二特務艦隊司令部附の任官の命令がだされた。兵学校41期の同級生の山崎重暉《しげあき》（高知・海南中学）らと佐世保港から「春日丸」の便で、現地・マルタ島に向かった。スエズ運河を通り、二か月あまりの航海だった。

マルタ島はことのほか良港が多く、「地中海の看護婦」という役目をもっていた。連合国の補給《ほきゅう》基地であり、負傷者の回復の拠点である。

イギリス海軍の基地はマルタ島のグランド・ハーバーにおかれていた。その海岸線の形状はタコの足のように奥まった入り江が幾つもある。天然の良港だった。埠頭《ふとう》や造船ドッグがおりなす。イギリス海軍の基地の埠頭に春日丸が接岸した。

対岸の首都・バレッタは、町全体が中世の城郭《じょうかく》のまま、そそり立つ城郭都市だった。海からの台座のうえに、寺院や石造りの住居が建つ。その住居すらも、城壁の役割をもつ構造だった。

完らが到着した一一月一一日は、フランスのコンピエーニューの森の列車のなかで、連合国とドイツの間で、休戦協定が結ばれていた。当座は一か月間の休戦だった。その情報が、無線で春日丸にも伝わってきた。

「この休戦協定で、戦争がもう終わったも同然だ。遅れを取ったか」

完は、戦国武将が馳せ参じたものの、すでに戦いが終わり、貢献度がまったくなく、恥をさらす失望感がよく理解できた。

春日丸から上陸した高間完らは、イギリス海軍から貸与された士官宿舎に移った。芝生付きの一戸建てである。室内は幅広く、ベッドも家具も整っている。燈火はシャンデリア風で快適な空間であった。

一般海兵らは別棟の一〇人くらいの大部屋らしい。イギリス流の階級社会が肌で感じられた。

「このまま戦争がすぐに終わることはないだろう。特務艦隊がドイツ潜水艦と、どんな戦い方をおこなったのか、それを知っておこう」

高間完ら後発組は、気をとりなおし、基地内の将校バーで、兵学校41期の先陣組から戦場体験を聞きとった。

西尾英彦《ひでひこ》（三重出身）はことしの一月任官発令、松永貞一《さだいち》（佐賀中学）と田中頼三《らいぞう》（山口中学）は五月任官発令だった。三人の話しを総合すると、

「潜水艦との戦いよりも、まずは英仏の兵員を乗せた輸送船、それに商船などから犠牲者を出させない。その一念だった。24時間監視の過酷《かこく》な任務《にんむ》だ」

西尾英彦が三人のなかで、最も経験があるので、より具体的だった。

……敵攻撃からの攻撃をうけないために、複雑な航路をとり、ジグザグにすすむ。速度は最も遅い船に合わせる。あるいは速度によって船団を分離して、それぞれに駆逐艦《くちくかん》の護衛をつける。

……烈風《れっぷう》、高波の海においても、Uボートの潜望鏡《せんぼうきょう》の発見率を高める。潜航する敵潜水艦のスクリュー音を拾う。あるいは発射された敵魚雷の航跡から、潜水艦の位置を定める。そして、わが駆逐艦が爆雷《ばくらい》攻撃をする。

そこに一年先輩で五月任官発令の山口多門（開成中学）が話に加わってきた。

……われら士官たちが知恵をしぼり、日本の独自戦法を編みだした。そのひとつが敵潜水艦の搭載《とうさい》する魚雷の消耗《しょうもう》作戦である。わが駆逐艦が逃げるふりをして、逃げて、にげまわる。次つぎと敵に魚雷を発射させる。そのうち相手は魚雷を節約しようとする、そこを海上から爆雷で攻撃するんだ。重油が海面に浮いて、はじめて撃破が確認できる。

「戦ってみたかったな。俺はなにしにマルタ島に来たのか」

「高間、暗い顔でガッカリするな。貴様にはきっと特別任務があるはずだ」

山口多門が勇気づけた。

英国海軍司令部はレンガ造りで、華麗な宮殿のごとく立派だ。第二特務艦隊の司令部は、その建物の一角に間借りしていた。高間完は佐藤皐蔵《こうぞう》少将にあいさつにでむいた。

「着任ごくろう。さっそくだが、高間中尉にはイギリス海軍大臣あてに、わが国は戦利品として捕獲したドイツ潜水艦二隻を日本にもらい受け、曳航《えいこう》したい、と英文で要望書を書いてほしい」

佐藤皐蔵司令官は細長の顔で口ひげをはやし、四十八歳の円熟した権威がただよう。

「なぜ、戦闘経験がない自分に、この責務が回ってきたのでありますか」

「英語力だよ」

「自分はとりたてて目立ったものではありません。自分の父は英語教師でしたが……」

「そなたの父親は知らぬ。41期生は成績優秀者が多く、二年次には学術優秀章を授与されたものが一七人もいる。かつてなく最高の年次だ。この第二特務艦隊には、精鋭《せいえい》として選ばれてきた士官が何人もおる。その41期のなかで、中学四修で入学した奇跡的な天才が二人いる」

佐藤士官は人差し指を高間完にさしてから、

「中学五年を履修《りしゅう》せず、兵学校の高学術・高訓練をこなし、卒業45番とはすごいにつきる。英語力は随一だ。それが理由だ」

「わかりました。自分の意見を申せば、戦利品要求はドイツ潜水艦二〇隻とされたほうが、よろしいかと存じます」

「なんといった。わが軍が地中海で、捕獲《ほかく》したドイツ潜水艦は二隻だ。奴らはエンジン・トラブルで浮上してきて白旗をあげた。日英の共同防衛だから、イギリス海軍もそれは知っておる。ウソはつけない」

「地中海、北海に、ドイツ潜水艦は三〇〇隻以上も航行していると推定されています。ここは大目の二〇隻の要望がよろしいかと存じます」

「捕獲は二隻だよ。その一〇倍だ。成果以上にねだるのは、武士道に反する」

佐藤司令官には武人の雰囲気があった。

「イギリスは膨大《ぼうだい》な要求をする国です。郷《ごう》に入れば、郷に従う。決しておかしくありません。わが艦隊は敵艦の攻撃と捕獲目的ならば、ドイツ潜水艦の二〇隻や三〇隻は楽に捕まえられたはずです。しかし、英仏船団護衛に徹しています」

「攻撃一本に徹すれば、それだけの成果はだせせた。優秀な人材ばかり集まっておるからな」

佐藤司令官は指先で口ひげを捻《ひね》っていた。

「イギリスは紳士の国だと思わないことです。強欲《ごうよく》な国です。文久《ぶんきゅう》二年に、生麦《なまむぎ》事件が神奈川宿で起きました」

薩摩藩・島津久光《ひさみつ》の大名行列のまえで、馬に乗った英国人四人が通行妨害になった。無礼者、と薩摩隼人《はやと》が殺傷した。

イギリスは徳川幕府に抗議し、膨大な賠償金《ばいしょうきん》をとった。さらに、英国海軍が鹿児島にむかった。それは賠償金と犯人をひきわたせ、と要求するものだった。薩摩・島津家は応じなかった。そして、双方が砲撃で撃ちあう薩英《さつえい》戦争となった。

それは母うたが生まれた文久三年だと、完には認識があった。

「薩摩の砲撃がみごとにイギリス旗艦に当たった。そして艦長が死に、司令長官が重体に陥った。鹿児島の街は砲撃で焼かれたけれど、勝敗は五分五分だ」

佐藤司令官が口をはさんだ。

「問題は賠償金の二重取りです。フランス議会や、米国のニューヨーク・タイムスなどが、はげしくイギリスを批判しています。幕府から多額の賠償金を得ているうえに、鹿児島城下の民家へ艦砲射撃は理不尽な攻撃であった、と」

苦境に陥った英国政府と議会は、イギリス艦隊のキューパー提督を批難決議している。それでも騒動は収まらず、初代総領事のオールコックも本国に召還《しょうかん》している。さらには「女王の遺憾《いかん》の意」が表明されるなど、イギリスの二重取り要求が国内外にとてつもなく批判されたのだ。

「取れるところから取る。これがイギリスの体質です。わが第二特務艦隊は、遠路日本からきています、戦利品は貢献度《こうけんど》で分配すべきと、それをつよく主張するべきです。もし二隻ていどの要求ならば、イギリスはあまくみて、きっとゼロ回答でしょう。一〇隻ならば、おおかた小出しで三隻くらい。ここは堂々と要求いたしましょう」

完は、あえて毅然《きぜん》と胸を張ってみせた。

「さすが英雄・高間省三の甥っ子だな。攻撃力は強い。ならば、いっそ一五隻にしてみるか。高間中尉、その線で要求書を英文でしたためてくれ」

「かしこまりました。わが地中海の護衛の戦歴も、克明《こくめい》に書き込みます。先着組から情報を仕入れましたから。三日間の日数を下さい」

「了解だ。そのあとは一日休暇をとりたまえ」

かしこまりました。完は敬礼した。

高間完は二頭立ての馬車に乗った。中年の御者だった。マルタ島で初めての休日となった彼は、バレッタ市内の最も大きな書店にいくように指図した。鈴を鳴らし、鞭《むち》を振り、御者の掛け声で馬車が行く。馬をあやつる御者がふりかえり、バレッタには好い女がいますぜ、と地図と住所が手渡された。白い軍服姿の完は、無造作に上着のポケットに押し込んだ。海岸はタコ足型の複雑な地形で、それに沿っていく。やがて、バレッタの市街地に入る。馬のひづめが石畳の道にひびきわたる。カタ、かた、カタ、と一歩ずつ、音域とリズムがちがう。

街全体に、花壇や樹木を育てる空間がない。傾斜面の道の両側には、石造りの低層階の建物がならぶ。いずこも間口が狭く、それぞれバルコニーが張りだす。

「旦那、この書店でええですか」

御者は訛《なま》りのつよい英語だった。オーケー。完はポンドで支払った。予想通り、つり銭は戻ってこない。練習航海で海外に行った経験から、御者がずる賢《がしこ》い性格なのではなく、これがチップだと理解していた。

書店の間口は二間（三・六メートル）くらい。それに比べて奥行があり、両面いっぱいに書籍がならぶ。一階は一〇坪くらいだろう。一見して、航海術の技術書、海洋学の本、軍事関係の書籍が多くならぶ。ほとんどが英語か、フランス語だった。見ため四十代の口ひげの男が出てきた。馬車がとまった音で来客と気づいたらしい。

「私は書店主の Dimechie（ディメチィ）です」

店主は小柄でも骨格が太く、額がひろく、ずんぐりした体形だった。マルタ人で、地味な身なりだった。

「日本海軍の中尉（First lieutenant）です」

高間完はかんりゃくに自己紹介した。

「御希望はどんなジャンルの本ですか。軍関係ならば、この一階です。二階にはマルタ騎士団とかの歴史もの、文学、絵画もの、たのしめる冒険、スパイ小説などがあります」

店主の肌はやや褐色で、眼の色に茶が混じる。

「フリーで、ひと通り店内を見させてください」

「もちろんです、ご自由に、ご覧ください。英語は上手ですね」

「ありがとう。せっかく英語圏に来たのに、基地にいると、どうしても日本人どうし母国語になります。もったいない」

「外国語の上達方法のコツは、異性と恋することですよ。紹介したい女性がいます。マルタ人ですが、ロンドンに留学していますし、二十三歳のビューティフルな女性です。マーガレットといいます。彼女はバレッタの寺院などで、一室を借りて語学学校を開いています」

初対面で、すぐさま女性を紹介する。こうした文化なのか、と完はおどろいた。

「授業のじゃまではないですか？」

「いいえ、時間割など気にしない市民学校です。でも、いまはどうですかね」

書店主のディメチィが表通りに出ていった。

書架には新刊本ばかりでなく、古書、上製革表紙本もとりあつかっていた。目利きの良い書店主におもえた。入口近くには、海兵らが楽しめる娯楽雑誌もある。ただ、一、二階にはマルタ語らしき書物は見当たらなかった。現地人は入り込めない書店なのだろうか。

「やはり、二階でしたか。お連れしましたよ」

「初めまして。マーガレットです。マルタ市民学校の教師です」

彼女はつばの広いエレガントな帽子をかぶる。赤と青を組み合わすドレス風の服だった。二重瞼の情熱的な目で、うっすら小麦色の肌だった。マルタ人にしては上流階級なのだろう。品と知性を感じる彼女から握手をもとめられた。

完は思いがけない出会いの喜びを感じた。

「若者同士、ゆっくり語るとよい。私は一階でコーナーづくりの仕事があるから」

「どんな本をお探しですか」

彼女が、さりげなく質問をむけてくれた。

「軍人ですから、その専門書。それとは別に、ヨーロッパ文化の匂いがするような、教養に役立つものがほしいのです」

「ていねいな英語ですね」

「私はこの英語でしか話せません。海軍兵学校では、国際感覚を身につけた人材養成として、イギリス人教師が複数いました。正確な文法の英語教育をうけてきました」

「講師の方々は、きっとイギリス貴族士官の方々でしょう」

「とおもいます。ひとつ質問ですが、マルタ島の魅力とは何ですか」

美人あいての緊張から、完は硬すぎる質問を意識した。

「地中海と太陽です」

彼女の微笑みが温かく明るく感じられた。

「マルタ島の気候は温暖のようです。作物は豊かですか」

「いいえ。雨量が少ない地中海の島ですから、水不足が農作物に影響しています。タバコと綿花くらいです。食料が自給できるのはジャガイモだけです」

「すると、島人が生活の糧とする産業はなにですか」

なおもユーモアのない質問だとおもう。

「マルタ人は貧乏ですから、イギリス海軍基地のしごとに群がっています。基地がないと生きていけない、という先入観に支配されています」

「あなたは市民学校の教師と聞きましたが、生徒の年齢層はどのくらいですか?」

「子どもから青年まで、三十歳でも、四十歳でも、教室に来られる日にやってくるのです。通学は義務ではありません。貧困《ひんこん》の住民が無料で学べる、唯一の市民学校です」

「教室はどこにあるのですか」

「移動教室です。教会であったり、海岸であったり、空き地であったりします。教材はそのつど、私が一枚の紙に文法を書いて配ります」

(文法とはなにか。解るようで、わからないな)

完が首をかしげると、

「私はロンドン留学経験を独り占《ひとじ》めにせず、貧しいマルタ人たちに学問を還元《かんげん》したいと考えています。将来において役立つように、と」

彼女の澄んだ目から理念の炎が感じられた。

「無報酬で、生活はできるのですか」

と気になる質問をむけると、複雑な笑いでごまかされてしまった。

「教室で、生徒が待っていますから、これで失礼します」

彼女は帽子をちょっと傾ける仕草をしてから、背をむけた。階段をおりていく彼女の香水の匂いが残っていた。

「次の時にはゆっくり話したいです」

完のことばに、マーガレットは応えず、ふり返りもせず、階段から消えてしまった。かれは空疎《くうそ》な感じに襲われた。と同時に、書籍を選ぶ熱意が削《そ》がれた心境だった。これは買っておくか、というていどで軍事関係、航海技術の本を手にした。書店主には、それをポンドで支払った。

「中尉はまだ時間がありますか。私も英語で話し相手になれます。こちらで寛《くつろ》いでください」

一階の奥まった一角がキッチンだった。小窓があるが、薄暗く、壁には石のヒビが入り、三〇〇年、五〇〇年といった建物の古い匂いすら感じた。それでも、清潔な調度品がととのっていた。ちいさなテーブルのまえで、完は木製の椅子に腰かけた。

店主がウインクして、ワインのボトルを掲げた。グラスをふたつ並べた。

「マーガレットはすてきな女性でしょう。性格は良いし、教養は高い」

その彼女には嫌われた、という思いがあった。

「千年来、マルタの歴史はつねに植民地です。だから、いつも多様な問題を抱えております」

コルク栓が音を立てて瓶口から引き抜かれた。

「どんな国に支配されたのですか」

店主がワインをグラスに注いでから、丸顔の愛想の好い細君を店番に立たせた。夫婦は同年齢だという。そして、フェニキア、カルタゴ、ローマ帝国、ビザンツ、アラブ人、ノルマン帝国、スペイン、騎士団、フランス、そして現在はイギリス、と支配される国名と年代を語る。

ディメチィの早口にも、完の耳はついていけた。

「いずれの為政者も、偏見《へんけん》と猜疑心《さいぎしん》から、マルタ人を見下す。それは精神的にはとてもつらく、苦しいものです。当然ながら、マルタ人には敵意が育ち、反発と抵抗が生まれます」

完はグラスを口に運びながら、ひたすら聞き役に徹していた。

「マルタ人は、どんな支配者が来ようとも、過酷《かこく》な植民地支配を被ろうとも、この島が大好きですから、決して逃げださないのです。それが民族の名誉と誇《ほこ》りです」

日本は植民地になった経験がないので、うまく理解ができなかった。

「総督《そうとく》はイギリスから来ます。いまはサー・レスリー・ランドル大将です。たまに、この店を利用してくれます。植民地とはいえ、マルタ人による政府協議会があります。すべての事案は英国人の総督にうかがいをたてます。総督が首を縦に振らないかぎり、政府協議会は島の運営にたいして何もできないし、なにも決まらない。労働組合もありません。政府協議会のメンバーは、イギリス政府に都合が良い人が選ばれて、特別に優遇《ゆうぐう》されているのです」

（これが植民地というものか。イギリスは自治権を与えないんだな）

完は胸の内でも、現地人は辛いものだとおもった。

「協議会メンバーは海外留学経験があるし、高学歴のひとです。マルタ人とすれば、ひとにぎりの富裕層《ふゆうそう》です。マーガレットの父親が、いまはマルタ協議会の会長です。だから、彼女はハイスクールから大学までロンドンに留学できたのです」

（そうか。だから、彼女には気品が身についているのだ）

完は幼いころ父・彌之助から聞かされたことばをおもいだした。……中国の貧富の差が激しいのは、「科挙《かきょ》」にある。合格者が豪華な富裕層として政治をぎゅうじり、四書五経《ししょごきょう》が理解できない国民は文盲として極貧生活で、生涯を終える。格差の諸悪の根源は科挙にあると聞かされた。

ディメチィが語るマルタの貧富の差は、中国とおなじように教育に問題があるのか。そうに違いない。

「スエズ運河が開通してから、ヨーロッパとアジアを結ぶ中継基地として、マルタの存在がいっきに高まりました。最良の貿易港です。メリットが高くなったから、イギリスはマルタを独立させたくない」

「軍事的価値が高いのですね、マルタは」

「そういうことです。女房が夕食を作ります。食べていってください。物資不足ですが、料理は得意です」

「遠慮なく、ごちそうになります」

やがて、香辛料のよくきいた料理がテーブルにならべられた。丸顔の細君も人柄がよい。ディメチィの歓待《かんたい》で、よい夫婦だったな、という印象を、士官宿舎まで持ち帰れた。一方で、マーガレットには嫌われたという暗い気持ちがあった。

5　天使のハシゴ

一一月一七日付けで、高間完にはイギリスから借りうけた駆逐艦の橄欖《かんらん》（オリーブという意味・七四〇トン）勤務の配属任命がでた。

世界大戦の休戦協定は結ばれたが、ドイツが完全に降伏したわけではない、として第二特務艦隊の連合国船団護衛の警備が継続されていた。

「ドイツ潜水艦は容易に姿を現さず、認識するのが非常にむずかしい。昼夜を問わず、港の奥まで入り込む。潜望鏡が一瞬、海上に出たとおもうと、すぐ魚雷を発射してくる。魚雷の航跡から潜水艦の位置を知ることになる」

うすいひげを蓄える星野倉吉《くらきち》（大尉）艦長から、完はこまかな説明をうけた。星野は兵学校36期だった。

「夜間も、一分、一秒も気が抜けない」

一一月一七日、敵船艇の監視および示威《じい》のために、橄欖が黒煙を吐きながら、マルタ島の軍事基地から出港していく。地中海の蒼海で、ドイツ潜水艦にはいちども遭遇せず、一週間後にはマルタ基地に帰還し、投錨《とうびょう》した。

海軍士官の休暇は、原則として週一日だった。海上の場合は船室のベッドで読書などして身体を休める。基地に投錨か接岸していると、上陸ができた。

完は基地内の売店でスコッチ・ウイスキーを購入し、二頭立ての馬車でバレッタの書店にむかった。大教会の鐘が街にひびきわたる。馬車から降りると、身形《みなり》の汚い物乞いの老婆が近づいてお椀をさしだす。薄情だが、完は片手を横にふった。ひとりに恵めば、数十人にとりかこまれてしまう。

書棚の前で、店主が下駄箱に乗って、高い位置の陳列本の入れ替え作業をしていた。

「ようこそ。お待ちしていましたよ、高間中尉」

mr.Dimeche（ディメチィ）が笑顔で迎えてくれた。

「手土産です」

「海の捕獲品が、スコッチ・ウイスキーとは、高間中尉の腕は漁師よりも上手だ」

ディメチィが奥にいる細君に声をかけて、店内に呼びよせた。

「先般は、大変おいしい料理をご馳走になりました」

「なんとも、ごていねいなご挨拶をいただきまして。マーガレットを呼んできましょう」

「授業をじゃましては悪い」

完は戸惑った。

「来るか、来ないか。それは彼女が判断することです」

ディメチィがウインクすると、細君が笑顔でうなずいて、ウイスキーを奥の部屋に置いてから、表通りに出ていった。
二、三分後だった。帽子をかぶったマーガレットが店内に現れた。きょうもスラッとした体形に似合うエレガントな服装だった。革製のおしゃれな鞄を手にする。
「あら、いらしていたのですか」

お久しぶりです。完はおもわず敬礼した。

「きょう、この場で高間中尉とお会いするとは、思いもいたしませんでした」

「ありゃあ。うちの女房がマーガレットを呼びに行ったのに。移動教室の場所がわからなかったのかな」

「通りで、すれ違ったのかしら」

バレッタの町は碁盤目の形状である。彼女がきょうの移動教室として、この本屋に近い寺院名をあげていた。

「女房の誕生日には、羅針盤《らしんばん》をプレゼントしよう」

くすっと笑った彼女が、ディメチィから高間完に視線を変えた。

「この書店の二階で、日本の本を見つけました。見てみますか。望郷感があるでしょう」

（ええっ、彼女は俺を意識してくれていたのだ）

その感動と喜びが、完の胸でうずまいた。

案内いたしますわ。彼女は指先で、ドレス風の裾が床につくほどのスカートの裾を持ちあげてから、階段をのぼりはじめた。

二階の絵画本コーナーには、フランス語の浮世絵の紹介本があった。彼女が気に入ったという北斎の『富嶽三十六景』、広重『大はしあたけの夕立』、喜多川歌麿『美人画』などをめくってみせる。

「こういう絵が生まれる国は、自由な雰囲気たっぷりで幸せですね」

「これらは半世紀以上もまえで、『江戸時代』という文化です。いまの日本は西洋を真似て、かなり違っています」

「文化と伝統は消えるものではありません。マルタには五千年の歴史があります。聖なる神殿も保存されています」

「マーガレットさんはご自身で、市民学校の教材を作られている、と聞きおよんでいますが、英仏の文法、それ以外にもマルタの文化とか、歴史とか、現代社会とか、なにか書かれているのですか」

完は艦内で、あれこれ彼女を想いおこし、浮かんでいた疑問を口にしてみせた。

「高間中尉。この話題は危険です、イギリスの将校も書籍を買いにきますから」

（このくらいの軽い会話でも、危険な思想教育者として、当局に目をつけられるのか）

亡父・彌之助の憤死と重ね合わせた完は、即座にこの話題をとめた。

「バレッタの街なかを散歩しませんか。きょうの市民学校は集りが悪くて、もう終わりましたから」

「良いですね。見どころが多い街でしょうから」

ふたりはディメチィ夫婦に挨拶してから、表通りにでた。彼女は密集した石造りの家並み、おごそかな教会、高い城壁の特徴などを歴史的に語ってくれた。この間に、マルタ騎士団にも話題が及んでいた。

やがてバレッタ半島の先端にでた。こちらの岸壁からは、対岸の海軍基地のスリーマがまじかに見える。数々の軍関係の船舶がひしめいていた。ちょうど、日本の駆逐艦とイギリス艦が船団の前後を警護して出航していくところだった。

軍艦から吐きだされる黒煙が、海面まで飛び交って、ちぎれて、空に吸い込まれて消えていく。

マーガレットが無言で、その情景を見ていた。どんな思いなのか。彼女の思慮まで、完には読み取れなかった。岸辺で釣りする老人がくり返し、こちらをみている。

「きょう案内してもらったバレッタは、要塞の町で、石造りの建造物と敷石ばかり。民のこころをいやす花壇がない。花がない生活には、余裕が生まれないとおもう。日本には古くから花遊びの童謡があります。それをおしえてあげよう。市民学校で、みなで歌って遊べば、こころがなごみます」

「子どもらは歌が大好きです。おしえてください」

「……花一匁《はないちもんめ》といいます。遊び道具はいらないし、大勢の子どもがともに楽しめます」

完が英語でまずルールの概要を説明した。そして、ジャンケンのしかたもおしえた。グー、チョキ、パーの勝ち負けも、彼女はすぐに理解できた。

「買い手側と、売り手側が一列に横にならぶ。歌いながら前にでていく。片方は後ろに下がる。はないちもん『め』で片足を蹴《け》りあげる。……勝ってうれしい花一匁。あの子が欲しい。あの子じゃわからん。この子がほしい」

完はあえて、グー、チョキ、パー、それに花一匁の単語を日本語でおぼえてもらった。マーガレットの記憶力と理解力はすばらしい。

白い士官服の高間完と、ドレス風の着衣のマーガレットが歌いながら、足を蹴り上げる。前へ、後ろへ、と行き来する。ほほ笑む彼女とジャンケンする。勝ち負けで笑う。楽しいわ、と彼女が愉快がる。

「市民学校で、マルタ語に置き換えておしえます」

彼女はそんなふうに喜んでいた。（現代でも、マルタには花一匁が存在する）

「休戦条約が結ばれましたね。高間中尉は日本に何月《いっ》帰られるのですか」

「ドイツ軍などの反乱が鎮《しず》まれば、講和条約まえに、私の第二特務艦隊は日本に引き揚げるとおもう。私の推測だと、来年の春くらいかな。具体的な日時がきまっても、それ以上はマーガレットには言えません。軍の機密ですから」

「また、会えますか」

「もちろん。マルタ島の基地に着くたびに会いたい。私の本心です」

「このマルタは地中海随一の島です。世界一美しいとも言われています。春の陽射しのころ、一度は泳がれると、日本へのよい想い出になりますよ」

「それはとてもいい提案です。海軍兵学校には、瀬戸内海の海で一二時間のきびしい遠泳の訓練がありました。それも、いまや想い出。ここ地中海で泳ぐのも楽しいかな。マーガレットもいっしょに泳ぎませんか」

「どうしましょう？　植民地の人間には、遊泳という楽しみはありません。ただ、私はイギリスに留学中、水泳というスポーツは好きでした。ロンドン水泳協会の大会選手にも選ばれました」

「大会の順位は？」

「内緒です。自宅に、水着は三着もっています」

「それなら、なおさら私と一緒に泳ぎましょう」

陽が沈み、周囲の景色が変わりはじめた。灰色の石造りの建物が、ハチミツ色にあざやかに染まる。感動する。

＊

高間完の奉職履歴《ほうしょくりれき》からマルタの行動を追ってみた。
・一二月四日〜一二月二〇日　ミユドロス、ダーダネルス海峡、マルタ海峡、コンスタンチノーブル、ボスポラス海峡、黒海方面に、英仏の輸送船や艦船を守る任務についた。
・一二月二〇日にマルタ基地に無事に到着する。

完がマーガレットとバレッタの町で会っていたとすれば、レストランでクリスマスを祝っていただろう。後年において、完はプロテスタントになっている。洗礼の遠因は、二十五歳のマルタ島の青春にまでさかのぼれるかもしれない。

・一二月二三日～一月二日　マルタ島を出港する。地中海で没収したドイツ潜水艦の回航のために、ジブラルタル海峡、英国のプリマスを経由して、英国ハリッジにむかう。

船上で大正八（一九一九）年の正月を迎えた。将兵たちは整列し、初日の出に敬礼し、国家の発展をねがった。艦内食堂では、料理長が自慢する正月料理がならべられていた。お屠蘇《とそ》が正月気分にさせてくれる。

・翌一月二日は目的地のハリッチに着いた。ここはイギリスの重要な軍港である。

・一月六日から、ドイツ潜水艇NO7をハリッチよりポートランドまで曳航する仕事に従事した。

・一月一七日には、イギリス海軍から借り受けていた駆逐艦「橄欖」が引き渡される式に臨んだ。イギリス皇帝が、佐藤皐蔵《こうぞう》少将など司令官らをわざわざ招き、二十数人に勲章を贈った。第二特務艦隊がドイツ潜水艦と戦闘をまじえた回数は、三六回におよぶ。護衛回数は延べ三五〇回で、守った商船は七八七隻、乗組員総数七五万人である。その功績からの栄誉ある叙勲《じょくん》だった。

・日本の戦利品としては、ドイツ潜水艇が七隻ときまった。第二特務艦隊で英国よりマルタまで回航するために、完たちには臨時の特別潜水艇隊を命じられた。

・一月一八日、完は仮船名・NO7潜水艦の担当になった。潜水艦を浮上航海させるために、念入りな機器補修、船体修理、腐食パイプの取り換え、ペンキ塗りなど一連の作業がはじまった。

・三月五日に、英国ポーツマスから、駆逐艦による戦利品となったドイツ潜水艦の曳航がはじまった。操舵《そうだ》、無線、各種の機械の整備は万全なのか。その不安はぬぐえない。曳航される潜水艦の艦内で、高間完は主に操舵を握っていた。むろん、海面に浮上した航行である。

・三月二五日にはマルタ港の海軍基地に着いた。

・三月二九日付で、高間完はＮＯ７潜水艦の担当を免じられた。帰国を前提にした駆逐艦「桃」への乗船命令が出された。

以上の高間完の履歴から推し量れば、

「三月二五日～二九日の四日間はマルタ滞在だ。この四日間のどこかで、マーガレットに会えるぞ」

と、完のこころは躍ったことだろう。

＊

マルタ島の東南部にむかう馬車は、ひたすら疾走する。小さな港を通り過ぎていく。派手な原色のゴンドラ（小舟）が三月末の洋上で行きかう。海岸線にはどこまでもヤシなど亜熱帯の樹木が茂る。大小の岬をいくつかまわった。

休日を同年代の女性と過すなど、日本ではとても考えられないことだった。夫婦連れの外出は、冠婚葬祭くらいしかみられない国だから。

（素敵な女性と、馬車の席にならんで海水浴場にむかう。生まれてこの方、夢にもおもわなかった）

青く澄んだ海面で、強い太陽がまぶしく反射しきらめく。これまで艦上からみた地中海の海と、マーガレットと横並びでみる蒼海とはまったく異質におもえた。

「きょうの高間中尉の服装は、ラフでお似合いですよ」

彼女の澄んだ目が、話しのつど真横からのぞいてくる。喜ばしさがこころに飛び移るのを感じる。

「実は、海岸に軍服を脱いで、もし盗難など遭えば、軍法会議にかけられてしまいます。ですから、英国でこの服を買ってきました」

「ロンドンにも、いかれたのですか」

「寄港地は軍の機密です」

「御者にも、両耳がありますからね」

彼女がほほ笑んだ。

入り江が一つずつ違った美景の海岸を見せてくれる。水平線のかなたには白雲の塊が二つ、三つ浮かぶ。鷹らしき鳥類が五、六羽で啼きながら両翼を広げて滑空する。

馬車が停止した海岸は断崖のうえで、眼下は幾万年かの海波の浸食で削られて切り立っていた。波打ち際まで下るには、つづら折りの細い道がある、と御者がおしえてくれる。

「お世話さま。夕方まえに迎えに来て」

マーガレットが馬車の御者に念を押した。

完は、ロングドレス姿の彼女の手を取り、馬車から降ろさせた。そして、海辺につづく小路の入り口に立った。粗末な番小屋の老人から手漕ぎボートを勧められた。

「泳ぐまえに、ボート遊びをしよう。これも思いでになる」

「海軍中尉なら、ぜったい安全ね」

それを耳にしたボート小屋の番人が、レディーは世界一安全な素晴らしい恋人を連れてきたといい、ボート番号の札をさしむけた。

「マーガレット、路を下るとき、雑草や岩に注意して足を滑らせないように」

ふたりは手を取り合うも、二人分の道幅がなくなった。前後になり、慎重に足をはこぶ。波静かで、藻の匂いがしだいに強くなった。波打ち際には荒々しい奇岩の岩礁が多いけれど、ちいさな白い砂地もあった。奥まった船溜まりに係留する二隻の観光船と手漕ぎボートがならぶ。その一つを借りた。

「水着に着替えてきます」

手提げ袋を持ったマーガレットが磯の陰に入った。

完はその場で服を脱ぐと、海水温を指先で確認した。兵学校時代の耐寒訓練を考えれば、難なく入れる温度だ。海中に目を注ぐと、海底の藻がゆれて小魚が群れて泳いでいた。

マーガレットが出てきた。全身の肌がまぶしく光っていた。水着の豊かな胸と胴の線、伸びる両脚の曲線の美しさは、完が息をのむほど、こころが惹かれた。

「あら」

彼女がふいに完の股間を指し、吹きだして笑った。

「ふんどし。可笑しいかな。ジャパニーズ・スタイル」

これ以上の説明は避けた。彼女の笑いもあるし、周りをみると外国人の好奇心の目が注がれていた。

この場で海水に入り、腰から下を隠したい気持ちに襲われる。

ボート場の係から二着のライフジャケットを受け取り装着した。

「すこし寒いわね」

マーガレットは両腕で胸もとを抱え、鳥肌が立っている。

英国の冬の北海で、男女が泳いでいた。肉食系の人種はちがうな、と妙に感心したものだ。白人とは違い、小麦色のマルタ人には三月の海辺は寒いのかな。

完がマーガレットの手を添えてボートに乗り込んだ。舳先側に彼女をすわらせると、彼は両手で櫂《かい》を漕《こ》いでボートを磯伝いにすすめた。小さな岬を回ると、二人だけの世界があった。目の前には水着姿のマーガレットがいる。髪が肩に流れ、微風の潮風で揺れる。完はかぎりない嬉しさを感じていた。

「私は、中国の青島の戦いで、海難救助の場面に出合った。助けようとする負傷者は、死の恐怖で、突然、私の首筋に両手をまわしてきた。危うく窒息するところで、思い切りむせて海水が胃袋に入り、赤痢になってしまった、という体験があるんです」

そんな話題を提供していた。

「日本海軍のすてきな士官の男性と巡り会えました。バレッタの書店主にはこころから感謝しています」

「私もマルタ基地に来て、最高の女性に出会えました。最高の人生です」

英語だから、大胆に最上級がつかえた。

「あの軍艦は日本ですか」

「あれですか。そうです。駆逐艦三隻とも」

勝利品のドイツ潜水艦の日本への曳航の第一陣がはじまっているのだ。

「見て、あの奇岩は熊に似ているわ。岩が黒いから、白熊じゃないわね」と笑う。

完はしずかに櫂をこぎながら断崖絶壁の真下の海面をいく。

見上げると、岩壁がどこまでも切り立っていた。ふたりの目を楽しませてくれるし、会話の材料になった。

突如として、おおきな洞窟の開口部があった。どのていど奥行きがあるのか。それはわからなかった。

「冒険してみませんか」

彼女が好奇心を駆り立てる口調で誘った。

「安易に入り込むと危険です。洞窟は奥深く、迷路になると、出てこられなくなる」

「この洞窟はとても有名です。家族のボート遊びで、私は二度来ました。洞窟の奥には天使のハシゴ（Angel of the ladder）があります」

「そうですか。観光船が入るならば、安全は確保できるでしょう。入ってみますか」

完は左右の櫂の力を変えて、舳先の向きを洞窟にとった。太陽の明りが絶たれ、不気味な暗黒になる。波の音もひびかなくなった。どことなく淀んだ空気の匂いが感じられる。

洞窟がやがて微細な薄明りになってきた。しだいに奥が明るくなった。天井が抜けて楕円形の青い空があった。太陽光線が射す。宗教画などに描かれる美的な光だった。

「これが天使のハシゴよ。ここで泳ぎましょう」

「それも危険だな。冒険心が強すぎる」

（ロンドンで水泳大会に出場経験があるならば、大丈夫だろう）

そう判断した完は、ボートの舳先の紐を岩に結んだ。そしてライフジャケットの紐をほどいた。彼女がしばった紐が固いというので、解くのを手伝った。

「泳ぎましょ。わ、水が冷たい」

という彼女の手を取り、完は海水に入り、足裏で慎重に足場を確認した。手が離れたマーガレットが、平泳ぎの妙をみせはじめた。薄暗い海中には、健康的なからだがうごく。泳ぐマーガレットが太陽光線の射す海中に入ってくると、幻想的に全身が光った。神話の世界の人魚が泳いでいるようだ。完は魅せられた。

彼女がこちらをみて爽やかにほほ笑んだ。そばに近づいて、完もしずかに泳いだ。二人は洞窟内の明かりと透明感がある範囲内にとどめた。時には彼女が無邪気に戯れていた。どこまでも魅せられた。満ち足りすぎて、幸せ感が完の胸を締めつけた。人生の最大の喜びだろう。これが俺の青春だとおもった。

「上がりましょうか」

彼女の声掛けに応じた。ボートの横で、海中から上がってくるマーガレットの肢体の水滴が光り、艶めかしかった。完の目が両足に流れて無意識に息をのんだ。

彼女の唇はやや蒼ざめて震えている。

「太陽光の下で、冷えたからだを温めるといい。ここに平たい岩がある」

畳一枚くらいの光の岩場で、天使のハシゴが射す。マーガレットが平岩にうつぶせになり、日光浴をはじめた。

完はそばの薄暗い影になった突起岩に腰を下ろした。

「高間中尉は日本に帰られたら、どんな恋人が待っているのですか」

彼女はうつぶせたまま、話しかけてくる。

「……。いません。これはウソではありません。日本はミアイ、縁談話、という風習と慣例で、結婚が決まってしまいます」

完はかいつまんでおしえた。

「恋は国法で禁止ですか」

「別段、罪を問うほど禁止ではありません。ただ、表立って男女が交際することは憚《はばか》られるだけです。愛が芽生えても、育てるのはむずかしい。むろん、熱烈な恋で結ばれる男女もいますけれど」

「わたしに興味がありますか」

「もちろんです」

寝姿の両脚の艶めかしい太ももが、完のこころを捉えて離さなかった。女性のかすかな芳香が感じられた。

「ここなら、私の考えや、マルタの政治社会について語れます。私の父はマルタの為政者です。提督に逆らわなければ、イギリス貴族なみの待遇と対価がうけられるのです。女王陛下の晩餐会《ばんさん》にも、マルタを代表して列席できます。マーガレット、こんなイギリス風の名前を娘に付けた父です。私をいちばん監視しているのが父です。地位を失うのが怖いからです。市民学校も、止めろ、といっています」

「父親があなたの思想を監視しているのですか」

「そうです」

彼女がマーガレットがふいに上半身をもちあげた。木綿製の濡れた生地が不快なのか、マーガレットは水着の上部をくびれた腰まで下ろし、ふたたび身体を伏せた。

盛り上がる乳房が押しつぶされて、円い臀部のみが水着で隠されている。艶めかしい四肢が、太陽の光の舞台でかがやく。完には深遠な美の趣が感じられた。

「マルタ人が貧しさから抜け出すには、教育しかないのです。マルタのスラム街には、窓は汚れて、射し込む朝日すら汚く思えるような家に、大勢が住んでいます」

子どもらは風呂も使えず、鼻の穴も、唇も汚れています。学校にもいけません。学ぶのは犯罪の手口と、官憲に追われたときの逃げ方だけです。学校でまなべない無学・文盲で育った児は、犯罪の道に入り、やがて刑務所に収監されます。出たり、はいったり。生涯にわたって犯罪者としてマークされます。しかし、かれらに教育を施せば、スラム街からでも優秀な人物がでてきます。文盲のままではいけません。わたしは市民教室から始めているのです。マルタ人はイギリスの植民地支配で、抑圧、強制をうけています。私はこのさきマルタの独立運動に生涯を捧げます。

上半身を起こした彼女が、水着を腰から上にもちあげる。隠しはじめた乳房が揺れて、一瞬、真っ赤な乳首がちらっとみえた。

天使の階段が昼過ぎをおしえていた。

「もうすこし、お話ししましょう。太陽はまだたっぷりありますから。マルタ語の本は書店にはありません。植民地ですから。私は文盲の多いマルタ人に、英語とフランス語とイギリス語が読める活動をおこなっています。これらの国には革命の本がたくさんあります。文字が読めると、それが理解できます。銃よりも文字が武器になります。文盲が減ってくるだけ、共和国政治への賛同者が増えます」

マーガレットの眼は熱意で光っていた。

(マルタのジャンヌダルクになるのか)

「革命には知識が必要です。私たちはどんな国家をつくりたいのか、それを考えるのです。極貧の文盲が反政府運動をおこせば、単なる暴動にすぎません」

「新しい国家づくりは、あなたの家庭の破壊を意味しませんか」

「私の家庭の存在など、些事《さじ》です。マルタ政府協議会の誰もが、大英帝国の軍事基地がなければ、マルタは生きていけないといいますが、嘘です。父は自分の政治利権を握りしめて手放したくないだけです。私には、すでに家庭の破壊は視野に入っています」

（家族の破壊か……。父親の彌之助は家族よりも、憤死の自刃を優先した。生前の彌之助には、日本政府の先々の横暴さが予測できていたのだろう）

完にはそんな思慮がはたらいた。

……父の死の半年あと、青島の戦いがあった。さらに半年後、大隈重信内閣は「対華二十一か条要求」を期限付きで、あたらしい国家の中華民国の袁世凱《えんせいがい》に突きつけた。それはドイツ山東省の権益を中国に返還せず、日本がその権益を一方的に受け継ぐ内容だった。

中国と日本の関係が急速に悪化した。これが最終的に、戦争へとよからぬ道にすすむ、と彌之助は命を賭して日本国に警鐘を鳴らしたのだろう。

高間完には、中国・栄口市で憤死した父親の気持ちが解りかけてきた。

「私はこんご辞書作りのみならず、出版物を通してマルタ独立を叫びます。港ではたらく労働者たちにも、労働組合を作ってもらいます。イギリス海軍基地が島から全部消えても、マルタは経済的に自立できます。自由な共和国として独立しようと訴えます」

マーガレットの知的で端正な顔から、偽りでない決意がよみとれた。こういう熱意がある女性ならば、本来ならば、こころから支援したくなる。父・彌之助の場合は民間人だ。じぶんは軍人だ。マーガレットの望む民族革命に命を懸けられるだろうか、と完は自問していた。

「高間中尉は天使のハシゴは嫌いですか。太陽はとても医療効果があります。保養、療養にも使います。よろしければ、私の横にどうぞ」

彼女が腰を少しずらし、左がわを指す。完は真横に坐った。ふたりの太ももが直に触れただけでも、完はこころの奥にまで高まる気持ちが波打つ自分を意識した。

「マーガレットが語っている秘密情報が、私の口からイギリス海軍に筒抜けになる、という警戒心はもたないのですか？　私は日英同盟の下でマルタにきた、日本帝国海軍の士官です。あなたとは逆の立場にいます」

「私は高間中尉を信じています」

「人間の口は針で縫えません。イギリス軍に捕まり、拷問にかけられたら、私はわかりませんよ。マーガレットは日本帝国海軍のマルタ派兵を恨んでいるはずです。違いますか」

「そうです。日本海軍はマルタを基地にして、連合軍の兵員輸送船を守り、ドイツの潜水艦を数多く撃沈させたと聞いています。日本海軍が地中海にこなければ、イギリスは敗戦国になっていました。少なくとも、制海権を失って、マルタ基地から撤収したでしょう。それは期待値です。実際はアメリカのヨーロッパ参戦が、連合国の大きな勝因だったのでしょうけど」

「マーガレットの恨みを背負って、私は日本に帰ることになる。これは仕方ないことです。軍人は国家の命令に忠実に従うのみですから」

「高間中尉にはマルタに残ってほしいのです。独立運動は自国民のほかに、知力のある優秀な軍人がいてくださると、勇気をもらい、結束力をつよめ、強い力になります。高間中尉は以前、バレッタには花壇がないと言い、花一匁《はないちもんめ》をおしえてくださいました。マルタで独立の花を咲かせてくれませんか」

彼女が上半身を持ち上げて、上向きに太陽を浴びる完の顔を覗き込んだ。

（死すらも覚悟で、マーガレットは地下活動のすべてを打ち明けたのだ。ここで自分が軍人を捨てれば、父・彌之助とおなじ道をあゆむことになる）

ふたりの視線が重ね合わさった。

「マーガレット、あなたの決意は美しすぎます。私のこころが揺らぎます。私の父親は中国大陸で革命の協力者になりました。活動が昂じてきて、日本政府の中国にたいする横暴さが大きな戦争へと発展する。日本の自滅になる、と警鐘して自刃しました」

「ジャパニーズ、ハラキリですね」

「ピストルです。いま、憤死した父親の血が私の胸の内でさわぎはじめています。……血は争えない。ただ、私があなたに愛を感じて、独立革命への協力を約束しても、いまの段階で日本海軍から私が脱走すれば、マルタの方々に悲劇を生みます。マーガレットも、本屋夫婦も、市民教室の参加者も根こそぎです」

「日本に帰ってから、民間人になって、あなたのお父様のようにマルタに渡ってこられませんか」

「マーガレット。人間は愚かで弱いものです。約束はとかく果たせないことが多い。思い通りにはいかない。亡き父は革命思想家でしたから、母国では憲兵の目が私にも光っています。私が軍人をやめてなぜマルタへ行くのか。日英同盟の下で、反イギリス行動の怪しい行動だとかぎつけられると、日本から出国はできないし、尾行がつく。あるいは殺される」

「愛する男《ひと》の死は望みません」

覆いかぶさったマーガレットのからだが震えている。

「ここで君を抱けば、あなたは敗北を感じるはずだ。あの日本人はとうとうマルタに来なかった。弄《もてあそ》んだだけだ、と恨む」

「裏切られるかどうか。人生は躓《つまず》いたり、転んだり、失敗したりします。それが自然です。いまはあなたに強く愛を感じています。理屈ではないの」

からだを起こし立ち上がったマーガレットが水着をすべて脱いだ。小麦色の肌に、太陽の光がはね返り、女神の絵画のようだった。

（あなたにかけてみたい）

それはどちらのことばかわからなかった。

エンディング

高間完は、駆逐艦「桃」に乗り組み、戦利品Uボート曳航で日本にむかった。

大正八年七月二日に駆逐艦「桃」が横須賀港に着いた。同月五日に、賢所《かしこどころ》の参拝を仰せつかる。そして同九日には観閲式《かんえつしき》に臨んでいる。

高間完は写真屋で、軍服姿の凱旋《がいせん》記念写真を撮ってもらった。その足で、広島県・江田島の同期会にむかった。

41期の卒業生は一一八人である。海軍兵学校の同期会は公務なみの扱いで、参加者は半数近かった。近くの神社に参拝し、みんなで快晴の古鷹山の山頂まで登った。

全員が整列して眼下の母校に敬礼した。

卒業後において、同期がすでに六人死んでいる。……徳山湾《とくやまわん》で戦艦「河内」が謎の爆発事故を起こし、同期生がひとり犠牲者になっている。海軍追浜《おっぱま》飛行場で、二人がそれぞれ航空機の墜落事故で死亡。それに三人が病死である。

二十代という青春時代に、魂が早ばやとこの世から消えている。かれらの死を悼み、全員が敬礼した。

「いずれ俺たちも死ぬ。魂が召されて古鷹山に集まろう」と41期生が、こんな話題から碑をつくってかたい誓いとしようと決めた。

『死後は魂の故郷　江田島に集まらん』

兵学校の一角に、41期生の手で大正八年にその碑が建立された。それがやがて兵学校の在学生たちによって旋律がつけられ、「同期の桜」として歌唱された。さらに作詞家・西条八十の編曲で、江田島が靖国神社にかわり、全国に広まったものだ。

「高間、マルタ人の美人を日本に嫁として、連れてくればよかったのに。だったら、ドイツ潜水艦の勝利品よりも、貴様の話題が新聞をにぎわせておった。いまからでも、呼べるぞ」

楕円顔の草鹿《くさか》龍之介（大坂天王寺中学）が、高間完の肩をたたいた。

「冷やかすな。バレットの親しい書店と家族ぐるみのつき合いだった」

「知らぬは本人ばかり。わが駆逐艦から双眼鏡で、貴様がボートに女を乗せて洞窟に入っていくところはしっかり目撃されておるんだ。素性も、われら同期の探査網によって、マーガレットと名前が判明した。ロンドンに留学経験がある才媛だ。高間、ここまでわかっておるのだ」

取り仕切り屋の草鹿龍之介が、第二特務艦隊に参加した同期からえた情報を片っ端からながした。

（マルタ島には行けないな。渡航許可書をとれば、日本の憲兵をマルタに連れて行くようなものだ。革命家の彼女の命があぶなくなる）

「高間がマルタ基地に着いたら、ちょうど休戦協定日だった。戦いは熱が入らないから、休日は美人のマーガレットと過ごす。英雄の高間省三、下瀬火薬の下瀬雅允《まさみつ》を伯父にもっている。毛並みの良さは最上だ。41期で最高の美男子だ。マルタでは良い想い出をのこす。アイ・ラブ・ユー。女も英雄の血にほれる。これぞ最高の人生じゃ」

草鹿がみんなの目を完に惹《ひ》きつけていた。

「草鹿。それは違うぞ。高間だって、卒業航海訓練ちゅうに、父親が上海（中国・栄口市）で自決だ。海軍士官として、幸先悪《さいさき》しだ。三年や五年は心が悼《いた》むものだ。高間の暗いこころを癒《いや》してくれたのが、マルタ美人のマーガレットだ。男ならば、気持ちがなびく。これが男の青春というものだ」

松永貞一（佐賀中学）のことばで、市丸利之助（唐津中学）、太田実（千葉中学）たちが納得していた。

「日本男児だ、潔《いさぎよ》く認める。俺が女と洞窟にボートに入ったのは事実だ。逃げも隠れもしない」

「いや、逃げておるぞ。洞窟のなかで、一体なにがあったか、それが問題なんだ。愛を語り、抱き合って将来を約束した。その約束はなんだ。隠すな、高間も男だよな。マルタ女よりも最後は大和なでしこを娶《めと》った。これは痛快だ」

古鷹山の頂上は、高間完への冷やかしで盛り上がっている。

その完の脳裏には、死を懸けた彌之助と独立運動のマーガレットとふたつが駆け巡っていた。

ここで、この先も軍人で生きる、と決めた。マルタ島への惜気も、未練も、はたまた悔恨《かいこん》もなく。

これが俺の青春だ、と完はつぶやいた。

歴史は眠らない

東シナ海に目をむけると、陽が昇ってくる気配がする。帯状の雲が茜色《あかね》に染まりはじめた。水平線には、虫が群れて真横にならぶかのような黒い点で数多く浮かぶ。

沖縄本島の第三十二軍の将兵らは、堅陣《けんじん》を敷いた洞窟で、全軍が身をひそめていた。高級参謀が、先刻から、洞外の岩陰で双眼鏡をのぞいている。

「あれは米軍の到来だ。東京の大本営と、台湾の本部に通報せよ」

嘉手納《かでな》沖の軍艦は次の通り。……大型空母、戦艦、重巡洋艦、軽巡洋艦、駆逐艦など……。艦船は多数。詳細はいま確認中なり。

洋上の米艦から一斉に火花が光った。天空も、洋上も、一瞬にして赤く染まった。数秒ほどおそろしく無音の間があり、やがて炸裂弾《さくれつだん》が陸上で轟音《ごうおん》を発する。無数の着弾音が洞窟内にひびき、将兵らの耳をつんざく。とりわけ硝煙《しょうえん》の強い臭いが鼻孔から入りこみ、大勢が嘔吐をもよおした。銃を右手に、左手で口もとをふさぐ。

空母から艦載機《かんさいき》が飛び立ってくる。太陽がきらっ、きらっと機体を反射させ、真上から爆弾を投下する。地面から砂礫が放射でとび散る。

「アメリカ軍よ、もっと爆弾を消費しろ」

沖縄の第三十二軍は、台湾第十方面軍の指揮下にあった。牛島満《うしじまみつる》中将らの沖縄軍は陸海軍を併せて八万六千六百兵である。初日は作戦通り洞窟に身を伏していた。

米機が爆弾を容赦なく投下して上空で旋回し、空母の方角へもどっていく。次なる艦載機がもはや真上まできている。炸裂音がやむことはなかった。沖縄の西海岸は砲幕、塵煙《じんえん》、火光、轟音の壮絶《そうぜつ》な光景となった。

「わが軍はサイパン島のように玉砕《ぎょくさい》はしない。どこまでも長期持久戦で、米軍と戦いつづける。敵の攻撃を断念させれば、わが沖縄軍の目的は達する。守り一辺倒の、粘りづよい抵抗をしめすのだ」

総司令官で五十八歳の牛島満中将は、その信念に徹し、まったく迷いがない。

米艦から降りた上陸用舟艇《しゅうてい》が白波をたてて疾走し、やがて海岸に殺到《さっとう》する。小銃をもった海兵隊員らが、海の深さが腰高になると、競って艇から飛びだした。午後になると、上陸した米兵が海岸線をうめつくす。そこに日本兵は一人として現れない。

数万人の米兵らは肩透《かたす》かしを食らった表情だ。白い砂浜は赤い血で塗られることはなかった。

米軍の陸上部隊がやがて本島北部の二か所にある飛行場を奪いにいく。読谷《よみたん》飛行場（北）には、わずかな日本軍の守備隊員しか配置されていなかった。

米軍は上陸の初日にして、難なく二つの飛行場を奪ったのである。

「東京の大本営と台湾本部に打電せよ。このさい無線を使ってもいい。米軍に解読されても、ここは致し方ない。沖縄本島の現況を知らせるのだ」

大本営や台湾第十方面軍は、沖縄からの通報で大打撃をうけた。

「帝国日本が、初日にして、北、中の二か所の飛行場とも占領されるとは、なんたることだ。それでも、帝国軍人か」

大本営の戦略は、沖縄周辺の海上の「航空決戦」であった。それなのに沖縄本島の二か所の飛行場が奪われたとなると、鹿児島の知覧《ちらん》から西南諸島（沖縄）まで長距離の飛行が強いられたうえで、米軍機との戦いとなる。

洞窟では、日本軍の将官が首をかしげて、

「わが友軍機が、本土から一機も飛来してこない。なぜなのだ。空から魚雷《ぎょらい》を落とせば、密集した敵艦のいずれかに当たるのに。沖縄はもともと見捨てられていたのか」

と疑心暗鬼になった。

米軍は一千五百隻の艦船と、五四万人の兵員である。

先立つこと大本営は、米軍がフィリピン奪還のあと、台湾を攻撃すると読んでいたのだ。それに備えて一年前から沖縄の精鋭部隊を台湾に移動させている。

沖縄の軍勢が三分の一も削がれた時点で、牛島中将は落胆しながらも、独自の戦略をもつに至っていた。……米軍の本土攻撃を一日でも長く遅らせることに徹する。米軍がいかに大量の物量だといっても、使えばいつかは欠乏するはずだ。その日まで、米軍の武器・弾薬・食料を消耗させる作戦であった。

大本営と台湾第十方面軍の間でも、「航空戦」か「持久戦《じきゅうせん》」か、と統一を欠いていた。東京、台湾から異なった戦略の変更がとどく。それも朝令暮改《ちょうれいぼかい》のごとくである。牛島中将は自身の信念で、徹頭《てっとう》徹尾《てつび》、守りに徹した。現地をふくめて、ちぐはぐな戦略・戦術が日本軍の本質だったかもしれない。

昭和二〇（一九四五）年四月一日の初日だけでも、米軍一五〇〇機の艦載機がくり返し爆撃、もしくは機銃掃射を加えた。艦砲射撃をふくめて約一万トンの火薬を沖縄本島に炸裂させた。

東京の大本営は遅まきながら作戦を変更し、南西諸島の防衛として、戦艦大和の出動を急遽《きゅうきょ》命じた。米軍が沖縄本島に上陸した一週間後の四月七日、その大和も撃沈《げきちん》された。

＊

剣持優斗《けんもちゆうと》たちは台北から那覇《なは》空港にむかっていた。機体が七月上旬の青い洋上を飛ぶ。梅雨が明けた白い浮雲の隙間から射す陽光が、海面できらめく。

かれは四十四歳の歴史作家で独り身である。目黒歴女グループたち三人の引率で、太平洋戦争の史跡巡りである。第一回として台湾で一泊し、むかう那覇で二泊の予定である。

機内食が運ばれてきた。台湾から沖縄まで飛行時間が短いのに、機内食が出るなんて思ってもみなかった。

軽装でスニーカー姿の優斗は、窓側に坐る二十七歳の真美をみた。沖縄出身の彼女は顔の彫りが深く、二重瞼の目がくりっとしていた。独身の薬剤師で、いつもなら、さわやかな明るい笑顔なのに、今朝は妙に浮かない顔である。

（ぼくの説明で、沖縄出身の彼女を不機嫌にさせるような内容があったのかな）

気になった優斗が真美の表情をうかがう。

「通常の航空券で、格安ではないから、機内食がでるんだな」

かれはありきたりな話題を提供してみた。

「そのようですね」

真美の返事はたった一言だった。真後ろの二つの席で、グループ仲間ふたりの女性が搭乗《とうじょう》した直後から、口が止まらない。台湾・沖縄旅行なのに、なんとウィーンのコンサートの話題である。

（うんざりだ。物見遊山か、観光か）

剣持はたのまれて三か月に一度、このグループの歴史懇談会で講師をし、出席者はおおむね六、七人である。

うしろの席は、肉付きのよい太った四十代の友里恵《ゆりえ》、小柄で細身の六十代の翠《みどり》、ともに主婦で、二人組はおせっかい焼きだ。剣持先生と真美さんの見合い旅行よ、と囃《はや》し立てる。

「真美さん、急いで食べないとな。すぐに降下がはじまるよ」

優斗は自分の機内食のプラスチックのスプーンとフォークを取りあげた。

「先生、内緒で、このスマホの写真を見ていただけますか。けさ祖母（はるゑ）が送ってきたものです」

ハイキング姿の若い男女が、お花畑のなかでほほ笑む写真である。女性は二十歳前後で、真美にどこか似ている。真っ赤なハイビスカスが咲いたような、明るい女性だ。

「この男性、剣持先生に似ていませんか」

「そうかな。いわれてみると、父親の若いころにも思えるな。なんで、祖母《おばあ》さんがこの写真を送ってきたの」

「羽田で、搭乗するまえに、祖母にメールで那覇にも二日間いくから、グループにむかしの沖縄を語ってくれないかしら、OKなら、歴史作家の剣持先生に了解をとるから、とお願いしておいたの。けさ早くに返事がきたんです。剣持という苗字だと、この写真に心当たりがないか、先生に聞いてみて、と」

「剣持はめずらしい苗字だからな」

「……これ読んでみてください」

——生きているうちに、真美に教えておくけれど、真美の母（沙羅《さら》）は、剣持さんの子なの。私（祖母）が琉球政府のパスポートで、東京の音大に留学していたとき、深い仲になってできた隠し子が、真美の母親なの。相手の名前は剣持さん。作家の剣持さんと親子とか、縁戚だったら、もしかすると、と心配になったの。血のつながった男女でまちがいがあるといけないから。迷いに迷ったけれど、真美にはおしえておくよ。

「いくら物書きでも、こんな時は、ことばが出てこないな」

「このことは後ろの二人組には気づかれたくないの、なにかと興味津々《しんしん》ですから。スマホをしまいます」

「それなら、歴史の話題にしようか。沖縄から疎開する学童らを乗せて九州に向かっていた学童疎開船対馬丸《つしままる》が、この海で沈没したことは有名だね」

昭和一九（一九四四）年八月二二日に、那覇港の桟橋から、少年・少女を乗せた対馬丸は、親たちに見送られて出航した。沖合で、アメリカ軍の潜水艦の魚雷をうけた。

対馬丸の船体が傾き、沈みゆく船内に海水が容赦なく入ってくる。つよい水圧で逃げだせず、児童たちが「助けて」「おかあさん」と泣き叫ぶも、撃沈《げきちん》されてしまった。学童疎開児七八四人をふくむ一四八四人が死亡した。そうした悲惨な光景を優斗が語った。こうもつけ加えた。

「この海で、神風特攻隊で死んだ青年も多い。優秀な学生たちで、生きていれば社会に寄与できたのに。戦争の時代に生まれたとはいえ、気の毒だ」

客室乗務員が弁当の空箱を回収しにきた。コーヒーを注文する余裕もない。シートベルトの装着が求められた。

「念のために祖母さんに、剣持のフルネームを聞いてくれないかな。僕の親父は三年前に亡くなっているから、こっちでは確認ができないし」

むろん機内ではメールなどできないし、那覇に着いてからになる。スマホの写真がもし父親だとすれば……。剣持のこころは、もどかしく厄介で、落ち着きをなくしていた。

（この横に坐る真美とは、叔父と姪の三親等になるのかな。すると、血筋が濃い。法律で四親等以上でないと結婚はできない。ぜったいに結婚できない女性になるのだ）

生涯独身を吹聴してきた優斗は、禁断の実を意識するほどに、かえって隣の席の真美にこころが惹かれる自分をおそれた。

優斗までも無口になった。

台北についた日は故宮《こきゅう》博物院をゆったり見学した。きょうの午前中は、総督府《そうとくふ》の内部を巡回することができた。後部座席のふたり組の話題が、ヨーロッパからそこへもどっていた。

機内食が下げられると、旅客機は着陸へと高度を下げはじめた。つよいショックで空港に着陸した。機体が停止すると同時に、乗客が先を急ぐかのように立ちあがりはじめた。

那覇初日の午後、目黒歴女グループは大火で焼失し再建中の首里城と、那覇市内の歴史博物館を訪ねた。資料館にも、郷土資料の多そうな古本屋にも立ち寄った。

夕刻六時でも、那覇の空はまだ明るい。泊港に近いホテルに入った。七時に展望レストランで待ち合わせをして、四人で食事を摂った。

大型巡視船やフェリーが停泊している。暮れゆく海と空が調和し、船灯や岸壁の灯火が織りなす、きらびやかな感銘の光景だった。魅入られるほどにこころを打つ。昨日《きのう》の台北駅ビルホテルは、風景がなく華やかな室内装飾だけだった。きょうの夜景は素敵ね、と女性陣も感動している。

「真美さんはあした沖縄の実家に帰って、そっちで泊まるんでしょ。どの辺なの。この那覇の市街地のマップでおしえて」

丸く太った友里恵が地図を拡げた。

「皆さんと、ご一緒しようとおもっているの。グループ活動で、単独行動はよくないし……」

「そりゃあ、実家よりも剣持先生とご一緒のほうがいいわよね、私も独身だったらね」

細身で眼鏡をかけた六十代の翠が、ことさらけしかけていた。

ホテルの食事がおわると、四人はモノレールに乗り、二駅先の沖縄料理の居酒屋に行った。夕食のあとだけに、注文した料理が多いわりには箸がのびなかった。

剣持優斗は、真美が祖母（はるゑ）と連絡がとれたのか気になるけれども、二人組の友里恵と翠の視線には手こずり、話題にすらできなかった。二人組には常に監視されている心境である。

四人がホテルに帰ってきたのが、夜もかなり更けて一〇時過ぎだった。

優斗がひとり部屋で、夜景を眺めていると、ドアがノックされた。真美かな。そうではなく、二人組だった。沖縄ですから、先生、飲みましょ。彼女らは泡盛と部屋のコップを持参していた。

「泡盛はつよいから、僕はだめだよ」

「そういわれるとおもったわ。部屋のビールで、先生、乾杯しましょう」

太った友里恵が冷蔵庫を開けている。

「真美さんは?」

「疲れたから休むって。いまね、先生と機内で見ていた写真をみせなさいよといって、見てきたところなの。一瞬、先生と真美さんが登山している写真かとおもったわ。よく見るとちがうのね」

友里恵が瓶ビールの栓を抜いた。

「飛行機のなかで、後ろの座席から覗いたわけだ」

「隠し事はだめよ」

「せっかく二人で講師の部屋にきたんだから。酒の肴に、特別講座といくか。ヨーロッパで第二次世界大戦が勃発したあと、イギリスのチャーチル首相からアメリカに参戦がもとめられた。ルーズベルトは断った。大統領の選挙公約で、戦争はしない、といって当選したからだよ。ところが、なぜ宣戦布告したか、わかるかな」

「歴女にはやさしすぎます。帝国海軍が真珠湾を奇襲攻撃したから、ルーズベルトが激怒して、日本に宣戦布告したのですよね」

友里恵が得意げに答えた。六十代の翠は瞼を落としはじめていた。

「真珠湾は当たりだが、宣戦布告はちがう。アメリカ合衆国憲法では、戦争の意思決定は大統領ではなく、議会の議決なんだ。大統領はその立法に関する権限はいっさいもっていない」

アメリカ合衆国の憲法第一条八節十一項において「宣戦布告」には連邦議会の承認が必要である、と定めている。真珠湾攻撃を受けたあと、宣戦布告に対して上院は賛成八二票の満場一致、下院は賛成三八八票で、反対は一票（女性議員）であった。

「議会が、ルーズベルト大統領に参戦するように決議したんだ」

アメリカの正式な宣戦布告は、一八一二年戦争、米墨《べいぼく》（対メキシコ）戦争、米西《べいせい》（対スペイン）戦争、第一次世界大戦、そして第二次世界大戦の五回である。

「ここでいきなり、ペリー提督の日本遠征にはなしが飛ぶがね」

ペリー提督が日本遠征前に、海軍長官から、日本との戦争はまかりならぬ、憲法規定で議会の承認を得ていないから、軍隊を率いて首都・江戸に入ってはならない。もし武力行使による日米条約を締結しても、アメリカ議会では批准されないだろう、とつよく釘を刺されている。

「幕府は長崎出島のオランダ商館から、事前にペリー提督の非戦闘行為を知らされていた。だから、幕府は強気にでて通商条約を拒否した」

ペリー提督の目的はアメリカ捕鯨船の安全操業の担保であり、通商条約は日本がだめでも、琉球国があると二股をかけていた。

琉球は地政学的にも、アメリカと中国大陸の太平洋航路上の最短距離に位置し、石炭補給基地として望ましい、とペリー提督は考えていた。日本にたいしては軍事威圧などせず、初めから西洋の文明の近代化をおしえるために、アメリカから遠路運んできた実物四分の一の蒸気機関車、電信機、望遠鏡、ライフル銃、ミシンなど数々の品物を横浜に陸揚げした。それらが実演された。大勢の幕臣や見学者たちは書物で知っていたが、実物を見て、二百余年も鎖国に近い日本は、西洋からずいぶん遅れていると気づかされた。

「鎖国日本には西洋文明を提供する。十九世紀の科学の進化を教えたい。そこで別途に軍艦一隻を仕立てて、数多くを贈答品として運んできた。実演し、すべての質問に応える」

ペリー提督の英知と熱意が功を奏した。老中首座・阿部正弘は、長い鎖国主義をやめて列強と開国するならば、最初の国には植民地政策をとらないアメリカが望ましいし、ここは好機だと判断した。林復斎《ふくさい》（大学頭）ら優秀な選ばれた応接掛が横浜で折衝し、公平かつ平等な「日米和親条約」が締結された。

林大学頭が日米交渉を「墨夷応接録《ぼくいおうせつろく》」として克明に記録していた。

「戦前は言論の自由がなく、墨夷応接録はだれの目にも触れられませんでした。戦後に一冊、つい最近も出版物として世に出ています。一読されるとよいでしょう。話は宣戦布告にもどります」

明治時代に発布された「大日本帝国憲法」には、宣戦布告の規定がなかった。昭和一六年一二月八日、「大本営発表、わが帝国海軍は米英と戦争状態に入れり」という軍部の発表ひとつで戦争に突入できた。

現行の「日本国憲法」では、第九条「国権の発動たる戦争と、武力による威嚇又は武力の行使は、国際紛争を解決する手段としては、永久にこれを放棄する」と、宣戦布告が禁止されている。この第九条によって天皇、内閣総理大臣、議会、他の政治家など、いずれも戦争突入の宣戦布告はできない。やれば憲法違反である。

「すっかり寝てしまったな。ふたりとも起きて。話はここまで。部屋に帰って寝なさい」

「先生に口説かれにきたのに」

「ふたり一緒など、そんな興味はない」

彼女たちが帰っていった。

深夜の零時を回った。軽くノックする音が聞こえた。真美だった。テーブル席には酒が残っていた。

「わたしと血のつながりの可能性があるから、先生は深夜でも、襲いかかれないわよね」

真美がクッションのある椅子に坐った。

「それは結論しだいだな。祖母さんはなんと言ってきた」

「とくに、なにもないです」

「真美さん、写真をもう一度みせて。……これが僕の親父ならば、ばかだな。こんな美しい音大生なら、最後まで追えばいいのに」

「先生の家に、祖母といっしょに写った、お父様の写真がないかしら」

真美は探してほしい口ぶりであった。

「きっと、ないだろうな。親父は読書好きだった。書棚の古い本がかび臭いし、遺品で残してもしかたないから、僕が欲しいなとおもう本以外は思い切って段ボール八個分ほど処分した。大学時代の講義ノートがあったが、それは棺桶に入れてやった」

「そうなの」

「そうだ。このさい祖母さんに、僕が後日、那覇で沖縄戦の取材をしたいと、メールを入れてくれないか。直接会って、父親の特徴を聞いてみる。名前を聞き出せたら、それが結論だ」

「取材がＯＫで、顔合わせした時、子どもを産んだ相手の面影とそっくりで、祖母の心がときめいて、剣持先生と深い仲になったら、いやだな。祖母さんも一人身だし」

「嫉妬かい」

「祖母は情熱的な性格よ。それを知っているから」

「愛は年齢ではない。七十過ぎの祖母と、四十四歳の僕、わからないぞ。ふたりとも独身だ」

優斗はあえてからかってみた。

「いやだ。先生とわたしは三親等の可能性が大きいのよ。実際にそうだったら、わたしがいくら剣持先生が好きになっても、結婚できないのよ」

「いまのことばは、誘惑に聞こえるぞ。そろそろ部屋に帰ったほうがいい」

「いちどキスしてくれる」

真美が椅子から立ちあがった。

「ダメ。祖母さんとならば、僕は血がつながっていない。キスならできる。真美さんとはだめだ」

「祖母さんには、剣持違いだったといわせてみせるわ」

真美が部屋からでて行った。

＊

朝の気配で目覚めた。外出着のまま、バスにも入らず、ベッドに身を投げだしていた。陽がすでに昇っていた。窓辺で水平線をみていると、地球が丸く感じられた。

「たしか、水平線の視界距離は三キロから五キロらしい」

当時の日本軍のレーダーは海上の軍艦にぶつかって反射し、元のレーダーに帰ってきて、それで探知ができる形式だ。現代のように電離層を用いないと、水平線のかなたに沈んだ艦船は日本軍のレーダーには映らない。結果として、米敵艦の発見は目視になる。

「まてよ。作品の冒頭は、……水平線にはまるで虫が群れているような黒い点で数多く浮かぶ、と書いている。だが、将校の視界の水平距離がわずか三～五キロだと、米艦隊は沖縄本島に近づいてきており、巨大な軍艦にみえるはずだ。虫のような小粒ではない」

沖縄の現地にこなければ、こんな疑問はわかなかった。急ぎパソコンを開いて冒頭の二つのセンテンスを削った。

気持ちが落ち着いたところで、テレビニュースをつけた。ウクライナ戦争、イスラエル・ガザ紛争を報じている。一般市民の犠牲は痛ましいかぎりだ。

――プーチン大統領にしても、ネタニヤフ首相にしても、軍事の攻撃目標まで指図している。政治家は戦略目標まで関与するんだな。これまでの戦争に対する認識を変えさせた。

太平洋戦争は、記録や映像や書物で知るかぎり、真珠湾攻撃、インパール作戦、ミッドウェー海戦、レイテ海戦など、将官クラスの立場で語られてきた。……山本五十六元帥、牟田口廉也中将、南雲忠一中将、栗田健男中将などだ。

（戦場の指揮官だけで、戦争の本質が見えるのだろうか）

それが優斗の疑問になった。

――ゼレンスキーは、元俳優・コメディアンで第六代ウクライナ大統領だ。戦争の全体を掌握し、攻撃・守備も決めており、武器の供与も世界に呼びかけている。

かれは喜劇役者でさしたる戦歴はない。ところが、戦略のみならず、戦争に必要な資金あつめにも奮闘《ふんとう》している。ゼレンスキーの価値観が、世界の政治・経済を動かしている。

「政治家を主人公におかないと、戦争の本質がみえない」

優斗は腕組みし、沖縄戦を考えていた。

＊

ホテルの朝食が終わると、四人は貸し切りの小型マイクロバスに乗り込んだ。朝から日差しが強い。友里恵と翠の二人組は半袖だが、沖縄育ちの真美はうすい長袖であった。

「宜野湾市の嘉数高台公園《かかずたかだい》についたよ。ここから慶良間《けらま》諸島がみえる」

昭和二〇年三月二六日に、アメリカ軍が慶良間諸島に上陸し、沖縄戦がはじまった。そして四月一日に沖縄本島で、米軍の総攻撃となった。

「きょうはルーズベルト大統領の話をしよう。大統領は陸海空軍の最高司令官で、太平洋戦争の発端から、終戦直前に死去するまで自分で戦争をとりしきっている。外交政策も戦略も、特定の有能な大統領ブレーンの提言を用いていた。官僚とか陸海軍の制服組トップとかは、あまり重要視していなかったようだ」

「秘密主義ね」

「むしろ、極秘主義といえる。核開発のマンハッタン計画もそうだ。原子物理学者のアインシュタインからドイツで核爆弾の先行開発がなされていると知らされた。その危険性を提言されたルーズベルトは膨大な費用がかかる核開発に踏み切ったのだ」

「映画で観ました。オッペンハイマーですよね」

「それなら、この先は省略しよう」

太平洋戦争が中盤になると、日本軍は中部太平洋の島々で敗北し、壊滅状態に陥った。優勢になったアメリカ軍の制服組トップは、独自の戦略を練りはじめた。かれらは最高司令官マッカーサーが推奨するフィリッピン攻撃は、戦略的に効果がないと否定的だった。

とりわけ、マッカーサーは、「I shall return（私はかならず帰ってくる）」という約束通り、日本軍からフィリッピンを奪い返すことに拘泥《こうでい》していた。

マッカーサーの次期大統領選挙の出馬がささやかれていた。ルーズベルトは、大統領選の不出馬を条件にマッカーサーの望むフィリッピン攻撃を許可した。

「ソロモン海戦では、米軍が勝った。敗退した日本だが、大本営は大勝利したと国民に虚偽情報を流していた。戦争を鼓舞《こぶ》し、真実は隠す。これでは国民の世論形成もできない。軍部にたいする歯止めもきかず、もはや犠牲者をだすだけの戦争となった」

これが日本軍事政権の実態だよ、と優斗はつけ加えた。

「耳当てをさせられた国民ね」

中高年の二人組がそんな形容をした。

*

アメリカの太平洋・陸海空軍の制服組トップは、一九四四年の一年間をかけて「台湾侵攻計画」をねりあげた。沖縄戦は首都東京から遠く、沖縄を奪ったのち南九州へ上陸する作戦などまったく視野になかったのだ。フィリピンの次は台湾戦のみであった。

日本の大本営も、ガダルカナルで敗退し、アッツ島の守備隊も全滅しており、ぜったいに守るべき国防圏として「台湾決戦」を位置づけていた。その作戦の下、沖縄本島から精鋭の一個師団を台湾へ移動させた。結果として、沖縄の守備隊が手薄《てうす》となり、沖縄住民を巻き込んだ悲惨な戦争となったのだ。

ルーズベルト大統領は、確固たる政治的な判断と信念から沖縄戦を指揮した。アメリカ陸海空軍の最高司令官である。どこからも、意義も反論もなく、太平洋のほとんどの主力部隊が、一斉に沖縄にさしむけられた。

「戦争とは、どこまでも外交の一手段だよ。民主主義のアメリカでは、国民までがそのことを認識している。だから、アメリカ大統領の権限と戦争責任はぜったいなのだ。軍人はそもそも政治に関与できない。もし大統領の命令を無視したならば、大統領を選んだアメリカ合衆国の国民を敵に回すことにもなるからだ」

優斗は、このように民主国家における政治と軍の関係、基本的なとらえ方（シビリアン・コントロール）をおしえた。

昼食をとると、マイクロバスで移動する。糸満市《いとまんし》の平和祈念公園についた。二人組は寝込んでいたので、そっと車に残し、優斗と真美は車外にでた。広い敷地には平和の礎《いしずえ》がある。軍民合わせて約二四万人余りの戦没者の名前が刻まれている。見ていくほどに死者の痛みを身近に感じた。

「歩きながらカイロ会談のはなしをしよう。この会談は、日本の横暴侵略《おうぼうしんりゃく》を世界に訴える蔣介石に同情したチャーチルとルーズベルトによって開かれた」

「横暴侵略ですか。きびしい表現ね」

「世界中が、日本を嫌い、中国に同情していた。たとえば、国際連盟の『満州国の不承認《ふしょうにん》と日本軍の撤兵《てっぺい》をもとめる勧告案《かんこくあん》』が全会一致で採決された」

勧告案に賛成四二票、反対一票（日本）、棄権一票だった。この数字はなにを意味するのか。世界中が日本を疑い、または恐れ、憎んでいたのです。欧米の新聞が、こぞって日本の悪事として報道しています。

「おなじ日本人として、こんな話はしたくないが、歴史的事実は伏せてはならない」

優斗は首筋に流れる汗を感じて夏空を見あげた。高い太陽が瞬きもせず照り付けて、木立に日陰をつくる。ハンカチで拭っても暑気が厳しく、ふたりはその陰に入り、足取りを止めた。しばし風を待ってみた。

「暑いだろう。かたい話は息苦しくならないかな」

「真夏ですから、暑い、暑いといっても涼しくはならないでしょ。先生のお話を独り占めにできてうれしいです」

真美がほほ笑んだ。

「それならつづけよう。昔からいずれの国も、ロシアの南下政策にたいして嫌悪感をもっていた。それが転じて、国際連盟の決議を無視し、従わない元常任理事国の日本への嫌悪となり、ますます世界中が中国・蔣介石への同情になったのです。それがカイロ会談の開催だった」

一九四三年一一月、エジプトのカイロで、アメリカ・ルーズベルト、イギリス・チャーチル、中国・蔣介石の三人が連合国の対日戦略について会合を開いた。

「日本の領土拡張の野心を打ち砕《くだ》く。決して手心は加えない」

ルーズベルトのマンハッタン計画が、より加速してくる。チャーチルと蔣介石は、ルーズベルトから極秘の核開発を打ち明けられて、日本がその目標だとおしえられていたと推量できる。

なおこの会談では、ルーズベルトは蒋介石に、沖縄を奪い返したら、中国が引き取ってほしいと要請している。蒋介石はそれに応じなかった。それには、琉球国は日清戦争で日本が窃取《せっしゅ》したものではないし、それ以前から沖縄県として日本領だったという考えがあった。

「この裏を返せば、蒋介石には、中国本土それ以外の領土拡張を望めば、世界の同情がすぐさま逃げてしまう、という高度な国家戦略があった。それに比べると、感情から国際連盟脱退を会場でたたきつけた日本の松岡外相の判断と行動は、じつに劣るものだよ、月とすっぽんだ。これが最終的に中国を戦勝国にし、日本を敗戦国にした、最もおおきな要因だよ」

チャーチル首相が脇から、沖縄戦よりも、インド・ビルマ方面の攻撃を重視してほしいと主張した。ルーズベルトはこれにも冷たかった。太平洋戦争は中国の支援だけである、と明確に位置づけていた。

「沖縄の上陸作戦は実行する。無法者の日本に、国際法順守の精神を爆弾で叩き込むための、正義の戦いであるから」

日本の琉球処分（併合）は国際慣習法に違反し、無効である。この国際法には時効はない。アメリカはペリー提督が締結した琉米修好条約《りゅうべいしゅうこうじょうやく》から、琉球王国を「国家承認」している。日本の不法な琉球国併合はかならず放棄させる。日本は無条件降伏のみである。

蒋介石は、そこまでつよい態度のルーズベルトに苦慮し、「戦後は、琉球を国際機関に委託し、アメリカと中国の共同で管理することも可能だ。私（蒋介石）から提案して、アメリカを安心させたい」と手帳に書き残している。

第一次世界大戦で、日本が太平洋で奪取し、占領したすべての島嶼《とうしょ》を没収する。

日本が中国人から盗んだ満州、台湾、澎湖《ほうこ》を含むすべての領土は中華民国に返還される。朝鮮は適当なときに自由と独立を得る。

はなしは飛ぶが、昭和二〇年七月二六日、イギリス、アメリカ合衆国、中華民国の連名で日本にたいしてポツダム宣言が発せられた。全十三か条。このなかにカイロ会談の決め事が入っている。ポツダム宣言の受託は蒋介石の外交的勝利であった。

「日本はいまだにそういう報道をしないんだな」

ここでルーズベルトの話題にもどるが、「戦争はしない」という公約で当選した大統領である。日本の首都・東京を陥落させる上陸作戦は、米軍犠牲者が膨大になるという理由で、かれはいっさい認めなかった。例外は硫黄島と沖縄のみ。日本本土はなぜ空爆に留《とど》めおかれたのか。

——日本は鬼畜米英を叫び、鬼だから殺してもよいと、国民にたいして狂気の洗脳《せんのう》をおこなっている。

中学生や女学生たちが、学校のグランドで集団軍事訓練を受けている。米軍が日本本土上陸戦をおこなえば、武器をもった少年・少女らは軍人として、米兵を殺さなければならない。

「これは沖縄戦を検証すれば、如実に表れている。沖縄の守備隊はすぐさま手薄になり、軍部は沖縄住民を巻き込んだ、悲惨な戦争になった。中学男子、女学生にまで銃をもたせた。米軍は銃をもつ敵として射程のなかに入れた。哀れで、気の毒だが、少年・少女らは軍部の方針に逆らえなかったのです」

——日本人の政治家・軍部の首脳部は、一億総玉砕《いちおくそうぎょくさい》だ、と叫ぶ。死を美化している。日本民族がこの地球上から消えても、アメリカ軍と戦う気でいるらしい。

——中部太平洋の島々で、逃げ場を失った婦女子が断崖絶壁のうえから集団自殺している。日本政府はなすべき解決手段を持っていない。

米空軍は首都・東京、名古屋、大阪と焼夷弾《しょういだん》を落としつづけた。

糸満市のひめゆりの塔に着いた。

女子学徒の「ひめゆりの学徒隊」が壕にいたところである。慰霊碑が立つ。そばで説明を聞く女性陣は涙していた。

＊

四人は那覇のホテルまで帰ってきた。

夜はミニ会議室を借りて、琉球《りゅうきゅう》処分について、剣持優斗が語る。かれはシャワーを浴びてラフな格好で臨んでいた。三人の女性も南国調のさわやかな服装であった。

「みなさん。今夜は、琉球王国と明治政府による琉球処分についてです」

この聞きなれない言葉はどの程度分かっているのかな、と優斗は三人の表情をさぐってみた。さして、わかっていないようだ。

「処分、この意味はなんでしょうか。家を処分するといえば、売り払う。規約を破れば処分すると言い、処罰に該当します。古い家具を処分するといえば、棄てることです。ここで質問です、琉球処分とはなんでしょう」

優斗は三人の顔を一人ずつみた。いずれも視線が落ちてしまった。

では、十五世紀半ばから、お話しします。琉球王の尚真王《しょうしん》は、国是として「平和と近隣諸国との友好関係の樹立」を定めました。島々の大名たちの武器をことごとく取り上げたうえで、王府《おうふ》の倉庫にしまい込み、琉球国のなかで、いかなる武器の所有・持ち歩きも禁止にしました。「武器のない国」「戦争のない国」として、日常生活すら暴力による解決をかたく諫《いさ》めました。

「ですから、琉球では人びとの間で、護身《ごしん》のために空手道が発達したのです。突き、蹴り、受け、転身、投げ、固め、極め、打撃術が特徴の武道です」

優斗があえてその形の一部を真似してみせた。

「巧い。すごい」と友里恵と翠の二人組が手をたたいて喜んだ。

「空手道の真似事をして、話題が琉球処分からそれてしまったな」

「先生、良いのよ。こんな余興も楽しいのよね」と翠がまわりに同意をもとめる。

ここから四五〇年の長きにわたり、琉球王国は軍備もせず、平和裏に交易してきた。慶長一四（一六〇九）年に、島津家の薩摩藩が琉球に武力侵攻してきた。

「これはたんなる強奪です。平和主義の琉球はさして薩摩兵に抵抗もせず、かといって薩摩の植民地にもならず、中国との冊封《さくほう》も従来どおり維持してきました。薩摩藩は明治に入ると、台湾出兵を強引にやった。鹿児島は英雄史観のつよい県民性ですが、裏を返すと、乱暴な暴力を認める風土があったといえます」

琉球王国は搾取《さくしゅ》された被害者である。琉球処分を考えると、被害者が処分されたり、罰せられたりする道理はない。

「ここから琉球民族のさらなる悲運の歴史になります」

十九世紀は、蒸気船の発達で地球が狭くなってきた。アメリカ合衆国は、太平洋航路の開発を手がけており、サンフランシスコと上海を結ぶルート上で、石炭補給基地となる場所の確保が必要だった。

「ペリー提督は江戸幕府から、石炭貯蔵庫の設置は断られました。そうなると、アメリカと清国の太平洋航路上で最短距離にあるのが、ここ琉球・那覇港です」

ペリー提督は那覇を最適地だと考えた。一八五三年と翌年と五度にわたり、琉球国に来航しています。ちなみに、ペリーが日本に来航したのは二回だけです。かれは日本より琉球を重要視していたと考えられます。

「一八五四年七月一一日に、ペリー提督一行は「三十一星の星条旗」を掲げ、ここ首里城に入城しています。そして、琉球王国と交渉し、アメリカ合衆国として念願の通商条約の『琉米修好条約』が結ばれました」

第一条　自由貿易
第二条　アメリカの船舶に対する薪水の提供
第三条　アメリカの領事裁判権を認める
などからつづく条文は七条まである。

このさきペリー提督は条約文をアメリカにもちかえり、一八五五年三月九日にフランクリン・ピアース大統領が批准《ひじゅん》を裁許《さいきょ》し、議会は条約の締結を正式に認めた。

ここにアメリカ合衆国は琉球王国を「国家承認《こっかしょうにん》」したのです。

「引きつづいてフランスとオランダとも、琉球王国はおなじような修好条約を結びました。三か国が正式な独立国として国家承認したのです。ここが重要です。国家承認、このことばはしっかり覚えておいてください」

やがて徳川幕府が瓦解《がかい》し、明治新政府に政権が変わりました。薩長閥の政治家らは、琉球王国を見下し、強欲な野心をもっていたのです。

便利なのが天皇親政です。明治五（一八七二）年九月一四日に、予告もなく、明治天皇の勅令《ちょくれい》で、琉球王国を改めて琉球藩としました。そのうえで、二十九歳の国王の尚泰《しょうたい》を「藩王」として華族（侯《こう》爵《しゃく》）に列したのです。

「これは国王に君臨する尚泰を、大名に格下げしたたうえ、独立国を藩にまで引き落とすものでした」

つづけざまに明治六（一八七三）年三月には、明治政府は琉球藩王にたいし、外交の遮断をねらって琉米修好条約、琉仏修好条約、琉蘭修好条約の原本の提出を命じたのです。

「狡猾《こうかつ》な、悪意にみちた要求には応じない」

尚泰は原本の提出を拒んだ。

明治八（一八七五）年五月まで、明治政府は執拗に脅しつづけるも、一年二か月間にわたり、尚泰は頑強に拒絶してきた。琉球処分官として、内務大丞《ないむだいじょう》の三十六歳の松田道之《みちゆき》が首里にやってきた。

「松田はどんな人物か。お話ししておきます」

鳥取藩士で藩校や、咸宜園《かんぎえん》（大分・日田）で学んでいます。鳥取藩・過激攘夷派に与し、京都本圀《ほんこく》寺《じ》事件・暗殺事件の二二人に名は記載されていませんが、首謀者の河田佐久馬《かわださくま》に近い人物です。

維新のあと、その河田も松田も徴士《ちょうし》として京都府の大参事《だいさんじ》となっています。松田道之はこのあと初代滋賀県知事になり、勧業政策に力を入れています。ただ、松田は血なまぐさい幕末を生きてきた人物です。脅しは得意でした。

「これ以上は身の危険を感じる。やむを得ない」

尚泰は原本の提出に至ったのです。

重要なことがおこります。明治一二（一八七九）年に、内務大書記官となった松田道之が、随行官として警察官約百六〇人、軍人約四〇〇人をもって、首里城を包囲したのです。武力威圧です。

「尚泰は、わが日本政府からのたびたびの命令に従わない。よって琉球藩を廃止し、沖縄県を設置する」

目の鋭い松田道之が、脅しの命令書を読みあげたのです。

「そんなバカな。王国ですぞ、琉球は。無礼極まる」

小太りの風格がある尚泰は、心底から憤りをおぼえた。鉄砲と日本刀で脅し、独立国家を奪い盗《と》る。琉球という国名までも消す。そんな明治政府の偉そうぶった松田が鬼の顔にみえたことでしょう。

「本日をもって、日本政府は尚泰に東京移住を命じる」

「断る。したがえぬ。軍人は城から出て行ってくれ」

「それが回答か。ならば、琉球の土地・人民と、書類の一切合財《いっさいがっさい》を明治政府にひきわたし、この首里城を明け渡せ」

傲慢な松田は恫喝《どうかつ》し、欲しいままに脅し取ろうとする。

「これが文明開化を謳《うた》う日本国なのか」

尚泰は、松田の胸に刃を突き刺したい心境であったことだろう。

「このものを後ろ手に縛り、城からつれだせ」

松田が横暴な命令を下す。気の毒な尚泰は首里城から引きずりだされた。それをみて松田は高笑いしていた。

「この場に残った官吏たちども、よく聞け。琉球王国の土地・人民および、それに関するすべての書類は明治政府が没収する」

一方的で容赦ない松田道之の冷酷な態度にたいして、尚泰の官員らは、はげしく抵抗する。ひるまなかった。けれども、小銃で脅されると、首里城から立ち退かざるを得なかった。

こうした日本政府の強奪《ごうだつ》の実態が、琉球の全土に伝わると、はげしい抵抗運動がおこります。

「集会は全面禁止だ。排除しろ」

松田道之は、軍隊と警察をつかって琉球の抵抗運動を弾圧した。毎日のごとく、琉球役人が逮捕されて、棒で殴られる、血の拷問がつづけられました。むろん、琉球の人民にはなんの罪もないことです。

「現代の日本人が、この非道を知れば、どうです、私たち先祖の明治の暴力政治に恥じ入るものがありませんか。明治維新とは文明開化と近代化とおそわりますが、こんな非道な悍《おぞ》ましい一面もあったと、学校教育では教えていません。教育とは教えを説くものです。悪いことも教えないと、人間の成長は歪《いびつ》になります」

優斗は、そうつけ加えた。

この松田が首里城内で、琉米修好条約などの書類をさがしだし、東京に持ち帰ってきたのです。まさに国家犯罪そのものです。

――無知ほど恐ろしいものはない。琉米修好条約の本物が手元にあれば、権利が日本に移ったと思い込んでいたのでしょう。松田道之はそれを外務省に保管していた。土地謄本の権利書くらいの知識しかなかったのかもしれませんね。

問題は、日本政府からアメリカに「琉米修好条約」の破棄通告がなされていなかったことです。

松田道之は、明治十二（一八七九）年四月四日に、警察隊、熊本鎮台《ちんだい》の分遣隊《ぶんけんたい》を連れて首里城に入った。横柄で命令的な態度だ。

ここから「琉球藩を廃し、沖縄県をおく」と全国に布告したのである。これが琉球処分（琉球併合）といわれる廃琉置県《はいりゅうちけん》である。

「この琉球処分は、当時の国際慣習法が禁じた『国の代表者への強制』に当たるものです。成文化した現代の『ウィーン条約五十一条』からしても、国際法上の不正です。時効はありません。まして、アメリカの琉球王国の『国家承認』を消滅させる効力などありません」

琉球の上級士族で三十六歳の向徳宏《しょうとくこう》ら大勢が、中国大陸に亡命しました。清国や欧米列強の公使らにも、「琉球援助」の要請をおこないました。

亡命琉球人は脱清人《だっしんにん》と呼ばれています。脱清人は昭和まで存在しますが、正式な亡命政権と認めた国は確認できていません。

「わたし認めてあげたいわ。ぜったい、そうしたい」

「気の毒ね。日本人が嫌になっちゃう。恥ずかしい歴史よね」

二人組の女性が口々に語った。

優斗はここでコーヒータイムをとった。咽喉《のど》をうるおしてから講座に入った。

「脱清人の琉球援助にたいして、清国は積極的にうごきました。清国は日本による琉球国の併合を承認しないといい、李鴻章《りこうしょう》がたまたま中国に訪問してきたグラント元アメリカ大統領に、脱清人がもとめる琉球援助の仲介を依頼しました」

アメリカは清国との貿易が盛んになっていたのです。地政学的にも、米清航路の寄港地の琉球国は重要な位置にありました。台湾や琉球が日本領となれば、米中貿易は破壊的な打撃をうけますし、アメリカの国益を害するものだ、という認識があったのです。

グラント元大統領はこの問題で、清国から日本に出むいて伊藤博文、井上馨《かおる》、明治天皇に会っています。そのうえで、グラントから琉球国の分割案がだされました。

宮古列島と八重島列島を清国の領土とする。沖縄本島とその周辺は日本領として、両国間の国境を定める。

清国の李鴻章は、このグラント案の「分島・増約案」にたいして領土はいらない、あくまで琉球政府の復活をもとめる、と回答しました。

日本政府とすれば、清国が日本に欧米なみの通商権を認めるならば、宮古《みやこ》・八重山《やえやま》は中国へ引きわたす、と回答したのです。

明治十四（一八八一）年二月には、日本と清国の代表が石垣島《いしがきじま》でおち合い、正式に宮古・八重山の土地と人民を清国に引き渡すことになったのです。

「えっ。日本が宮古・八重山を中国に渡すと決めたのですか。先生、それは歴史的事実ですか」

女性たちがおどろきの声をあげた。

「そうです。明治政府内でいちどは決めた、清国に通知し、締結寸前までいった、それは事実です」

――琉球亡命者は、琉球国の分割案に反対する。

脱清人の林世功《りせいこう》が抗議して、北京で自刃《じじん》しました。享年四十歳。亡命政権ともいえる脱清人の死をもっての抗議から、清国は日本との調印をためらってしまいます。正式な調印がなされないまま、この条約は棚上げとされました。結果として、グラント元大統領の仲介失敗です。

日清戦争（一八九四〜九五年）で日本が勝利をおさめると、下関条約で台湾が日本の植民地となった。かたや、琉球問題は曖昧《あいまい》にされたままです。よってアメリカ合衆国が認めた琉球の「国家承認」に変更はありませんでした。琉米修好条約は継続されたままです。この条約はアメリカの琉球との貿易の権利なのです。

このまま歳月が流れていきます。

日本政府は、ことのほか沖縄の同化《どうか》政策に力を入れます。琉球民族を大和民族にし、言語も日本語にし、琉球信仰は破棄させて神道に、風俗の矯正《きょうせい》など多々あります。あらゆることに沖縄は日本化が強制されました。琉球独自のものはいっそう排除され、根絶の対象とされました。

「義務教育でも、琉球諸島は日本古来の領土だとおしえたのです」

この琉球国の併合が、やがて日清・日露戦争の戦勝から、おなじように台湾、朝鮮とも併合へと拡大していきます。昭和に入ると、侵略主義が止まらず、中国大陸に満州国という傀儡《かいらい》政権の樹立に及びます。ついに欧米の利害と正面から対立するに至りました。

当時の海外新聞は、いつまでも国際連盟の決議にも従わない、不法な国として日本を嫌悪、敵視した論調ばかりです。日独伊三国同盟の国以外は、味方が一か国もない。そんな状況下で太平洋戦争になったのです。

そうだ、唯一日本に協力する姿勢をみせていたのが、ソ連です。駐日ソ連大使もたしか終戦まで日本にいました。共産主義国のソ連は大切な味方だとおもっていたのです。ところが、最後は裏切られます。いいえ、カイロ会談以降は、日本に背をむけると決まっていたのです。

イタリア、ドイツが降伏すると、もはや日本は全世界から叩かれ、火だるま状態です。

「琉球処分は明治政府の失策にとどまらず、その後において、いかに重大な影響をあたえたか。私たち現代の日本人は、歴史認識として知るべきです。琉球処分から語らないと、全世界の怒り、カイロ会談の重要な位置づけが理解できません。歴史から学ぶためにも、琉球処分の事実は、過去に埋没させてはならないのです」

優斗は、そう強調した。

＊

沖縄・首里《しゅり》の山容形状が違ってくるほど、米軍の激しい砲撃にさらされていた。日本軍は昼間、迷路のように複雑な通路をもった洞窟に身を潜め、夜になると米軍に夜襲をかける。それが月夜、闇夜にかかわらず、日米の凄まじい戦いになる。

昼間の米軍は火炎放射器で、あちらこちら洞窟の内部に火を放つ。夜間になると、日本兵が別の出入り口から飛びだしてくる。突如として、米兵たちは背後から攻撃される。

弾には色がついているわけではないから、夜間の交戦は、敵の弾か、味方の弾か、定かにわからない。土地勘のない米兵らの同士討ちも多かったことと想像される。朝に奪った場所が夜には奪い返されてしまう。双方とも、一進一退のくり返しとなる。

米軍は、海上のカミガゼ特攻機、それに陸上の夜襲から、恐怖心によって精神を痛めた負傷者が数多く出るという実態があった。

東京の大本営は「沖縄沖の航空戦」が基本だから、「北部の飛行場を奪還せよ」と執拗に要求してくる。第三二軍の牛島中将は、当初から持久戦に持ち込んでいた。大本営と、沖縄の戦略がまったく違う。

——米軍はすでに沖縄本島の中央部を制覇《せいは》している。

第三二軍はやがて大本営の命令に背《そむ》けず、米軍に総攻撃をかけた。物量では勝る米軍だ。日本軍は目にみえる敗退で、多くの将兵を失った。

「もはや、北部の飛行場の奪還はあきらめる。島の南部へ残る全軍を移動させ、みたび洞窟で長期の持久戦をおこなう。住民らも南部へ移動せよ」

追い詰められた日本軍は、中学生、女子学生も戦闘要員にくわえた。女子は「ひめゆり」「防衛隊」「義勇隊」である。男子中学生は「鉄血勤皇隊《てっけつきんのうたい》」と称された。これはドイツ宰相《さいしょう》ビスマルクが鉄（武器）と血（人命）で、統一ドイツを成立させたことから引用されたものだろう。

日独伊の三国同盟をむすんだナチスドイツのヒットラーが自殺し、一九四五年五月八日にはドイツが降伏している。まさに、沖縄戦のさなかのドイツ降伏となる。

この地球上で、連合国軍と戦うのはもはや日本国だけである。

米空軍のB29による本土空爆の焼夷弾《しょういだん》はすさまじく、東京、名古屋、大阪、地方都市もことごとく焦土になっている。

沖縄戦は壮絶《そうぜつ》であるが、牛島中将は玉砕《ぎょくさい》という敗北は選択せず、徹底抗戦《てっていこうせん》であった。

洞窟のなかにひびく迫撃音《はくげきおん》は、恐怖で、こころが癒《いや》される間がない。人間は追いつめられると、たがいに疑心暗鬼《ぎしんあんき》になる。食料の奪いあい、洞窟から泣く赤子の母子を追いだす。住民どうしがスパイ呼ばわりをする。からだもこころも傷ついていた。

日本軍は機密が漏《も》れるのを防ぐために、住民が米軍に保護されることを許さなかった。投降《とうこう》も認められず、食料も不足し、日増しに精神が痛めつけられていく。

沖縄住民の悲劇は空前のものとなった。

＊

アメリカの全太平洋の陸海空軍が、総力を結集して戦う沖縄戦のさなか、おおきなできごとがおきた。昭和二〇（一九四五）年四月一二日の昼食まえ、ルーズベルト大統領が静養先の別荘で、肖像画の制作中に脳卒中で斃《たお》れた。血圧は300/190mmHgであった。

副大統領トルーマンが新しい大統領になった。生前のルーズベルトからの政策の引き継ぎはなかった。トルーマンはカイロ会談やヤルタ会談における秘密協定、さらにマンハッタン計画の存在すら知らなかった。

大統領の就任式を終えると、トルーマンは陸軍長官から核兵器の極秘開発を聞かされた。砂漠ではもはや実験段階に入っている。核兵器の科学的見地など皆無のトルーマンはただうなずくだけである。原爆実験が成功すれば、すみやかに太平洋の空軍基地に運び、日本の上空から投下する。その候補地もルーズベルト元大統領の承認ずみである。

沖縄戦は昭和二〇（一九四五）年六月二三日に、日本軍の組織的な戦闘が終結した。そのさき同年九月七日に、残る日本兵がアメリカ軍に投降してきた。

同年八月一五日、日本政府は無条件降伏でポツダム宣言を受け入れた。この第八項には、

――カイロ宣言の条項は、履行セラルヘク又日本国の主権は本州、北海道、九州及び四国並ニ吾等ノ決定スル諸小島に局限セラルヘシ。

ここにおいて琉球は日本領ではない。それを承知のうえで、天皇、政治家、軍人は無条件降伏を受け入れたのである。

＊

沖縄二日目の午前中は、国際通りの散策で、三人の女性はお土産をあさっている。昭和のころは、米軍の行楽地で英語の看板がならび、外国の街にやってきた雰囲気であった。令和の時代ともなると、修学旅行の団体が多く、お土産店が中心になっている。

三人の女性はショッピングだ。優斗は店内の品物を選ぶふりして、真美にそれとなく近づいた。

「祖母《おばあ》（はるゑ）さんの取材申し込みだけど、返事がきた？」

「だめですって」

「残念だな。下心が見破られたか」

「勘がいい祖母ですからね。先生、はっきり言います。会うのをやめてください。焼けボックリに火が点くとかわいそう。むかし恋し、子供まで産んだのですよ。青春だったと、本人も認めているし。おなじ顔の男性が現れたら、どんな心境になるとおもいます。想像するだけで可哀そうです」

心から祖母が気の毒という感情よりも、会わせたくない真美の意図が感じられた。

「僕が祖母さんに恋をする。それを疑っているの。七十代だろう。間違っても、それはないよ」

「恋は年齢も、境遇も、壁にならないとホテルで先生から聞きました。孫の立場から祖母をみても、若わかしく、情熱的な目をしています。警戒心はぬぐえません」

「それならば、真美の母（沙羅《さら》）さんと会ってみようかな」

「父に張り倒されるわよ」と真美が憤る顔になった。

「なんで。僕と姉弟だろう。色恋などは関係ないだろう」

「そうか。それもそうよね。ややこしいわ」

那覇レストランで昼食を摂るさなか、真美のスマホに着信音が鳴った。ちょっと待って、と剣持優斗をちらっと見てから、玄関の外に消えた。数分後に、席にもどってきた。二人組から、誰からなのと、興味津々の目をむけられていた。

「祖母は、きょう皆さんに会うことはできないそうです。剣持先生には、沖縄の取材は後日、日を改めてなら、お受けしますって」

二人組が好奇の目で、真美から祖母の歳を聞いていた。七十代だと知ると、とたんに競争相手から外したような表情に変わった。

間合いをみて、真美が剣持に近づき、祖母には剣持優斗先生の住所とメールアドレスを伝えておきました、と小声で話す。優斗はうなずいておいた。

目黒歴女グループは、予定通り那覇空港を発った。夕暮れ前には、機体は窓に富士山を浮かべてから羽田空港に着いた。到着ロビーで解散した。

＊

昭和二〇（一九四五）年八月一五日、日本政府はポツダム宣言の受諾を、駐在スイスおよびスウェーデンの日本公使館を経由し、連合国に通知した。昭和天皇が国民にラジオ放送を通じて終戦を発表した。

それから二週間のち同年八月二八日には、米軍の第一次進駐部隊が厚木飛行場（神奈川県）にやってきた。その二日後には、ダグラス・マッカーサー元帥が、おなじく厚木飛行場に降り立ったのである。

マッカーサーは六十五歳で、連合国最高司令官である。かれは降伏式典を同年九月二日、東京湾の戦艦ミズーリでおこなうと、日本および連合国に連絡した。

かたや、本国に打電し、米国のアナポリス海軍士官学校博物館の「三十一の星の星条旗」を急ぎ調印式場まで運ぶように指示した。

選ばれたのが二十五歳のブレマイヤー中尉で、デートの約束をしていた恋人にも連絡ができないまま、輸送機に飛び乗った。三日間もおなじ服を着たまま輸送機を乗り継ぎ、へとへとになって戦艦ミズーリまで持ち込んできた。

この戦艦ミズーリの停泊位置は、ペリー提督が九二年まえの一九五三年に、四隻の米軍艦を率いて来航した浦賀沖で、おなじ緯度・経度であった。

額縁に入った「三十一星の星条旗」は、そのままの状態で艦上に掲げられた。もう一旒《りゅう》は「四十八星の星条旗」で、日本軍が真珠湾攻撃をおこなったとき、ホワイトハウスに掲げられていたアメリカ国旗である。ちなみに、他の連合国の国旗はなかっただけに、二旒の星条旗がことのほか目立った。マッカーサー元帥の国旗演出はいったい何を意味するものなのか。

日本政府の全権は重光葵《しげみつまもる》外相で五十八歳である。大本営代表は参謀総長の梅津美治郎《うめづよしじろう》で六十三歳であった。随員の九人をふくめた計一一人が、小さな動力付きボートで、戦艦ミズーリまでやってきて、艦舷タラップから甲板に上がった。日本代表らの目には、掲げられた二旒の星条旗が飛び込んだ。「四十八星の星条旗」は米国の報道から、ことし二月二三日に硫黄島の摺鉢山《すりばちやま》に掲げられた米軍勝利の証であると知っていた。

額縁入り「三十一星の星条旗」は、さすがの重光外相も理解ができないまま、降伏の式典に臨んだ。一九四五年九月二日午前九時から、式典は予定より二分ほど遅れてはじまった。マッカーサー元帥は世界中に生放送されるマイクの前に立つと、まず星条旗を見た。

――きょうは発砲の音が聞こえません。最大の悲劇は終わりました。大勝を手にしました。死の雨は降り止み、太陽の下、海は交易で開かれました。世界は平和の静けさの中にあります。神聖な目的は成し遂げられました。

正義の戦いと強調したマッカーサーは、太平洋戦争におけるアジアの膨大な犠牲者らに哀悼の意を示した。

――私たちはいま東京に立っています。九二年前、私とおなじ立場のペリー提督が日米の友好関係を結び、貿易や通商で世界からの日本の孤立をなくそうと、啓発と進歩を求めてやってきました。しかし悲しいかな、日本は西洋科学との接触がまるで抑圧や奴隷へと繋がるかのように捏造《ねつぞう》し、国民に伝えてしまったのです。

マッカーサーは、太平洋戦争におよぶ原点が、明治政府からの歴史捏造にある、と批判したのである。

――日本政府は、表現の自由、行動の自由、思想の自由は迷信にすぎないと否定してしまいました。ポツダム宣言で誓約されたように、私たち（連合国）は、日本人を奴隷的な状態から解放する任務を負っています。

マッカーサーは、日本人は（軍国）思想の奴隷だったと強い表現で、永きにわたる軍事政権を批判したのである。

――環太平洋地域は、抑圧から解放された新たな世界となるでしょう。

この「抑圧からの解放」には、琉球国が入っていたのである。

世界に流されたマッカーサー演説のあと、降伏文書調印式が二三分間にわたり執りおこなわれた。アメリカ、中国、イギリス、ソ連、オーストラリア、カナダ、フランス、オランダ、ニュージーランドの各国の代表が署名した。

この調印式のさなか、頭上には轟音がひびいた。海軍戦闘機が編隊を組んで耳をつんざく爆音とともに、ミズーリの艦上近くまで飛来してきた。祝賀飛行である。戦闘機は約一五〇〇機、B29爆撃機はおそらく約四〇〇機で、次つぎ低空編隊の妙技を披露する。

日本上空の制空権は、米軍が完全に掌握したというセレモニーでもあった。

一九五一（昭和二六）年九月のサンフランシスコ対日講和条約調印まで、日本はGHQ（連合国軍最高司令官総司令部）の占領下におかれた。一方で、終戦直後から沖縄は、公式に日本政府の施政権から切り離されていた。

一九五二年に琉球政府が発足し、立法・行政・司法の三権を備えた。奄美、沖縄、宮古、八重山など全琉球を統括する「中央政府」となった。日本憲法はいっさい適用されず、警察権、司法権も日本が介入できない。琉球政府が独り立ちできるまで、アメリカが統治することになった。

＊

剣持優斗は母親への手土産をもって、多摩川に近い二子玉川園の実家にでむいた。庭の花壇で、母親（栞《しおり》）が日焼けをさける長手袋をし、花の手入れをしていた。青い花が多かった。

「これは沖縄のお土産だよ。台北と沖縄本島に行ってきたんだ」

「だれに会ってきたの。沖縄で」

栞の目には、これまでにないつよい光があった。

「なにか疑ってない？」

「別に。居間で、お茶でもしようか。もらい物の桃があるから。冷蔵庫で冷えているし」

二階建ての居間は、このごろ街並みが密集し、マンションも多くなり、日当たりが悪くなっていた。親の代が終われば、妹夫婦に譲ってもよいと、優斗は考えている。

「こんかいは仕事だよ。目黒歴女たちのツアーコンダクターだ」

コーヒーを飲みながら、台湾と沖縄の旅を簡略に説明しておいた。そのうえで、こういった。

「父親の遺品をみてみたい。二階の父の部屋にまだ残っているよね。ノートとか、手帳とか」

「沖縄で何があったの。急に、あのひと（亡父）の遺品を見たいだなんて。はなしなさいよ。話せない事情でもあるの」

「母さんの勘がぴたり当たっているよ」

「やっぱりね。結婚する前から、沖縄に女がいたのよ」

「ライバルだったの。でもさ、結婚前の恋なら、親父にとってはいい青春の思い出だろう。母さんは、そのくらい許容してもいいんじゃない。それとも、結婚したあとも、親父は沖縄の女と密かに付き合っていたの。たとえば、証拠の写真とか、手紙とかを、見つけたとか」

「作家になると、あれこれ聞きたがるのね。墓参りして、直接父さんに聞いてみなさい」

スマホに真美から電話が入った。内容はきのうのお礼電話である。

——剣持・叔父さん、わたしときれいな交際をしませんか。禁じられた恋ではありません。もしダメなら、目黒歴女から脱退します。この場の答えしだいで、永遠の別れです。

「誰からなの」目よりも、耳がこっちに向いている。

「沈黙が答えなのね。剣持・叔父さん、さようなら」

スマホの電話が切れた。

「聞こえたわよ。剣持・おじさんって、言われているの。四十四歳だから、当然よね。大学院に行って残っていれば、いまごろ准教授ぐらいになれたのに。さして売れない歴史作家だものね。今では禁句らしいけれど、男の婚期は後ろ倒しになっているから、いまからでも身を固めたら？」

「また、その話か。母さんだって施設に入って、老いらくの恋をしたら？　親父の三回忌は過ぎたことだし。もう法的な拘束力もない」

母子で軽口をいい、二階の父の部屋に入り、真美に電話するも、電源が入っていないという無機質な声が二度も流れたのでやめた。

沖縄のはるゑと父親に関係する手掛かりは、父の部屋からは何も見つからなかった。たとえ死後に残っていたとしても、母が焼却しているだろう。

この場で、沖縄のはるゑに電話を入れると、半年ばかり予定が付きません、と明らかな拒絶だった。初めて聞く声は思いのほか若く艶があった。

「沖縄復帰のころの取材です。他意はないです」

五〇年余りかけて、やっと整理ができたんです。いまは静かにしておいてください。人間ですから、ふと気が変われば、この番号にお電話いたします。

＊

月日が経つと、人間のありがたい忘却力で意識が薄められてきた。目黒歴女サークルの懇親会の会場には、真美は現れなかった。二人組は欠かさずきていた。

窓に映る目黒の自然教育園の密集した樹木が、初冬の風で木の葉を高く舞い散らしている。剣持はこの講座では話を沖縄戦のみに絞《しぼ》っていた。

「皆さん、太平洋戦争で、中国が戦勝国で、日本が敗戦国だと考えていますか」

「えっ。それはないわよね。アメリカには負けたけど、中国には勝ってるじゃない」

太った友里恵がすぐに反応した。

「いいですか、もう一度いいます。戦争は外交の手段です。蒋介石はチャーチルやルーズベルトを動かし、外交で日本に勝利した。まちがいなく戦勝国です。日本人はいまだに友里恵さんのように、中国大陸で日本軍は決して負けていなかったという。中国にたいして敗戦国の意識がない。ここが問題です」

台湾出兵、日清戦争、日露戦争、第一次世界大戦、シベリア出兵、満州事変、日中戦争、さらに太平洋戦争と日本は中国大陸の利権をめぐり、つづけざまに戦争してきた。明治から終戦までちょうど七十七年間です。そして戦後八〇年経った今でも、日本は明治からいちども中国に負けていないという。

大半の日本人が、国家間において最も重要なのが外交だという認識がうすい。

「外交で解決する。それが第一義的に来ないのが日本人の思考です。沖縄復帰に関しても、当時の佐藤栄作首相は日本の既得権益として沖縄県を組み込んだ。隣国の琉球併合が国際法違法だという認識すらない。重大な日米復帰交渉の席に、琉球政府の同席も立ち合いもなかった。これこそ琉球民族の存在のみならず、琉球人の期待・希望すら無視した密室外交だったのです」

優斗は間合いを取った。このとき新受講生から、スマホ写真の許可がもとめられた。優斗は、思想信条の自由の観点から、録音、録画、写真撮影も許可していますと応えた。

「ここで、話題がもういちど戦前にもどります。明治以降、とくに昭和に入ると、陸海軍の軍人がたいへん強い力をもった。国民の選挙で選ばれた政治家たちの発言が引っ込んでしまった。政党政治など、消えたも同然です。国民の投票権も木の葉とおなじ」

窓外の自然教育園の森から吹き飛ぶ、木の葉をちらっと見てから、

「軍事政権ができる。すると、国民は政治に満足な発言ができない。みずから判断する頭脳を持ち合わせていない日本人になってしまう。裁判官すら、政府にたてつけないから、思想犯などに平気で重い刑を科す。こんな思想弾圧をすれば、国家は滅亡の道へすすみます。世界の歴史がそれを教えて

います」

会場内が重い空気になった。

「日本人は、軍事政権の決めた戦争方針には逆らわない。若者は特攻隊に駆りだされるが、表立って反論しない。ドイツのようにヒットラー政権に反旗を挙げない」

「先生。本当に、ヒットラーに反旗を挙げたんですか」

きょうの五人はそれぞれ信じられない表情で、たがいに顔をみあわせていた。

「そうです。あのヒットラー政権下にすら、ドイツの大学生らはポーランドへの軍事侵攻を批判した。そして抵抗運動をくりかえした。弾圧された若者約二万人も国外に逃亡しています。日本の大学生は軍事政権に従順で、明治神宮外苑の出陣学徒壮行会《がくとそうこうかい》で、銃を担いで雨降るなかを行進していた。徴兵《ちょうへい》を嫌って外国に逃げた若者がいたとは聞いていない。その気で逃げるとなれば、朝鮮半島までパスポートがなくても渡れたはずです」

その明治神宮外苑の写真はなんどもみました、と歴女は口々に語る。

優斗はペットボトルで口の渇きを潤した。

「歴史的にみても、琉球人は武器をもたずに四五〇年余もアジアの緩衝帯になってきた。琉球から戦争を仕かけた歴史はいちどもない。戦わない国に侵略すれば、こんにちでは、世界の国際機関がそろって批判する。逆に被害国は、多数の国から支援をうけられる。少数民族の琉球は、優秀な生きる知恵をもっていた。そういう遺伝子です。いまもって米軍の影響下でも、沖縄県民はこぞって基地の撤廃《てっぱい》運動を長期間つづけている。太平洋戦争後から約八〇年間、民衆はなおあきらめていない。琉球人は民族の誇《ほこ》りを失っていないのです。琉球諸島を守ろうとしている。たとえ、このさき百年かかろうとも」

「剣持先生。領土って、だれが決めるのですか」

「おや、遅れてきた真美さんの質問とはうれしいな。たとえば、こう考えてほしい」

グリニッジ天文台は経度ゼロであり、世界各国の標準時（タイムゾーン）は、丸い地球の子午線を基準に決められている。日本は経度一三五度で、九時間の時差がある。これは世界的な協定で不変である。

「子午線の策定は人間の英知で、世界標準時間が決められました。私は子午線のように、各国の領土は歴史を基点として決めればよい。そうすれば、国境争いの戦争が大幅に減少する、と考えています。これを領土基点主義《りょうどきてんしゅぎ》と呼んでいます」

「領土基点主義って、はじめて聞きました」

「そうでしょう、僕が考えたんです。後世に役立つものとして、領土基点主義の考えにたどりついた。具体的には、日本領土の歴史領土基点は、明治維新の一八六八年におく。地形では見えにくいし、おぼえにくい。だが、数字の年月日ならば、明白で単純化です」

「一八六八年なら、誰にでもわかるわよね」

受講生たちがうなずいていた。

「一八六八年、もしくはポツダム宣言下の無条件降伏をうけいれた一九四五年、いずれかを日本の領土基点にする。どちらにおいても、琉球は日本領ではなかった。これは歴史的事実です」

この領土基点主義が、国連で認められるならば、地球の子午線のように永遠の礎《いしずえ》になるだろう。

剣持優斗は期待をこめて語った。後世への贈り物です、とつけ加え、次回の講座内容を予告して終えた。

＊

一一月末になると、真美の祖母、はるゑから電話がかかってきた。剣持には時が経ちすぎて、さして感動がなかった。せっかく声がかかったのだから、沖縄取材だと割りきった。

那覇空港に着いたのが夜なので、翌朝ホテルのロビーではるゑに会った。初対面だがすぐ相手がわかった。

はるゑは真美にそっくりで、五十歳でも通用する若わかしい顔だ。むろん、染めた黒髪やおしゃれな洋服を上品に着こなす姿も影響しているのだろう。

「寒くなりましたわね。こんな時期に沖縄に来てもらって」

かるく詫びるはるゑには品があった。かつては琉球政府発行のパスポートで日本の音楽大学に進学できたくらいだから、貧しい沖縄にあって裕福な家庭育ちだろうと、口にせず想像してみた。

「東京からみたら、まだ中秋くらいです。真美さんと声も顔もよく似ていますね。写真と電話で、そう感じていましたが、改めてそうおもいます」

「孫と比べられて、お恥ずかしいかぎりです。そろそろ運転免許は返上しなければと考えていますが、わたしの運転でよろしいですか。どこか取材のアポイントがあれば、そちらにご案内しますけれど」

「アポは、あなただけです」

乗用車の助手席に乗り込み、横顔をみた。

「首里城にでもいってみますか」

「それは必要ないです。そうですね。豊見城《とみぐすく》市内の、海軍司令部に行っていただけますか」

先にきた目黒歴女グループらに、太田實《みのる》中将の沖縄戦史に残る電文をおしえたかったけれど、時間の都合で立ち寄れなかったところだ。

「ここから近い海軍壕《かいぐんごう》公園ですね」

はるゑの運転する車が、空港から東の方角にむかった。

「私は、かつて『俺にも、こんな青春があったのだ』という題名の中篇小説を書きました。主人公は高間完《たもつ》（広島高等師範付属中学）です。かれは江田島の海軍兵学校41期生で、太田實（千葉中学）とは同期です」

「そういうことですか。海軍の太田實さんは沖縄でも有名です」

「実は、高間完の江田島の元兵学校に取材に行ったとき、いまは自衛隊ですが、職員の方から、41期生には有名な方が多いと、何人も名前があがりました。印象強いひとりは市丸利之介《いちまるとしのすけ》中将で、硫黄島で玉砕する直前に、英文と日本文の二通で『ルーズベルトニ与フル書簡』という手紙を遺された。大統領に英文で書けるとは、その知力と語学力はすごいなと感じました。当時は敵の言葉は使うな、という時代でしたからね。太田實さんは沖縄戦で有名な電文を打たれた方ですよ、と職員に教えられました」

ふたりの乗った車が、すぐさま旧海軍司令部壕に着いた。

ここ海軍司令部の壕は、昭和一九（一九四四）年に日本海軍設営隊によって極秘のうちに掘られた。入口から一〇五段、二〇メートルほど階段を降りると、カマボコ型の地下通路がいくつも枝分かれし、迷路のように張りめぐらされているようだ。

横穴はコンクリートと杭木で固め、米軍の艦砲射撃に耐え、持久戦をつづけられる地下陣地であったという。約四千人の兵が収容できるらしい。沖縄戦の戦局が最悪となると、大勢の将兵らが地下壕から外にでられず、立ったまま寝るほど、将兵が密集状態だったと記録されている。

地下壕の随所に展示物があり、手榴弾の痕跡や、悲惨な自決の場所の案内板もある。

五十四歳の海軍司令官の太田實中将は、昭和二〇（一九四五）年六月一三日の夜半に拳銃で自決を遂げている。直前に、東京の大本営に電報を送っている。

次の電文を海軍次官にお知らせ下さるよう取り計らって下さい。という書き出しではじまる。

――沖縄県民の実情に関しては、県知事より報告されるべきですが、県にはもはや通信する力はなく、三十二軍（沖縄守備軍）司令部もまた通信する力がないと認められます。私は県知事に頼まれた訳ではありませんが、現状をそのまま見過ごすことができないので、代わって緊急にお知らせいたします。

沖縄に敵の攻撃が始まって以来、わが陸海軍とも防衛のための戦闘に専念しており、県民に関しては、ほとんどかえりみる余裕もありませんでした。

しかし、私の知っている範囲では、県民のなかで青年も壮年も全部が防衛のためかりだされ、残った老人、子どもや女性のみが、相つぐ砲爆撃で家屋や財産を焼かれてしまい、体一つで、軍作戦の支障にならない場所の、小さな防空壕に避難したり、砲爆撃の下でさまよったり、雨風にさらされる貧しい生活に甘んじてきました。

しかも、若い女性はすすんで軍に身をささげ、看護婦、炊飯婦はもとより、防弾運びや切込み隊への参加を申し出る者さえもいます。敵がやってくれば、老人や子供は殺され、女性は後方に運び去られて暴行されてしまうだろうからと言い、親子が行き別れになるのを覚悟で、若い娘を軍に預ける親もいます。

看護婦にいたっては、軍の移動に際し、衛生兵がすでに出発してしまい、身寄りのない重傷者を助けて共にさまよい歩いています。

このような行動は一時の感情に駆られてのこととは思えません。さらに、軍において作戦の大きな変更があり、遠く離れた住民地区を指定されたとき、輸送力のない住民は、夜中に自給自足で雨の中を黙もくと移動しています。

これをまとめると、陸海軍が沖縄にやってきて以来、県民は最初から最後まで勤労奉仕や物資の節約をしいられ、ご奉公をするのだという一念を胸に抱きながら、ついに（不明）報われることもなく、この戦闘の最期を迎えてしまいました。

沖縄の実績はもはや言葉で形容のしようもありません。一本の木、一本の草さえすべてが焼けてしまい、食べ物も六月一杯を支えるだけです。

沖縄県民は、このように戦いました。県民に対して後世において特別のご配慮をして下さいますように。（現代語訳）

「太田中将は、軍人である以前に、人間としての勇気ある行動をとった。頭が下がります」

剣持優斗が横ならびのはるゑに、電文のあらすじと一節をおしえた。

「住民が痛ましすぎて……」

彼女がハンカチで目頭をぬぐった。おそらく、学校教育や近隣の方々から見聞した悲惨な体験談などを思い起こした表情だった。

(悲惨な沖縄戦にあって土壇場で、陸軍と海軍の中将には住民にたいする意識の差がでたようだ)

地下通路をいく優斗は、自分の思慮とむかいあっていた。

海軍の太田實中将は、ふだんから沖縄住民の目線まで下りて、的確に細かな状況を見ていた。強い関心を持っていたから、詳細な内容になった。そのうえで、電文は『県民にたいして後世特別のご配慮を』とむすぶ。

(陸軍の牛島満中将は、皇国史観と軍国規範にたっぷり染められていたようだ。自決まえに戦陣訓の『生きて虜囚《りょしゅう》の辱《はずか》しめを受くることなく、悠久《ゆうきゅう》の大義に生くべし』と上陸した米軍への降伏を否定した)

それが残存兵力の徹底抗戦となり、老若男女を問わず沖縄住民の悲劇を生んだ。この戦陣訓は昭和一六(一九四一)年に、当時の陸軍大臣東條英機が全陸軍に発したもので、戦場の心得になった。……捕虜になるくらいなら自決しなさい。それが日本陸軍の体質にまでなった。否、日本の民間人まで も、その思想に染められて一億総玉砕につながった。

日本人が考えた狂気の戦陣訓が、大勢の琉球人を地獄の世界に放り込んだ。親兄弟など大勢の命を亡くし、安穏の住居も失い、代々の大切な財産も燃えつき、挙句の果てには食料も欠乏して餓死状況へ追い込まれたのだ。

優斗は、高級軍人の東條英機が発した思想が、惨憺《さんたん》たる恐怖に及ぶという歴史的な結末まで考えた。

……はたして日本人は琉球人に幸せをもたらしているのか、という疑問にまで及んだ。

そんな思慮をしながら、出入り口への階段を上った。広場の駐車場で、ふたりは車に乗り込んだ。

「次はどこにされますか」

「お任せします。車のなかで、終戦後から返還までいろいろ聞かせてください」

「一号線に出て北に進んでみましょう」

はるゑが運転する車は、おもいのほか安定感のある走行だ。

「沖縄戦で、大勢の沖縄住民が死んだ。食べ物も衣服もない、家もない。そんな終戦直後ですよね」

――昭和二〇年四月に、沖縄本島に上陸した米軍が、日本の行政権を停止する「ニミッツ布告を」発令した。沖縄戦で生き残った住民らは、住居が焼失しており、米軍が各地に設置した民間人収容所に約二八万人が収容されている。

「それは私の親の代のはなしです。米軍が真っ先に手掛けたのが道路で、南北、東西に幹線道路を通したそうです」

「その一つが今走っている道路ですね」

「そうです。わたしが親からの聞き覚えがある、お話をいたしましょうか」

……牛馬が通れる細いガタガタ道が、またたくまに幅広い舗装道路になった。さしずめ、焼け野原に高速道路ができたように、米軍車両がどんどん猛スピードで走る。歩道と車道の区別がないし、軍事車両やアメリカ車がビュンビュン通りすぎていった。跳ねられたら、悪いのはこちらよ。

「聞くほどに。米軍はかなり傲慢《ごうまん》だったようですね」

米軍は「土地収用令」を公布し、地主の意思にかかわらず、強制的に住民の田畑や集落をつぶし、飛行場、兵舎、軍事物資の集積所などを次つぎと建設した。そして基地の島になった。島民らは黙っておらず、米軍への反発が日増しに高まっていった。

一九五二年四月、サンフランシスコ平和条約で、日本から沖縄と小笠原が切り離された。沖縄にはアメリカ施政権《しせいけん》の下で、「琉球政府」が設立された。司法、立法、行政を備えていたけれど、琉球政府の自治権は制限された。

「アメリカ世《ゆー》のころはドルの生活でした。東京の円には戸惑いましたけど、ドルの強さはすごい、琉球は貧乏ではない、親の仕送りでやっていける、とおもった記憶があります」

円が三六〇円の時代には、日本の外貨準備高が不足しており、ドルは貴重だった。

「ところで、アメリカ世《ゆー》って?」

中国の冊封《さくほう》をうけていた琉球王国の時代を「唐の世《ゆー》」、明治期に日本に組み込まれてから「大和の世《ゆー》」、アメリカ統治の時代を「アメリカ世《ゆー》」と教えてくれた。

「アメリカ世《ゆー》のころ、車は右側通行です。左ハンドルのアメ車の大型乗用車ばかりが目についていました。東京に留学したとき、わたしは道路を歩くのが怖かった。もう復帰後の日本の交通ルールに慣れていますけど」

「戦後に建てられた家は、灰色のセメント瓦が多かったそうですね」

「そうね。アメリカ世《ゆー》は、金持ちの象徴のカーラヤー（赤瓦葺き）など、まだ建てられなかった」

琉球政府による復興事業は、焼け野原に住宅を建てるところからはじまった。昭和二五年に米軍政府が資金を供出し、それで基金をつくり貸し出す制度がおこなわれた。

「子どもの遊び場などはありましたか」

「女の子はおはじき、人形で遊んでいました。男の子は焼け野原の空き地もたくさんあったし、建設資材の上が遊び場でした。あちらこちらで防空壕が口を開けていましたけど、わたしは怖くて近づけませんでした。臆病なのかしら」

行楽地は中城公園《なかぐすくこうえん》で、かつての琉球王国の城跡であった。最初は、米軍家族がピクニックにきてランチを食べて愉しむ、金髪の子らの遊び場だった。はるゑが東京に留学するころには、沖縄の観光地として飛行塔や観覧車や動物園などができていたと話す。

「沖縄の夏は暑いから、子どものころアイスケーキ（アイスバー）はよく買ってもらっていました。割りばしにアイスがついた、あれですよ。パナマ帽をかぶったおじさんが自転車で売りにきていました。食べ物の話題でいえば、名護《なご》など、パイナップルの栽培が盛んでしたよ」

むかっている沖縄北部の海岸台地は赤土で、農作物に必要な栄養素がすくない。パイナップルは、酸性土壌を好み、台風や塩害に強いし、育てるのにも人手がかからない。沖縄の主要な輸出産業になった。子供むけのアイス・パインという氷菓子が好きだったと彼女は語る。

「ところで、泳げるのですか」

「かなづちです」

「こんなに白い砂浜と青い海がある沖縄なのに、泳げないのですか」

「沖縄は貧しくて、プールなどなかったからです。沖縄には、泳ぎが苦手な子が多いのですよ。沖縄本島にはダムが少なく、あっても規模が小さくて、給水制限や断水つづきで、プールに送る淡水は贅沢《ぜいたく》すぎましたから」

海水のプールは、水揚げポンプが塩分ですぐ壊れる。そんな事情もあるらしい、と語る。

「すごいものだな。二機の戦闘機が一気に上昇していく」

剣持の目が、フロントガラスの上空へと引き寄せられた。

「戦闘機の轟音もすごいけど、ヘリの音も結構うるさいですわよ」

終戦後、沖縄本島には那覇、普天間《ふてんま》、ハンビー、嘉手納《かでな》、読谷《よみたん》、ボロー、本部《もとぶ》と大小合わせて七か所も基地があったと資料に載っていた。いまは話題の普天間基地などいくつかにかぎられている。

「沖縄戦といっても、いろいろな立場からの見方があるでしょ。どんな視点ですの」

「一言でいえば、琉球国の復活です」

「八割の人が沖縄の本土復帰でよかった、と満足しています。余計なお世話だとおもわれないのかしら」

はるゑは口ぶりからして、その考えに近いようだ。

「たしかに、沖縄の経済は日本復帰で、かなり発展しました。生活道路、港、上下水道のインフラが充実整備されてきた。それを高く評価している。逆に、日本人が沖縄をどのくらい理解している、と考えられますか」

「さあね」

「大半の日本人が、沖縄のことを親身《しんみ》に考えていない。琉球諸島が侵略されたら、沖縄と米軍が戦うだろう、と考えている。本土の日本人は、志願してまで沖縄に戦いにいきたくない。二十代から五十代まで、日本が憲法に反して徴兵制でもしかないかぎり、テレビで沖縄の戦いをライブで観て一喜一憂する、そんな感じかな。最近の米軍基地の裁判すら、自国の問題としてとらえていない。県民や県知事が必死になっているのに、日本人はいっしょに悩む姿勢など、片鱗《へんりん》もないのです」

「半世紀まえに、東京に留学したときから、それは感じていました。日本復帰後も、沖縄は他人事ですよね、日本人は」

「そうです。それならば、琉球人による琉球国家を設立したほうがよい。歴史的にみても、現状の米軍基地の問題にしても、琉球民族は武器をもたないで抗《あらが》っている。そうしたすばらしい能力がある。いまの沖縄県政のままだと、小数民族の琉球が日本に併合《へいごう》・同化《どうか》されて、消えてしまう。僕がおもうに、琉球王国の復古《ふっこ》です。琉球人による独立国を成し、国際的に認知されて、独自に琉球諸島を守ったほうがよい。日米に縛られず、かつての自由貿易国になればよい」

「あなたは少数意見でしょう、作家だから」

「そうだとおもいます。ただ、こういう問題は小さな声も必要なんです。アジア諸国から欧米もふくめて有益な企業を誘致すれば、琉球の民は基地に頼らず豊かになれる。子孫のためにも」

「歩いてみますか」と彼女が車を止めた。九十九折《つづらおり》の道を登り、東シナ海の潮風がなびく岬に立った。岩肌が切り込む崖の下をみると、荒々しい岩礁で、大波が気兼ねもなく打ち寄せて白い飛沫をあげている。視線をあげると、いずこかの船舶がしずかに航行している。

「題名は決まっていますの」

「『歴史は眠らない』です。簡略に要点をはなしますと、琉球処分で、少数民族の国家をつぶした。それが六六年のちに悲惨な沖縄戦につながった。他国を奪った連中は、墓のなかで熟睡させない。歴史上の真実を追う作品です。この先どうするのが、よりベストなのか、と読者に問うものです」

薩摩藩の侵攻は一六〇九年だから、それは遠すぎる。薩長閥の明治政府を問題にしたい。そこを簡略に説明した。

「よく解らないけれど、頑張ってください」

「話題を変えて、ずばり質問します。僕の父親は、あなたの恋人でしたか」

優斗が新たな目をむけた。

「そのはなしで、この沖縄にこられたと感じていました。こうして岸壁の上に立っていると、思い出します。お話しいたします。琉球政府発行のパスポートとは別に、日本渡航証明書の留学用が必要でした。ですから、卒業をもって期限が切れると、不法滞在になります。当時の日本政府と琉球政府はそういう関係の時代です。わたしは不法滞在でも、東京に残りたかった。剣持さんもいっしょに真剣に悩んでくれました」

世のなかが不況で、就職が決まらず、いまは生活に自信がない。社会人で生活基盤のめどがついたら、かならず沖縄に迎えにいくよ。そんな約束をしてくれました。

「とてもうれしかった。この剣持さんとなら、一緒に生きることも、死ぬこともできるとおもっていました」

「おなかに子がいた、そこらはどうなんですか」

「当面は、黙っておこうと決めていました。就職で悩む剣持さんの負担が大きくなるし、沖縄に帰ると、悪阻《つわり》で妊娠が露見してしまい、すぐに結婚させられました」

「すると、親父は沖縄に迎えに来なかったんだな」

優斗はつぶやいた。それが聞こえたらしい。

「そんな人じゃありません、那覇に来ましたよ。三歳の女の子を見て、申し訳ない、と泣きました。わたしも涙が止まりませんでした。他家に嫁いでいると、打ち明けて赦《ゆる》しを乞いました。この岬にきて、親子三人で写真を撮りました」

「その写真は親父の手に渡っていますか」

ここらが重要だと、優斗は潮風の音に消されないように耳を立てた。

「はい。翌日にプリントしてお渡ししました。そのとき、ほかの女《ひと》と結婚してね、とお願いしました」

間合いがあった。かなり考え込んでいる。

「結婚した直後に、その写真が新婚の奥様に見つかったのです。『僕の子だ』と白状なさったそうです。新婚早々に、夫には沖縄に隠し子がいただなんて。新妻の奥様はどれほど苦しまれたことか。想像を絶します。奥様が一度、私に会いに那覇に来られました」

「えっ、お袋はなんて言ったのですか。喧嘩を売りにきた、そういう性格だ」

優斗はいまいましい興奮をおぼえた。

「奥様は、沙羅を育てます、東京にください、と言われました。お断りしました。私にとっても大切な沙羅ですから。どうか、あなた自身でお産みください、お帰りください、と冷たく言いました」

「それで、どうでした」

「奥様は沖縄戦のとき、女性が集団で自殺したと聞きました。その場所を教えてください、と言われて、わたしはぞっと寒気がしました。本気だとおもいました。もちろん教えませんでした。どうか、ご自身でお産みください、とくり返しいい、那覇空港までずっと目を離さずお送りしました。それが昨日のように思い出されます」

「考えてみれば、親父は結婚しても、実の娘の写真の一枚くらいは持っていたかっただろうし。迂《う》闊《かつ》だと咎《とが》められないな」

「あの親子三人の写真がまずかったのです。わたしが沙羅ひとりだけの写真を渡しておけば、奥様に見つかっても、嘘も方便で、言い訳できたはずです。私がうれしそうな顔で微笑んでいる、それは奥様のこころをひどく傷つけてしまった。気の毒でした。わたしの愚かさです。男性ならいずれ結婚する。そこまで先読みができていなかったのです」

（この僕は独身だ）

「それで生まれたのが、優斗さん、あなたです。奥様の手紙で知りました」

「えっ、お袋が手紙をあなたに出した。どういう心境だったのか、いちど聞いてみるか」

桃を食べた日のお袋の態度から、推し量っても判らないものがあった。

「それはやめてください。産んでみせましたよ、という女どうしの複雑な葛藤です。作家でも理解できません。実際におなじ体験をしないと、女でもわからないことです」

「人間は厄介だな。だから小説があるのだけれど。罪なのは親父ですかね」

「いいえ、戦争です。男ですから東京で新しい人生を歩まれる、それは当たり前のことでしょ。まったく批判されることではないとおもいます」

「親父と、最後に会われたのはいつですか」

「それって作家の好奇心ですか。秘密です。あなたの想像力で描いてみてください」

「推測も、想像も及ばないな。教えてください」

「それって、取材ですか。この岬に来た最後は、沙羅が小学生になる年です。私にも夫がいるし、あなたにも家庭があるし、もう沖縄に来たらだめ、と突き放しました」

「その後はまったく親父と会っていないのですか」

「葬式にはいきました」

「えっ」

「音大時代の東京の友人が電話で教えてくれましたから。ご自宅の近くの葬儀社でしたよね。ご焼香もいたしました。遺影もじっとみました。あなたが棺に、あのかたの大学ノートを入れられた。それもみていました。あの大学ノートの表には、岬の灯台の絵を描いてあげましたから、間違いありません」

「沖縄の岬ですか」

「いいえ。三浦半島の観音崎灯台です。最初のデートの場所です。山にもよく登りました。棺に入ったノートのどこかには『喜屋武《きゃん》はるゑ』という名と住所を書きました。私も一緒にあの世に行くんだと、真に思いました」

「すごい話だな。すると、僕が生まれてから親父が死ぬまで、四十余年間、まったく会わないとは考えにくいな。交際していたんですか」

かれは興味の目を光らせた。

「父親の秘密を死後に暴《あば》いて、どうするのですか。あなたの想像力にまかせます。そういう職業でしょ」

「取材拒否か。お袋に内緒にしますから、守秘義務で」

「だめです。話を変えてもよろしいですか」

「どうぞ」

優斗はあえてぶっきらぼうに言った。

「真美が羽田空港から、作家の剣持優斗さんと台北、那覇の歴史ツアーにいくから、那覇で私に戦後の話をしてほしい、と連絡が入りました。奇遇だとびっくりしました。あの方の息子さんが作家になっていることは知っていましたけど」

「やはり、親父と交際していた、大学時代から生涯、ふたりは愛していたんだな。日本人と琉球人、民族を越える恋だったのか。絵になるふたりだ」

「作家になったと教えてくれたのは、音大の友人です」

「都合よく、音大の友人が出てくるな」

かれの視線がこの話題の先をうながした。

「台北に着いた日かしら、とりあえず真美に電話を入れました。お仲間の二人組の方から、『作家の先生と薬剤師、結婚しなさいよ』となんども薦《すす》められているの。人間は同じことをくりかえされると、その気になるものね、人柄もいいし、と話すのです。それには、わたしは自分を見失うほど、動転《どうてん》しました。急いで娘・沙羅の出生の秘密をメールでおしえたのです」

「真美さんが僕に、台北から那覇にむかう機内で、そのメールを読ませてくれました」

「真美は薬剤師です。三親等なら、踏み込んではいけない交際の限界はわかるでしょうから。作家のあなたも、禁断の実を食べないでしょ」

(那覇・泊のホテルでキスしなくてよかったな)

優斗は複雑な安堵をおぼえた。

この潮風が吹く岬で、かれはふいに沖合を航行する軍艦二隻を指した。自衛艦か、米艦か、那覇育ちの彼女に、その国籍を聞いてみた。ところが、彼女は首を傾げていた。

「真美さんは、親父の剣持のフルネームは祖母がおしえてくれない、と言っていたけれど。そこらが解き明かせない」

「あの孫《こ》なりの知恵で、カムフラージュでしょ」

「まあ、そうかもしれないな。ところで娘さんの沙羅さんはこの事実を知っていますか」

「いいえ。孫の真美には、母親の沙羅にはぜったい話したらだめよ、真実は知らないほうが良い場合があるのだからね、とつよく釘を刺しています」

「やはり、表に出てこない真実があるのか」

「お仕事に影響しましたか。歴史は眠らない、の」

「いいえ。むしろ、個人も、政治も、軍事も、隠し事がある。人間だからな、とおもいます。でも、沙羅さんがこの真実を知ったら、僕に会いたがるとおもう。腹違いにしろ、おなじ父親だから会ってみたい、と。実父を知りたい、それこそ姉と弟です」

「そういう歳になっているわね。隠し事も、わたし個人の過去の秘密であって……。沙羅と優斗さんの姉弟づきあいが始まる。それも好いことかもね」

「そういうことです。気おくれすることはない。当座は恥でも、隠したくても、真実はあたらしい世界をつくってくれるものです」

そういう優斗が、はるゑの顔をのぞきみた。彼女には微笑みと、憑《つ》きものが抜け落ちたかのような表情があった。

ほだか けんいち

1943年広島県大崎上島町生まれ。中央大学経済学部を卒業、作家。日本ペンクラブ（会報委員）、日本文藝家協会、日本山岳会、日本写真協会の各会員。

地上文学賞『千年杉』（家の光社）、いさり火文学賞『潮流』（北海道新聞社）など八つの受賞歴（小説部門）がある。

読売・日本テレビ文化センター、目黒学園カルチャースクールで「文学賞を目ざす小説講座」、朝日カルチャーセンターで「フォト・エッセイ」、元気に百歳クラブ、「エッセイ教室」の講師等を務める。

近著として、小説 3・11『海は憎まず』、幕末歴史小説『二十歳の炎』、および新装版『広島藩の志士』、全国山の日の制定記念『燃える山脈』、『芸州広島藩・神機隊物語』『神峰山』『紅紫の館』『安政維新・阿部正弘の生涯』、新聞連載小説『妻女たちの幕末』などがある。

歴史は眠らない

二〇二四年一〇月二五日印刷
二〇二四年一一月一〇日発行

著者 穂高健一
発行者 飯島徹
発行所 未知谷
東京都千代田区神田猿楽町二-五-九
〒一〇一-〇〇六四
Tel.03-5281-3751／Fax.03-5281-3752
［振替］00130-4-653627

組版 柏木薫
印刷 モリモト印刷
製本 牧製本

Printed in Japan
Publisher Michitani Co. Ltd., Tokyo
ISBN978-4-89642-739-4 C0093